药害狙击

程桂斌 著

北京日报出版社

图书在版编目（CIP）数据

药害狙击 / 程桂斌著． -- 北京 ： 北京日报出版社，
2019.6
ISBN 978-7-5477-3280-9

Ⅰ．①药… Ⅱ．①程… Ⅲ．①长篇小说－中国－当代
Ⅳ．① I247.5

中国版本图书馆 CIP 数据核字（2019）第 063286 号

药害狙击

出版发行：北京日报出版社
地　　址：北京市东城区东单三条 8-16 号东方广场东配楼四层
邮　　编：100005
电　　话：发行部： （010）65255876
　　　　　　总编室： （010）65252135
印　　刷：武汉市卓源印务有限公司
经　　销：各地新华书店
版　　次：2019 年 6 月第 1 版
　　　　　　2019 年 6 月第 1 次印刷
开　　本：880 毫米 ×1230 毫米　　1/32
印　　张：10.5
字　　数：235 千字
定　　价：58.00 元

但使龙城飞将在，不教胡马度阴山

——仅以此文献给战斗在一线的药监稽查兄弟们！

目 录

从本月1日到今天半个月的时间里，江城市已有三家药店发生"贺普丁"调包事件，三家药店都是店小客疏，地理位置略显偏僻。案发时间基本上都在黄昏前后。涉案金额最多的一笔已达万余元，最少的也有一两千元。而奇怪的是，营业员都没有看清楚嫌疑人的长相，只能分清男女。

一行人在程丽珍的带领下上了二楼办公室。程丽珍终于开口承认昨天晚上自己药店也有十盒药被调了包，只是因为一来怕上层责备，再者当时的营业员也怕事情闹大，自己出钱先垫付了药款，药店想着也没有多大损失，就没有报案。

"我是觉得有些不正常吧！"马小晶得意地向两位同事眨眨眼，陈大有暗里向她竖了一个大拇指。

徐继贤似乎并没看到张志军脸上的神色变化："你们办案子我基本不插手，但这个案子听说牵涉一个退休的副市长，你可要给我谨慎点，别捅娄子哦。"徐继贤有些似有意无意地提醒着这个手下爱将。

看来昨天的那个电话也曾打到过徐继贤这里。张志军随即语气铿锵地说："徐局您放心。如果那个产品真是无证产品，不管牵涉谁，即使是市长要用也不行。您老平时不是经常教导我们，不办友情案，不办人情案吗？我们会坚决贯彻这一条方针的。"

于教授通过多年的眼科实践研究，借鉴了国外一些先进设备技术，在原有陈旧的眼科治疗仪基础上进行改造，历时三年完成了这台已经具有一定高科技技术含量的设备。但考虑到该产品的注册，医院和个人都无法进行申报，就擅作主张将自己设计的产品放在自己的科室里用于临床了。

或许是老教授精湛的技艺，该产品的临床效果出奇的好，就连退休在家的老市长也慕名而来做手术，一时间，艾美眼科声名鹊起，每天来做检查的病人络绎不绝。

那是一道暗门。在放满货物的仓库里显得十分渺小，不仔细看还以为只是一块垫板。之所以上次进仓库时没有发现，可能是因为当时那个地方堆放的药品正好挡住了视线，而今天那些药品可能已经出库，才露出了这道暗门。

张志军指着那道暗门，不经意地问道："那里面放了些什么呢？"

"你们还无法无天了！"陈大有气得直跺脚。

刚才还虎视眈眈的人群突然间炸开了一个口子，工人们如猛虎下山般扑向两台货车，抢着已贴好封条的药品。

张志军和陈大有都被这突如其来的人浪掀倒在地上，张志军只来得及说一声"护住头"，就被淹没在人流中，不断有人从他们身体上踩过。

厂区门外，警笛声由远而近……

黄岗城关东星网吧，一个农民打扮的男子从电脑桌旁起身，走向收银台前用会员卡付完账后就急匆匆地走了，边走边拿出一部手机。

门口，一位正在报摊前浏览着当地晚报的中年男子随即不紧不慢地跟了上去。

从网吧走出的男子似乎沉浸在对于某事的幻想中，边走还边哼着小调，并没注意到身后已有人跟踪："喂！小王，带几个人到仓库发货。"

中年男子一直尾随着跟到了一废弃仓库前，在暗处看着那名男子打开库房，人进去后库房门随即关上。他掏出手机，拨了一个号码……

在走投无路的情况下，妇人突然想：别人能做假药骗我，我为什么不能做假药骗别人呢！用做假药赚来的钱来养病岂不两全其美？于是与几个徒弟一商量，一拍即合。也就是从这个时候起，他们利用空着的三楼做厂房，购进了大量的面粉材料，同时几名徒弟分别去了印刷厂和包装车间实习，加之他们天资聪明，不到一个月"手艺"就都学到手了，便添置些打印材料，偷偷摸摸地生产了起来。后来他们觉得这种方式不仅没被发现，而且钱赚得更快更多，便雇了一些工人来大批量生产。

张志军听到这里，一方面为他们的愚昧感到痛心疾首，一方面又为他们的前途忧心忡忡。

但法律就是法律，违法者必须要付出代价。

也是在考取公务员那一年经人介绍与当时正在医院实习的护士王国英相识相恋直至结婚。次年便有了爱情的结晶。他的生活已经春暖花开。

但是今天从别人嘴里又一次听到杨柳这个名字，他还是心情不能平静。似乎杨柳也回到了这个城市！她是否还如从前一样光彩照人？那曾经的一笑一颦是否还是那样令人心动？

想到这里，张志军突然打了一个激灵，他抹了抹已有些微烫的脸颊，又像做了什么亏心事一样用双手捂住了眼睛：都有家有口的人了，怎么还这么沉不住气？

还是先想想那个林忠杰明天到底要说些什么吧。

可是，不想就能证明她不存在吗？

郊区小院。

李群余悸未消。

眼看着用不了几天就可以大功告成，药监局怎么这么快就盯上了？

下午接受调查时，他差点就崩溃了：执法人员似乎了解到一些情况，句句问话都让他如坐针毡！他们怎么就那么肯定这些药会用来提取麻黄碱？应该说这件事目前为止只有他自己知道，也没有与谁合谋过。幸亏他早预留一手，账面做得很成功，并没有露出什么太大的破绽，才得以蒙混过去。

可如果他们要继续追查呢？李群不禁有些后怕。

药监局对麻黄碱成分药的严格控制以及对马小晶的情不自禁都使他放缓了提炼药物的脚步，甚至他不时还会产生一种"壮士断腕"的冲动。但对春节"衣锦还乡"的憧憬仍让他欲罢不能。

现在离目标愈来愈近了，就再坚持几天吧！他不断地给自己打着气，在提炼的那段时间里他甚至都不敢直面马小晶明亮的眼眸，他怕被她看穿，更怕一不小心失去了她。

可纸终究是包不住火的，他现在做的是见不得光的事，以后可怎么面对这么一个眼睛里揉不得沙子的善良姑娘？

如今箭在弦上，只能走一步看一步了。他只得自己安慰着自己。

小镇外隐隐约约传来警笛声，持匕首男子脸色一变："哼，我看你们是铁了心不交是不是？老子没拿到货回去也不能交差，只能带点血回去了。"说完，他扬起匕首，对着马小晶作势就扎了过去。

"小晶，让开！"李群大喊了一声，见马小晶没有躲避，一纵身奋力撞开马小晶，匕首不偏不倚地扎进了他的胸口，他惨笑着倒了下去。

那两人见真的闹出了人命，丢下凶器，慌不择路地窜出大门。

在这些非法回收的药品中，贵重药品占了八成，且一部分是过期或者没有生产批号的药品，经过更换新包装后，又重新流回市场。经过几次加工的药品，大部分却卖给了缺乏用药常识的农民工兄弟和久病在床的市民。而这些不法药贩子为了从中获取更大利润，根本就不在乎这些药品是否会危害到人们的身体健康，有部分病人或死于这种假药泛滥。应该说，非法回收药品给人民群众的用药安全造成了严重影响，也一直是药监部门打击的重点。但由于药贩子的隐蔽性和流动性强，给药品稽查工作带来很大的困难，这也是这种现象一直未能根除的主要原因。

待杨霞出门寻找送货单的时候，两人互相交换了一下意见。

看来这个红花的事已不是当初想象得那么简单了。

医院里无缘无故出现了这么多假药，而且是走关系进来的，几乎一路绿灯放行。按常理，发现假药应第一时间上报相关部门组织侦查，可医院不仅隐匿瞒报，而且，发现有危险时还铤而走险消灭了证据，这样的医院还是治病救人的场所吗？病人的生命健康谁又来保障？刘勇此时不禁深深地为在医院上班的女友张丹青担心起来。

　　周大龙依然销声匿迹，"红花"调查进展依然不太顺利，能够称得上忙的看来只剩下"顺子羞花"了。

　　自从上次发现证照可能涉嫌造假后，刘勇又通过其他的关系确认了该证照系伪造，于是，陈大有通知了"顺子羞花"的机构负责人。

　　此时，坐在办公桌一侧有些拘谨的年轻美貌女子就是"顺子羞花美容机构"的法人俞志梅女士。年约三十，脸若桃花，眉目含笑，身着一袭裘衣，在冬日里显得明艳照人。怪不得会是"羞花"的掌门人，其自身就是一个活广告，怪不得有些眼熟，原来她就是那墙体上广告里的佳人。

　　陈大有也只是多看了几眼，并没有忘记自己的职责。他轻咳两声，努力收回打量的视线，手里拿着俞志梅刚递上来的身份证进行着比对，一边问道……

　　此时房间的门却突然被打开，刘勇以为来了救兵，顾不得其他，用力一推，将那名女子推倒在床上，却不想自己竟也一同被拉到了床上，身子紧紧地压在了那名女子身上，情状更是尴尬。

　　房间里有人拿出了相机一阵猛拍，那名女子似乎是强力挣扎滚到了床的另一端，抱着胸嘤嘤地哭了起来。

　　一时间刘勇不知所措，呆立在现场，直到有两个男人上来把他架出了房间。

　　没想到，这次趁着公司拓展业务顺带为自己打拼一点事业，居然还是逃不掉宿命，她的第一次就这么不明不白地毁于一个还没有感情基础的老男人身上，尽管她当初也曾有过以身相许的打算，但毕竟两人年龄悬殊，而且第一眼她便知道这个老男人不会给她任何承诺的。

没想到他会是一个如此强势的男人，今后，今后该怎么办？

第十八章 醉里挑灯看剑，沙场秋点兵

真是人算不如天算，周大龙做梦也没有想到刚进江城第一天就被抓住了。

从秦副局长那儿，他早就得知他所犯的事儿的轻重，所以两次都使出浑身解数金蝉脱壳，他知道，只要药监和公安抓不到他，那个假红花案子就永远只能是个悬案，如果再等上几天，他把那批假红花运出江城，估计这个案子就得石沉大海了。

但没想到，这次就为了那批还没运出去的红花，他冒险回了江城，准备随同那批红花一起消失时，栽了！

第十九章 铁衣霜露重，战马岁年深

中午放学的铃声刚刚响过，一大群孩子像小鸟一样叽叽喳喳地冲出校门，张萌一个人背着书包，低着头似乎在想着什么心事，慢腾腾地走下教学楼台阶时，身边的孩子早跑得一个都不剩了。

门口，一辆已停了一个多小时的面包车缓缓启动，车内有三个年轻人，其中一个人手上还拿着一张相片，另一个年龄稍大的男子则紧张地盯着正从大门走出来的张萌。

出了校门，张萌从右边拐入人行道，面包车刚好滑到他身边，侧门打开，那名年龄稍大的男子走下车，装作问路的样子走向张萌，张萌很是吃惊地看着他。

那个男子四顾无人后，一把抱起没有任何反应的张萌塞进了面包车，面包车随即加大油门绝尘而去。

张志军听到这里，甚至比听到自己被安排进省委学校学习还震惊："上次您不是说还有一年的时间吗，怎么说退就退了？"

"提前退休，早点给年轻人机会，这也很正常嘛！正好，补补给家人欠下的亲情债，免得总说我只会工作不会生活了。"也许是官场起伏见得太多，徐继贤倒一时显得十分洒脱，全然不像一名即将卸任的官员，流露出难舍的情绪。

见徐继贤局长都如此坦然，张志军不禁为自己刚才的斤斤计较有些不好意思起来，一时间，他又不知道该如何安慰眼前这个疾恶如仇的老上级、老领导了。

第一章
那人却在，灯火阑珊处

夜幕低垂，华灯初上。

大道两边如卫兵般矗立的街灯宛若两串巨大耀眼的珍珠，因大小和距离的关系，竟次第变幻出诸多颜色，为夜幕下的江城披上了一袭妖冶华美的外衣。一幢幢错落有致的高楼林立比肩，高大摩登的建筑霓虹争相凑趣，给宽阔的街道抹上了一层暖色，缤纷的光圈在尽情渲染燃烧着夜的妩媚，整个城市沉浸在一片光怪陆离的梦幻之中。

白日里的车如水、人如潮、喧嚣和聒噪已基本归于平静，街头鳞次栉比的商店门头上花花绿绿的霓虹灯闪烁着，吸引路人的目光。

似乎是从一入冬开始，江城生活的节奏慢慢地慢了下来，空气中都好像弥漫着缱绻和懒散。晚上不到7点，大街上便已人烟稀少，许多临街店铺早早便拉下了卷帘大门，只留下贴满小广告的门面，谋生的小商小贩们也大都收拾起行李逐渐消失在夜色中。

天和药店，这个坐落在繁华路段十字路口的较大的连锁药店，门口的24小时售药灯箱亮得有些刺眼，相比起来，店内的照明则显得有些昏暗。

店内按要求已划分了若干区域摆放着药品，除了在自选区

药害狙击

还有数名挑选药品的顾客以及在收银台前踯躅付款的市民外，三百余平方米的店堂里就只剩下四五个身着工作服的营业员在四处巡视着。

在这个行业里，从业的几乎都是清一色的女人，工作相对来说枯燥而乏味，每天的站立都在8个小时以上，不断的推销、解释或者争吵，她们都在用嘴巴演绎这个世界的真实与无奈。

装帧颇有些古色古香的药店门口，悄无声息地走进了两个行色匆匆的男子。店内营业员们基本都"恪尽职守"在忙着各自手头上的事，并没人注意到此时还会有新顾客临门，也就没有营业员上前去礼貌问候了。

两名男子似乎并未觉着受到什么委屈，只是不以为意地站在进门处匆忙扫视了一下整个药店布局，踌躇了数分钟，然后迅速地直奔药店处方柜台。

正将柜台内一盒放置颠倒的药小心扶正的女营业员一抬起头，便碰上两名男子略显仓促的脸。但稍纵即逝，走在前面的那名年纪稍长的男子立时恢复了常态，换上了一副颇显自然的笑容。

"你们要买什么药？"营业员也及时拿出了职业的热情，笑脸相迎。

"贺普丁。"走在后面的男子脱口而出。话一出口却遭到年长男子的低喝，吓得赶紧停住了话头，侧身躲在了年长男子的身后。

营业员似乎沉浸在有生意上门的喜悦里，并没注意到两名男子间的低语。"哦，我看看有没有！"一转身便向柜台内"肝胆肠道用药"区走去。

柜台上随即多了五盒包装在一起的"贺普丁"，营业员很

2

是得意地询问道："你们要多少？"

这时，年长男子突然掏出手机放在耳边嘀咕着些什么，眼神里十分着急，边说着边向柜台的另一边走去，似乎怕别人听到电话里的内容。好奇的营业员眼睛一直跟着那名打电话的男子，看得出来，买多买少，那名男子才说了算！她想等他尽快给自己一个准确的答复。

刚才那名插了一句嘴便噤声的男子突然从宽大的衣襟内迅速掏出一提五连盒"贺普丁"轻轻地放在了柜台上，并顺势将柜台上的那五盒"贺普丁"扫回到自己的囊中，前后时间不到两秒。做完这一切的那名男子回头向店堂内巡视了一遍，镇定自若地吹起了口哨。

这时，那名打电话的男子终于放下了电话走了过来："真对不起，接了个紧急电话，家里那位吃着药的病人刚刚走了，药用不着了，不好意思啊。"不等营业员回话，便匆匆拉着那名瘦小的男子走出了店门。

营业员似乎有些发懵，一时间还未回过神来，随后叹了口气，漫不经心地收起柜台上的五盒药，放回原处。

突然，她似乎又想起了什么，一头走向摆放着"贺普丁"的那节柜台，拿起刚才放下的那五连盒"贺普丁"，翻来覆去地仔细观察了一下，神情立时变得有些灰暗。

"贺普丁"被调包了！

她拿出手机，拨出了一个电话。

不到十分钟，两男一女出现在那节柜台前。其中一名青年男子手中拎着文书包，另一名女子手中还拿着一部照相机。

那个年龄看起来已到中年的男子拿起那五盒被调包的"贺普丁"看了一下，交给青年男子，"先写个现场吧！"青年男

3

子立马从包里掏出一叠文书，摊在柜台上，很娴熟地一笔一画写起来，那名拿照相机的女子也十分配合地在店堂内拍着照。

中年男子走向营业员，"请问是您报的案吗？"

"是……是"，营业员似乎还未从惊慌中醒过来，一直低着头不敢正视对方，回答问题多少有些结巴。

"来的有几个人？男的女的？多大年龄？"

"两个，都是男的……年龄？年龄看不出来，那个年龄稍大的可能三四十岁吧，那个年纪小点儿的可能不到二十岁。他们手脚很快，一愣神的时间他们就把药给换了。"女营业员有些愤愤不平，全然没有想到正是由于自己当时的大意才造成了这样的后果。

"两个男的？"中年男子停顿思索了一下，"你们店长呢？通知了吗？"

"店长每天都是白班，早下班了。刚打过手机，关机了。"

"购进票据能看看吗？"

"这……"女营业员一时显得有些为难起来，"票据都由店长锁起来了。"

中年男子皱了下眉头，"那你们的电脑上总该有购进记录吧？"

"应该……有的……但我们都没有权限打开，还是只有店长才有密匙进去。"女营业员回答的声音更小了。

中年男子很不满地盯了女营业员一眼，正好，那名照相的女子也从外面照完相走进了药店，"小马，过来一下，把这几盒药先封存带回组里。"

然后他看了看青年男子递过来的已经写好的几份文书，"你们把字都签了，我们回组再说。"扭头对那名女营业员说，"您

4

也看一看，如果对我们的现场检查内容没什么异议也请签个字，不过明天还得麻烦您和店长到我们组里再去做一个详细的调查！"

江城市药品监督管理局坐落在市区的一条老街的十字路口，门口横卧着一架修缮不久的高架桥，将处于一楼的挂着门牌的大门口遮挡得严严实实。

一间略显狭小的院落里整齐地停放着十余辆大小车辆，顺着留出的一条自然小道尽头就是一座年久失修的八层白楼，门栋和外墙大部分都砖灰脱落，显得较为寒碜。

四楼 404 室，稽查四组。

墙上的时钟刚过 21 点，室内有四人，除了刚才在药店里出现的那两男一女外，在最左侧的角落里站着一位身材甚是魁伟的汉子。

中年男子可能是这个组里的负责人，他的办公桌最靠近对角。桌上除了一台电脑和部分文具外，就零散地摆放着许多用夹子随意夹起来的文件，桌面活动空间被这些文件压缩到不足十分之一。其他办公桌上的摆设也基本大同小异，只不过那个被叫作"小马"的女同志桌子上多了一盆花草，水生的马蹄莲，叶片正娇艳欲滴哩。

四个人都沉默着，中年男子不时用右手娴熟地旋转着夹在拇指和中指间的一支中性笔，划出好看的圆圈。

"要我说，还是先调取药店附近的摄像记录不就一清二楚了吗，用得着在这里干着急？"魁伟汉子首先打破了沉静，或许是没去现场的缘故，其余三人都紧锁眉头，唯有他一脸无辜。

"你侦探片看多了吧，调录像？你以为你真是警察啊！"

5

青年男子话语里不无揶揄，看得出，两人平时关系应该不错。

"那……那你说该从哪查起？都发生三起调包案了，算上这起就是第四起了，都是贺普丁。上面催得紧，不赶紧找突破口怎么向徐局交代？"

"急也没用，要不先请市里的警察协助一下咱们。毕竟咱们的刑侦手段有限，有时确实有劲无处使啊。"小马一方面劝导着肌肉男，一面向中年组长投去征询的目光。

正看着调查笔录的中年男子放下文书，"小马的建议不错，可以考虑。局里虽然没下限期破案，但我们的案子本身的时间却也是有严格要求的。"他转向青年男子，"小刘，刚才现场笔录里怎么没问一下那两名男子是哪儿的口音？"

"这个……"小刘不好意思地挠挠头。

"不要不好意思，记着下次补充就行了。"中年男子坐了下来，"大家都过来一下，我们现在就开个案情碰头会。"

从本月1日到今天半个月的时间里，江城市已有三家药店发生"贺普丁"调包事件，三家药店都是店小客疏，地理位置略显偏僻。案发时间基本上都在黄昏前后。涉案金额最多的一笔已达万余元，最少的也有一两千元。而奇怪的是，营业员都没有看清楚嫌疑人的长相，只能分清男女。

损失最大的是同和大药房，当晚被调包近十包药。只知道来的是一男一女，晚上那女的头上还蒙着一印花头巾，肚子鼓胀，极像一名肝病病人。那名男子却表现得十分大方。为了治病，他要倾尽所有为女人买上足够的药。药店两夫妻还以为财神爷下凡了，翻箱倒柜折腾出二十余包"贺普丁"放在柜台上。谁知道最后那男人掏空了身上所有衣袋，掏出的钱也只够买两盒

"贺普丁"的，无奈走人。店主夫妇俩当时还因此唏嘘了大半天。

等到打烊，夫妇俩盘点"贺普丁"时，才发现药品包装颜色有点发亮；再经过批号核实，更发现其中只有一盒批号相符，其他的都被换掉了。

案子转到稽查四组时已经是第二天的上午，经过现场检查、调查，与生产厂家核实批号确认该企业确未曾生产过上述批号的"贺普丁"，但由于店内仅有收银处安装监视器，两夫妇实在想不清楚那一男一女的模样。

在首例调包案发生不到一周后，坐落在离同和药房不到百余里的另一家药房也发生了"贺普丁"掉包事件，损失七千余元，这次的作案者为三个人，两男一女，同样是装病购药。用来调换的"贺普丁"事后经厂家证实仍是假冒产品。

一块白板上标示着四家"贺普丁"被调包药店的方位图、作案人性别及数量。

张志军，也就是那个看起来是个小组组长的中年男子站在白板前，不时地用白板笔比画着什么："大家再仔细看一看，从地理位置上来看，前三家药店都位于城南接近郊区地段，之间相邻不足二百米。按常理分析，嫌疑人作完第一起案后，为避免过早暴露自己，要么远远避开发案点另行作案，要么潜伏一段时间再作新案。可这些人如此肆无忌惮，短短半月内几乎在同一个地方作案三起，手法娴熟，胆儿也特大。当然，他们一方面充分利用商人无利不逐的心理，一方面选择逃走的方式又是如出一辙且行动迅速。你们说，他们是为什么呢？"

"你怎么就能肯定这三起案件是同一伙人所为？"肌肉男首先找出了关键点。即使是三起相同的案子也很有可能是不同的人所作的。

"问得好！"张志军向肌肉男赞许地点点头，"如果他们不是同一伙人，为什么进退如此如出一辙？至少应该表明这是个团伙吧，而几乎所有被骗的药店当场都未能及时发现。种种迹象都表明，这是一个分工明确，有明显动机且进退有序的作案团伙。而今天他们却破天荒地选择了一家繁华的药店又是为什么呢？"

"会不会是他们急需回家过年而开始不择手段了？"肌肉男又补充了一句。

"很有这个可能！这可能就是他们露出的破绽。"

"我也同意张组的看法。这样集中的调包案，调包的产品品种单一，批号近似，应该不是三四个个体能够操作得了的。张组，是否可以考虑并案立案？"青年男子小刘向张志军投来征询的目光。

张志军未置可否，把目光转向另一边："小马，虽然说你进组时间不长，我们的分析会也是可以参加的，提提你的意见，你认为小刘说的并案立案是否可行呢？"

"我同意并案。从这伙人行为张狂的程度上来看极像一个有着严密组织纪律的团伙作案，分工明确。但……我还是有个不太成熟的想法，不知道该不该说。"

"有什么不该说的！只要是与本案相关的都可以直言不讳。"

受到鼓励的小马继续道："我个人认为，如果我们仅抓住这伙调包贼，也只能暂缓一下他们调包的行动。我们是不是还可以放放长线，顺藤摸瓜，顺着他们的行踪查出假药的来源，来个一网打尽？"

"不错。现在快到年关了，这伙人如此疯狂调包，至少说明了两个问题：一是他们手上仍有充足的货源，不得不早日出手；二是他们可能都不是本地人。他们急需在年前完成他们的、我们权且称之为的赚钱计划，所以他们才这么有恃无恐地连续作案。下面，请大家举手表决，同意四案并立的请举手！"

四只右手齐刷刷地举了起来。

"好，全票通过。并案！"组长张志军举起手中的笔，对着空中画了个半圆："陈大有，明天早上，你打电话通知一下生产厂家的办事处过来甄别一下这几批药品；小刘，明天你再把那几家药店的主要行政相对人约过来做补充笔录，重点是问清嫌疑人的相貌轮廓，特别是口音；小马，做好并案文书整理，待办公会上我再请示徐局。"

三楼稽查局小会议室内，烟雾缭绕。

徐继贤局长狠狠地抽完最后一口香烟，然后仍有些恋恋不舍地将小半截香烟嘴摁进了面前的烟灰缸里。

这位快到退休年龄的老稽查人自从江城药监局成立以来便一直在和形形色色的药贩子打着交道，疾恶如仇。经他手办理的假劣药大案近百起，罚没金额上亿，并提交检察院起诉百余人。近两年来，江城少见地没有再发生一起假药案件，从当初的假药泛滥，到如今假药绝迹，江城的医药经济发展的每一步都离不开这位早生华发的打假领头人。就连早已销声匿迹的假药贩子如今听到徐继贤大名时都有些"闻徐色变"了。如今，还有不到两年就要退休了，没想到在自己的任上又出现了假药，而且社会危害性较以前更大。如果任凭这些假"贺普丁"横行，多年以来和谐稳定的医药市场经济秩序将遭受重创。同时，肝病患者的身体健康也受到了极大威胁，生命安全将得不到有效保障。另外，假冒的对象来自一家知名外企公司，有着独家知识产权。损毁名节事小，要是再由此引起国际知识产权诉讼，那麻烦可就大了去了。

想到这里，徐继贤抬头扫了一下在会议桌对面一字列开的五名稽查科长。

"关于案情，我就不重复了。刚才四组的张志军同志提出来并案，大家有什么看法？"

其他四人几乎是异口同声："同意！""同意！"……

"没有异议？那好，张志军，马上立案，全面着手展开调查。"徐局做出了简明扼要的安排，似乎又想起了什么，"张志军，如果人手不足，可以从其他组抽调。其他组的同志也要积极配合哦，各组只是分工不同，我们还都是一家人嘛，你们总不会不给我这个当家的一点面子吧？"

"那哪敢？徐局说这话明显是不信任我们嘛！"一组组长朱文刚率先表明了心迹——怪不得年纪轻轻的就能当一组组长，脑瓜子确实好使。"徐局，别说借人，就是要我组全员出动都没任何意见，这样的案子正是立功的时候，我们也想分杯羹不是？"说完，意味深长地看了看另外三位组长。

其他人当然也是点头称是，局长的话都说到这份儿上了，犯不着去斤斤计较了。

"既然这样，张志军，你时间再抓点紧，能不能在年前就把这个案子破了？"

"争取吧！"目前案子尚无头绪，张志军也不敢把话说得太满，"争取让大家都过个平安年！"

"现在——散会！"

徐继贤大手一挥，象征性地做出了一个送客的手势，众人也随即起身。

走廊上，似乎是有意在张志军旁边亦步亦趋的朱文刚突然兴奋地拍了拍张志军的肩膀："你小子，又搞了条大鱼。不错嘛，到时年度奖拿下了可别忘了兄弟们哦。"

张志军皱了皱眉，苦笑着："大案？拿下来当然没话说。要是拿不下来你就等着看我给你们守大门去吧。"

"怎么会呢！兄弟们可都是全力支持你的，说什么也不能让你小子独吞胜利果实。"

"那行啊。要不你先借个人用用，等案子结了我还你双份人情？"

"没事。说吧，看上谁了？"

"罗汉。"

"好。回头我就和他说去，马上就报到。"

"大恩就先不谢了。"张志军向朱文刚一抱拳，顺带做了个两人都能心领神会的鬼脸，握手告别。

四组办公室。

办公桌上显得更加零乱，每张桌上都放着数量不等的几盒药品。陈大有，也就是那个肌肉男，正拿着一个包装翻来覆去地看，不时眉头深锁。

8 点 30 分，上班的铃声刚刚敲过，张志军也刚刚做完今天的工作安排，门口出现了一名长着络腮胡子的青年男子。

"张组，稽查一科罗汉前来报到！"声音洪亮，颇有军人风采。

张志军从椅子上一跃而起，走上前，紧紧握住罗汉的双手：

"兄弟，这次又得辛苦你了。"

"张组这说的像兄弟说的话吗？我们稽查局都是一家人，都是兄弟，有啥子辛苦不辛苦哟！"罗汉真情流露，拉着张志军的手却仍然还是有些不好意思。

"有你这句话就好。罗汉同志我就不给大家介绍了，徐局同意并案，但给了我们破案的期限 —— 一个半月！所以我又把咱们的罗汉兄弟请回来了。大家欢迎！"

掌声四起。陈大有走过来与罗汉激情相拥。

张志军安排罗汉就座之后，似乎想起来什么："大有，厂家来过了没有？"

"一进办公室就电话通知过了，他们的一个经理可能还在路上。"

"刘勇，笔录补录的怎么样？有没有什么新发现？"

"报告张组，通过几个目击者的证词分析，与张组分析的完全一致，犯罪嫌疑人基本都说不太标准的普通话，应该不是本地人，听口音都带些江湾地方口音，这说明当初确定是同一伙人作案的看法方向是对的。而且年龄都在四十岁以内，符合流动作案身体条件。由于嫌疑人每次作案时间都是在黄昏或者晚上，给相对人辨别造成困难，所以无法确认是否为惯犯。"刘勇很是认真地作答。

张志军点了点头："不错，只要确定了是一个团伙就好了，我们就可以集中精力。对了，马小晶，你看了半天白板，又看出些什么名堂了？"

刚从白板上收回目光的马小晶，刚从中医大学毕业考进药监局分配到稽查四组尚不足一年，也是稽查局这个雄性世界里的三名女性之一。当初招考时其实没有要将她分配到稽查局的意愿，只是她一再主动请缨，不愿坐办公室，加之考试成绩名列前茅，局里考虑到其药学本科专业对药品案件稽查可能帮助较大，就应她所求分配到了四组。刚来时也只是偶尔出出警，一般都在家做做文书之类。这女孩极有热情，办事认真，也善于动脑，加之胆大心细，有几件案子硬是从文书笔录中找出了蛛丝马迹，使得四组结案率大为提升。后来，出警时大家也就没当她是个女同志而格外照顾了。而她呢，也只把自己当成一名普通稽查员冲锋在前。

"张组，我现在有个大胆的设想。刚才我仔细地看了一下四个药店方位图，对照了一下该区域情况，我觉得这伙人肯定正在策划新的调包计划，而且范围还是在那个区。"马小晶不紧不慢地说。

"怎么讲？"张志军一时很感兴趣。

"张组你说过，现在基本上可以确定是一个团伙在作案，而且这个团伙是很有组织的，留下的破绽极少。那么，这个谨慎的团伙为什么会在同一个地方连续作案？他们就不怕别人发现？冒这么大的风险你认为值得吗？"

"那你刚才还说他们还会在同一个地方再调包？"刘勇有些疑惑不解。

"别急，听我慢慢说。之所以这伙人敢冒这么大的风险，我想无外乎两个原因，一是手头上的货确实过多，必须赶在年前处理干净，或者说能处理的尽量处理；另一个原因就是他们的落脚点就在附近，方便他们调包及逃脱。"

"有道理！"一直没有发言的罗汉此时开了口，"小马同志说的确实提醒了我们。我们都认为犯罪分子作案后定会逃之夭夭，跑得越远越好，但我们是不是低估了这伙犯罪分子的智商。

13

看来他们深谙此道，与我们斗智斗勇哩！谁说藏身附近就不安全呢，说不定那时他们就在暗处偷偷看我们的笑话哩！"

一语惊醒梦中人。刘勇兴奋地一拳头擂在罗汉的肩头："到底没白请你出山啊！"

"那还不赶紧组织排查！"陈大有突然冒出的一句话把大家说愣了。

刘勇不怀好意地瞅了他一眼，揶揄道："排查？你以为我们是什么？说得轻巧，那么大的一个区域就我们这三四个人去排查，要查到什么时候？"

陈大有也意识到自己的口不择言，不好意思地挠了挠头。看来这小子还真把自己当成人民公安了，怪不得一上班就讨着要制服穿，估计是看警匪片看多了。

一直听着大家发表意见的张志军正待张嘴说什么，又响起了敲门声。

原来是"贺普丁"厂家的大区销售吕经理带着办事处的小李走了进来。

陈大有礼貌地迎上前去："吕总，这儿请坐。又得麻烦你了，你看看，这儿有五盒'贺普丁'，看看是不是你们自己生产出来的？"

吕经理拿起药品很是专业地查看了一下，马上就得出结论："这绝对不是我们厂生产的。你看，这个产品的包装盒颜色黄得亮眼，而我们的包装盒应该只是浅黄；还有这里，即使批号是对的，但数字打码却错位了。可以肯定，这批药品也是假冒的。"

张志军也走了过来，与吕经理紧紧地握了握手："吕总，凭你对包装印刷方面的专业眼光，能不能麻烦你再看一下这几批包装是不是由同一个印刷厂印出来的呢？"

"好的。"吕经理又仔细地打开了几个不同批号的包装，内外反复看了几遍，并拿着药盒面对着灯光照了照，"初步判断，这些包装制造应该是很粗糙的，水印模糊，粘贴也比较随意，而且打码技术一般。你看看，这儿的'8'都掉了一小部分，不仔细看还以为是'6'哩。几乎所有的'8'都出现同样的印刷效果，只能说就是出自同一台打码机。也就是说，这几批产品是从同一个印刷厂印出来的。"

"哦，那就太谢谢吕经理了。现在看来，同一个团伙作案的可能性又增大了几分。这样，吕经理，我还有个不情之请，你能不能就现在抽出点时间，教教我们这些人如何快速识别这些药品真假的方法呢？这对我们早日破案或许大有帮助哩。"

"没问题。"吕经理很是爽快地答应了。

于是几个人，包括借过来的罗汉都围在了吕经理周围，认真地听其讲解药品包装上的简易识别方法。只有张志军玩弄着手中的油性笔，在一边若有所思。

上一起药品调包案发生后的第三天，又是一个华灯初上的晚上。

在上几次发生调包案药店同一个区域的另一条街道旁，昏暗的路灯下站立着四个高矮不一的身影。

这是一条比较偏僻的小街，街两旁的商户还没等到天黑就都已拉下了卷闸门回家了，整条街道上只有几个黑网吧里还漏着些城市灯火。

路灯下的四个人好像在激烈地商量着什么。约五分钟后，两个人先走出了街道，另外两个人稍作停留也随后消失在夜色中。

　　拐过这条街道不远百米就是九州大药房江城分店，也是江城一家大的药品连锁店。由于这家店开设得较早，客源收入稳定，虽然九州零售连锁公司总部几年前就已经搬至医药工业园了，但这个店的规模还是不小于一个药品批发公司，尽管它仍然坐落在一个远离城市繁华地带的郊区附近。

　　药店是个两层楼的建筑，楼下一层主要是零售柜台及货架，楼上一层则是办公及仓储场所。

　　尽管时间已经快 20 点了，药店里依然还有不少顾客，营业员们也都忙着各自的工作，一切看起来都是十分的井然有序。

　　长长的处方柜台通道里只站着一名执业药师模样的营业员，刚刚笑着送走一对年轻顾客，还没来得及喝口茶水，一抬头，又有两名顾客站在了面前。

　　"您好，请问您有什么需要吗？"

　　站在面前的是两个农民模样的中年男人，应该还不到四十岁吧，满脸沧桑。其中一人右手一直捂着腹部，似乎疼痛难忍。而站在一旁的另外一个男人则是满脸焦急。

　　"他怎么啦？"营业员热情主动地询问道，边说边指着那个捂着腹部的中年人。

　　"可能是肝病又犯了，刚好走到你们这里，不知道有没有药，先买两盒压压。"

　　"肝病？平时吃的什么药？"不知什么原因，近一段时间来药店购买治疗肝病方面的药的顾客特别多，而此类药的利润本就可观，加之销量陡增，这几天，药店营业额倍增。一听说又是来买治疗肝病的药，营业员就显得尤为关切。

　　"农村人看不起病，也买不起什么好药，平时都是自己到药店去捡些便宜药止痛，听人说有个叫作什么丁的药好像蛮有效果，他也吃过两次，看看你这儿有没有。不过听说这个药也蛮贵的……"

没等他说完，营业员一转身，从身后柜架上拿出一包五连盒的"贺普丁"，"是不是这个药？"

"好像是的。"男子接过药看了看，点了点头，同时看了下价签，又不是十分肯定地放下了药，"但好像没这么贵？"

"这个药全市都是同一个价，便宜药说不定是假的。"营业员只顾着自己做着热心的推介，并没有注意到中年男子脸上细微的变化，特别是在听到那个"假"字的时候，中年男子不由自主地朝店门口惊慌地张望了一下，但一瞬间就又恢复了常态。

"是的，是的，我也听说过便宜没好货这个说法的，但……这么贵，我怕买不了几盒。"

中年男子嗫嚅着。

"吃了'贺普丁'是不能随便停药的，这药对治疗肝炎的效果也蛮不错。能买几盒就先买几盒备着，而且这药也不好拆着卖的。"营业员一个劲儿地劝导着顾客，为了表示对"贺普丁"疗效的认可，又从柜台里拿出一包同样批号的五连盒"贺普丁"放在了柜台上中年男子面前。

这时，柜台另一边又走过来两名青年男子，打着饱嗝在柜台边逡巡着。似乎刚喝过酒，脸色潮红，走路也是歪歪扭扭。营业员怕他们不知好歹把玻璃柜打破，赶紧先迎了过去。

"那你们先好好考虑考虑，我可是为病人好。我先过去看看那边，马上回来。"转身前营业员还不忘回头叮嘱了一下那名中年男子。

看着营业员渐渐走远，那两名中年男子迅速警觉地向周围瞟了一眼。那名一直捂着腹部的男子很快地抽出了右手，手上已多出了一包五连盒的"贺普丁"。另一名中年男子极快地从柜台上将两包"贺普丁"扫入怀中，同时也从身下掏出一包"贺普丁"，两个人几乎同一时间将自带的"贺普丁"轻轻地放在了柜台上，整个过程在电光石火间完成。

等营业员再走过来，那名装病的中年男子已经直起了腰："肚子现在没先前那么疼了。这药太贵了，要不还是去买些便宜药？"

另一名中年男子很是为难地看了一下营业员："真的不好意思。算了，不买了，真的买不起这么多。"说着，两个人一前一后地离开了处方柜。

另一边，刚才突然出现的两名青年男子也已不知所踪。

营业员很是有些不甘地看着两个人消失在门外的夜色里，回头看看柜台上的药还在，低声骂了一句"乡巴佬"，便悻悻地将"贺普丁"放回了原处。

看看快到自己下班时间了，营业员拿起水杯终于喝了一大口水，顺手拿起柜台上的一张报纸看了起来。突然，像被蜜蜂蜇了一样，营业员一下子跳起身来跑向刚才放"贺普丁"的柜台。拿出刚放上去的两包"贺普丁"仔细地查看起来，脸色愈来愈阴沉……

那张报纸上有一则醒目标题："假'贺普丁'频现江城，疑被不法药贩调包所致 —— 市药监局提请商家擦亮双眼！" —— 报纸是当天的。

第二章
才下眉头，却上心头

稽查四组。

刘勇正在给一起举报案件做调查笔录，桌子旁坐着一名行政相对人；马小晶也在忙着几份结案文书的打印和装订工作；而陈大有和罗汉则并不在办公室。

张志军依然坐在自己的办公电脑前，眼睛紧盯着电脑屏幕，忽而眉头紧皱，忽而豁然开朗。

桌上的电话毫无预兆地响起，张志军愣了一下，拿起了话筒："您好，这里是市药监局！请问有什么需要帮助的吗？"

电话那头似乎停顿了一下："你好，是张队吗？"

"我是张志军，请问您是？"

"我叫黄伟，是你在医院里的一名同学介绍我来找你的。他要我向你举报。"

"举报？请问是哪方面的事？"

"我现在在一医院美容中心，麻烦你有空能过来一下吗？我怀疑医院使用的这个美容设备有些问题，正在和医院交涉哩。"

"什么设备？"

"激光治疗机。"

张志军看了看来电显示，一个陌生的号码，他抬头看了看时间："请问，这是您的联系电话吗？"

"是的。"

"好的。您先等一下，我们随后到。"

几乎在挂断电话的同时，张志军站起身来："小马，拿着文书包和相机，跟我出去一趟；小刘，大有他们俩回来时，如果我们还没有回来，就通知他们赶去一医院美容中心会合。"

市一医院美容中心治疗室。

一对年轻男女正和几名穿着白大褂的医生护士争执着什么。刘志军和马小晶掀开门帘走了进来。

"不好意思，打断你们一下。请问，刚才是哪位报的案？我是市药监局张志军。"张志军一面说着一面掏出执法证件给在场的争吵双方查看。

"是我，黄伟。张队，您好！"那名与医护人员争吵得最为激烈的男子突然十分热情地冲上前来与张志军握着手。

"你？这是怎么回事？"看看双方虽然因自己的到来暂时停止了争吵，但现场气氛仍有些剑拔弩张，张志军不得不尽量缓和了些语气。而这名男子刚才在电话里说过是自己的同学介绍，虽然表面看不出来有套近乎的嫌疑，但此刻却像老朋友一般紧紧抓住自己的手却多少有些让人觉得"媚俗"。先不管他认识自己的同学是真是假，但办案特别是在现场取证时是不能受到过多因素掣制的，这一点，从他开始走上药械稽查打假的岗位上就从来没有改变过，也因此，有意无意间得罪过一些亲朋好友。

为了避免先入为主，张志军只是礼貌地点点头，并迅速抽出被握住的右手。

青年男子脸上掠过一丝不易觉察的尴尬，但也迅速恢复了愤愤不平的神色，"我怀疑他们医院这台设备大有问题。"边说边指了指侧立在一旁的一台美容激光机。

"哦，怀疑有什么问题呢？"

"我女朋友从上个月起就在这里做的美容祛斑手术，当初说是不留疤痕。做了三四个疗程下来，斑是祛了，脸上却多了几条深深的淤痕，你看你看，这让她以后怎么见人？"旁边一年轻长发女子面对着墙低着头正嘤嘤地抽泣着，应该就是该男子口中所说的女朋友。

"怀疑可不能作为证据，我们还是要以事实为准。"张志军安抚了一下男青年，调头转向了"白大褂"们："请问一下，你们这科室是哪个医生负责？"

一名年龄稍长的医生站了出来："我是这个科室的主治医生，我叫刘永福，有什么事问我好了。"

看来这个医生经常性地会和相关职能部门打交道，并没有把张志军他们放在眼里，言语中甚至带有一些玩世不恭。也许这样面对相关职能部门的现场提问只是出自于他们的职业本能。

张志军似不以为意，很随和地对医生护士们笑了笑，却并没再说什么，而是认真打量起美容室的布局。

见张志军并没有偏向着哪一方的意思，那名叫黄伟的年轻人忍不住了："刘医生，你说该怎么赔？今天必须给我一个答复，要不然，我告到卫生局，还要告到卫生厅！"

刘永福鼻子里轻蔑地哼了哼，没有搭腔，但也不屑一顾，这一下似乎更激怒了黄伟。

"刘医生，你信不信我把这台机器给砸了？"说着竟真的顺手操起手边一个铁手柄走向美容机。

刚刚缓和了一下的局面又瞬时变得紧张起来。

张志军这才不紧不慢地走了过来,拉住了气急败坏的黄伟,"黄先生,请息怒。这样也无助于事情的解决。您相信不相信我们?如果您不相信我们,你又何必报案呢?"

"那……他们这个态度你也看到了,我……"黄伟仍余怒未消。

"我先问你",张志军同时走向那名女子,"你们今天的美容做完了没有?"

一直没有抬头的女子点了点头,黄伟似乎还想说些什么,被张志军打断:"如果你们今天已经做完了美容,那么先请你们回避一下可以吗?既然我们接了警,就一定会给你们一个满意的交代。好不好?听我的,争吵不是解决问题的最好方法,打砸医疗卫生设备更会触碰法律的底线,何必图一时之快而到时后悔呢。真的假不了,假的也真不了,不是吗?这个医疗设备属于药监局管辖的范畴,我们一定会对消费者,甚至对医院负责的。等我们调查清楚了再给你们双方一个公道如何?对了,把你们的姓名和联系方式报给我同事吧,回头我们好和你们联系。"

"那……那好吧!"黄伟有些不甘但更有些无奈地扶着女友走了出去。

张志军重新围着那台机器转了两圈:"小马,先写个现场;刘医生,我还想问一下,这个科室是单独的还是属于市一医院的呢?"

"当然是一医院的。"

"哦,那得麻烦你带我们到你们院办去了解一下情况了。"

正说着,陈大有和罗汉匆匆赶了进来。

张志军将陈大有拉到一边耳语了些什么,陈大有不断地点着头:"好……好……"

交代完毕，张志军一把拉过罗汉："走，我们到院部去看看丁主任。"

一医院院办，丁主任正在电话里训斥着什么人，语气十分严厉。

刘医生带着张志军和罗汉出现在办公室门口，刘医生正要往里让客，张志军向他善意地招了招手，三个人就停在了门侧。

丁主任怒冲冲地挂断了电话，一抬头，正好看到张志军一行。

"张大队，什么风把你给吹来了？请坐请坐。这位是？好像不是你组里的人吧？"看来丁主任和张志军不是一般的熟悉。

"哦，他是我们局稽查一组的，这段时间配合我们工作，叫罗汉。"

"罗汉？失礼了……你们都先坐一下，我马上给你们泡茶。"丁主任边张罗着边从口袋里掏出一包烟。

张志军和罗汉条件反射般地伸出双手推挡着香烟："我们不抽烟，丁主住您客气了！"回头望了望一同进来的刘医生，"刘医生，你也先请坐。"

丁主任搬过一张椅子坐到了张志军对面，向前倾了倾身子："张队，又有什么事需要我们配合吧，请讲。你们可是无事不登三宝殿的哦。当然，你们可别生气，我可没敢把你们当……"说到这，丁主住似觉有些欠妥，没再往下说，但还是不自然地笑了笑。

"还真的是有件事！"张志军直奔主题，"今天早上接到你们医院一个患者的举报，说你们那个美容用的设备可能有些问题，人家容没美好倒落了一脸的淤痕，刚才我们也现场看了一下，确实有些让人家难以见人了。"

丁主任向刘医生投去意味深长的一瞥："刘医生，是有这么一回事吗？"

刘医生有意躲避着丁主任的目光，点点头："可能是出现的过敏反应，正在查找原因。"

"那可得好好查查！怎么能让病人吃这么大的亏呢。我们这儿可是全市文明医院，一定要给患者和领导们一个满意的说法。"丁主住话里有话。

"算了，丁主住。你们这儿的硬件我们还信不过吗！可是，既然现在出了这么一件事，还是配合我们调查一下该台设备的情况吧，我们调查清楚了不也是还了你们医院一个清白吗！"

"那是应该的，应该的。张队想了解些什么呢？我可是知无不言啊。"丁主住还在客套着。

"那好啊，有你这个态度这事情就好办多了。我想先打听一下，那个美容科不会是医院出租的吧？"说着话，张志军一直紧盯着丁主任，那双眼睛似在不经意间闪动了一下，但没有逃过张志军有意捕捉的眼神。

"怎么会呢？张队可别吓唬我哦。你们也知道，自从去年整顿科室出租行为以来，我们卫生局查得可紧着哩。去年我们医院还是率先治理完成达标的第一批示范医院哩。"

看着丁主住额头上已经浸出了细细的汗珠，张志军似乎明白了些什么。

"哦，那应该就没事。那我们就说正题吧 —— 那台激光治疗机是什么时候引进的呢？好像还是个进口产品，又是什么时候开始使用的呢？丁主住，设备的购进应该有你签字吧，你能不能把相关招标书及采购票据现场给我们看一看呢？免得还要让你多跑一趟。"

"没问题。那台设备我记得还蛮清楚，签过字，不过票据在财务室。我先打个电话问问可以吗？"

"当然可以。"

丁主任站起身走到桌旁拿起电话："喂，财务科吗？我是丁建平，王会计在吗？啊……她去银行了？那……那好吧。"

"真不好意思，财务刚刚出去到银行报表去了。"丁主任抬头看了看表，"估计她下午上班时才能回来。要不，回头我派人给您送去？"

张志军和罗汉交换了一下眼色："行。那我们做完现场就走人，不过多打扰了。罗汉，打电话问问大有他们现场做得如何了，做完了赶紧上来。"边说着边朝门口走去。

罗汉刚掏出手机，陈大有和马小晶已经拿着做好的现场文书走了进来，迎面与张志军相遇，进门时陈大有向张志军眨了一下眼，其他人很难觉察他们的会心一笑。

"正好，让丁主任看看，没什么意见的话签个字吧。另外，大有，你把需要医院提供的资料写个清单给丁主任，让他别给准备漏了。"

丁主任很仔细地看了看现场文书，没什么意见签完字，看到四组的几个人起身要走，赶紧跑到了门口："张队，知道你们局有纪律有规定，一直没敢说请几位喝喝茶。忙了一上午，也到了吃午饭的时候了，要不更正一下贵局'廉政午餐'的规定，就在医院附近找家干净的地方,难得请组里的兄弟们一起聚聚？保证不超标接待，你看行不？"

"你也知道我们局里的规定了！那就不要为难我们了。呵呵，下次再说吧！再见！一定记得赶紧把资料准备好送到局里。"

张志军婉言谢绝着，仍不忘叮嘱道。

稽查四组前脚一走进办公室，后脚局长徐继贤就跟着进来了。

他从背后一把拉住还没来得及转身的张志军："去，叫上一组朱文刚，打完午饭就把饭带着到我办公室来。"

"什么事这么急啊，徐局？"张志军拿着从食堂端来的饭菜一头扎进徐局办公室，后面跟着同样是莫名其妙的朱文刚。

"好。先把门带上，坐过来，咱们边吃边说。"

等两位下属一落座，徐继贤迫不及待地从桌上拿起一份举报函。

"小朱，要不你先看看这个举报信！"

朱文刚接过举报信很认真地看了起来。

这是一封来自某国际制药集团公司驻汉办事处的实名举报函。

尊敬的江城市药监局领导：

我们是 ** 制药集团汉办的工作人员，主要负责我公司华中片区的药品管理。近日在走访市场调查中发现，在贵市内某医药公司生产的"神州金刚片"中有擅自添加"枸橼酸西地那非"成分，而且在贵市几家大型医院均有使用。"枸橼酸西地那非"成分属我集团公司独有配方，早几年便申请了国家专利保护。任何公司在中药里添加"枸橼酸西地那非"成分都属违法行为。

目前，由于成本低廉，价格便宜，"神州金刚片"正在贵市热销，已使得我公司的药品在贵市及周边的销售量锐减，合法经营受到恶性竞争的打压。市场上充斥着此类假药，同时也严重地危害着人民群众的身体健康。

为保护人民群众用药安全，促进医药经济健康发展，今特恳请贵局对这种擅自添加"枸橼酸西地那非"的违法行为进行严厉打击，净化药品市场。

举报人：康辉、白文丽、李超

电话：159×××4112

2006 年 12 月 14 日

随信附上一份该公司从医院购得的"神州金刚片"检验报告单。

朱文刚把信看完后深吸了一口气，随手把信件转给了刚吃完饭正用纸抹着嘴的张志军。

徐继贤递给朱文刚一根烟："看完了，有什么看法？"

"我能有什么看法！从这封信和检验报告单上来看，'神州金刚片'擅自添加西药成分事实清楚，证据确凿，双方来头都还不小，估计这案子一定小不了。查吧！"

"爽快。那就交给你们组了。"

"徐局，交给我们组其他组的不眼红啊？再说了，我这不是刚借出去了一个人，目前组里可就两把枪了。"朱文刚少见地显得有些为难。平时的急难大案可都是一组包圆的，打认识朱文刚开始就没见过他会推脱一件大案。这要放在先前，张志军甚至都有些怀疑是不是碰上了"假的朱文刚"。

"你小子要查就别跟我提那么多条件！贺龙两把斧头都能闹革命，你不是还有两把枪吗？自己想办法去。"徐继贤回答得斩钉截铁。

"这……这……我这不是没事找事吗！"朱文刚看起来真的是有些懊悔，只怪自己话太多，看看旁边张志军并没有什么反应，不由得自嘲起来。

"徐局，你就别再将他的军了。你今天叫我们俩来应该不是这样安排的吧？"刚看完举报信的张志军突然插上一句话。

"还是你小子鬼！"面对自己手下的两名爱将，张志军沉稳干练，朱文刚则是出击精准，两人一刚一柔，文武兼备，徐继贤当然是"喜不自禁"。甚至有几次上面要硬生生拆散这对"良将"，都被徐继贤给顶了回去，"除非先调离我，或者我退休，要不他们必须留在稽查局！"

也因此，徐局虽然落下个"惜才"的虚名，无意中也断送了两个爱将的"大好前程"。不过，在张志军和朱文刚看来，稽查局确实是他们能大有作为的场所，其他的地方大可忽略不计。

"你那个'贺普丁'的案子也不小吧，查得怎么样了？"徐继贤吐出一口烟圈，袅袅在头顶上空盘旋，久久挥之不散。

"唉，别提了。目前在等上钩的鱼，到现在还没动静哩。又上手了几个新案子，得一个个地了结啊！"

"打住打住，你也别在这儿诉苦了！你看，这个案子该怎么办？"

"怎么办？不是还有其他几组吗？未必都没人。"

"真还给你小子说着了，其他组还真就没人。"说到这儿，徐继贤又点着了一根香烟，"告诉你们，这封举报信可是市政府批转下来的，他们转来的信函是个什么性质，我想你们不会不清楚吧。"

"哎呀，徐局，你就直说吧，你到底是怎么想的，我们保证执行就行。"性格直爽的朱文刚实在是有些憋不住了。

"那好。这件案子就转到你们两个组共同负责，谁主谁副你们自己定夺，单独成立一个特别小组，人员你们自己安排。

另外，我们也请示了局领导，同意从其他地方分局借调人手，但是借调时间不能太长。尽快在三日内查清楚市场上流通的这种添加西药成分的'神州金刚片'有多少，先全部控制起来，以免影响太大造成工作被动。"

"可是，认定假药必须出具检验报告书，送检出结果可不是三天就能解决的！没有假药检验报告单也就不能行使暂扣啊。"张志军提出了自己的疑问，这也是朱文刚有所顾忌的。

"那就加急，我来给药检所李所长打个招呼，看看能不能特事特办！"

"那就好了。那我们现在就可以下去准备了吧！"张志军进一步请示着。

"当然可以。这个案子你们俩可得好好琢磨琢磨，争取一网打尽，你们有没有信心？"

"有！"两人几乎异口同声响亮地作了保证。

稽查四组。下午3点。

还是那块有明显涂鸦痕迹的白板上，此时又多出了几家药店的名称，但名称旁边却并没有标数字。

马小晶盯着白板观察有半个小时了，并时不时用笔在白板上比画着什么。而刘勇，依然在忙着给另一起案件的行政相对人做着现场笔录。

组长张志军在办公桌前娴熟地玩弄着手中的一支中性笔，只见那支笔在他的两个手指间上下飞舞，旋出几圈漂亮的虚环，煞是夺人眼球。但张志军的眼睛似乎并没有关注在那支笔头上，而只是望着对面的墙壁发呆。

突然间，陈大有不知从哪个角落里冒了出来："张组，发什么愣啊？想老婆孩子了吧？"

张志军一激灵回过神来："去你的，别哪壶不开提哪壶！最近那几家药店没什么动静？"

"还真没有！我这两天啊，几乎每天晚上那个时间段都在那附近蹲守着，两三个小时啦，还真没见着什么可疑的人。"

"是吗？那还得继续辛苦辛苦了。还能再坚守两天吗？到周末再撤？"看着已有些严重睡眠不足症状的陈大有，张志军有些于心难忍，但还是不得已征求着他的意见，谁让单位缺人缺得严重呢。

"没事，我住得近嘛，举手之劳，没有什么辛苦的。要是真比起部队里来，这点小事就不叫个事了，你说是不！不过，听说你也好几天没回家哩，再不回去嫂子肯定会有意见的，到时会不会把你给扫地出门啊？"陈大有中气十足地回答，一方面表明他确实没有疲乏，同时开着玩笑，放松一下心情。

"嫂子有意见我怎么会不知道！"提到家事，张志军神色竟然有些黯然，但随即豁然开朗，"她会休我？这种赔本的买卖刀架她脖子上她都不会干的。还是说说你小子吧，别只顾着一人吃饱全家不饿，上次嫂子给你介绍的那对象，现在处得咋样？"

"每天都有电话联系着哩，不急。单位的事我不好和她多说，外面的世界咱又实在了解不多，聊天都快没了话题了。正愁着哩，要不，你给我传经送宝？"

"那你小子可得抓点紧，你不急人家姑娘难道也不急？这个周末如果没事，你就好好地陪陪她到公园里去转转，或者到电影院看场电影，加强交流，增进感情。"

看到马小晶仍然盯着白板冥思苦想，张志军站起身，轻轻地走到她身后。

"怎么！这三天他们没再下手，是不是觉得思路要重新调整一下？"

马小晶回过头："哦，张组。我总觉得这里面有点蹊跷。这附近还有三家药店，按他们的调包频率，这三天肯定会有所行动，怎么也没见着个报案的来呢……"

"还等着人来报案啊？你还真是忠诚卫士了！"不知什么时候，刚做完笔录的刘勇也凑了过来，正好接上腔。

"哪里呢。没人报案不是总觉着不正常吗？人家这正着急哩，你还……"马小晶委屈地辩解了一句，说到后来，声音都有些变调了。也是，说不定自己这好不容易戴上的"女诸葛"的帽子今天就撂在这儿了。"名节事小，破案为重"，他们再不出现，这招"守株待兔"大法可就失灵了，耽误时间不说，这个年可能都过不好了。

"和你开玩笑哩，怎么急了？"刘勇也感觉到自己刚才说的话对人家姑娘有些重了，赶紧道着歉，"都怪我这张破嘴，惹你生气了。别这样啊，要不，小生晚上请你吃饭顺带给你赔个罪压压惊行不？"

马小晶破涕为笑："去你的，谁要你请客，要想请就等这个案子破了再请。"

张志军突然发现罗汉不在，问刘勇："罗汉人呢？"

"哦，张组，刚才上班时罗汉被一组的朱组喊走了，说组里有个什么事。刚才忙笔录时忘了告诉你了。"刘勇马上补充道。

"好，知道了。那正好现在给你们说个事。上周徐局把我和朱文刚叫到办公室，又给我们组派了一个新任务哩。"

"张组，这手头上还有这么多案子没有结，光举报投诉连回告都搞不完，每天连轴转都转不完，还要接新任务？干脆把我们整成机器人得了。"尽管"人少活多，时间紧，任务重"，这些对于稽查局来说早已司空见惯，但刘勇还是忍不住发起了牢骚。

"这活接也得接，不接也得接啊。徐局已经下了死命令！想把朱组那一组和我们这一组合在一起，然后单独成立一个特别小组负责那个案子，而且这个案子也要抓紧。如果按马小晶的思路走，应该这周就可以见分晓了。"

"张组，这人手本就不足，还要分出人手，这……"马小晶有些为难。

"箭在弦上，不得不发啊。本来打算等'贺普丁'的案子有个眉目再告诉大家角色分配的事，可现在等不了了。这样吧，今天民主表决，谁愿意进入特别小组？"

三个人面面相觑。还是陈大有最先打破沉默："张组，你还没告诉我们特别小组是个什么案子哩！"

"也是起假药案。而且目前证据确凿，只是涉及面广，在实际处理时颇有些棘手。"

"那为什么不能分头查，非要另成立一个特别小组呢？"马小晶说出了大家的疑惑。

"因为这个案子相当于督办案件，有时间要求。所以只能进行特别处理。我现在也只能说这么多了。噫？大家都不举手，是都不愿意过去吧？"

迟疑了一下，刘勇举起了手："我觉得还是我过去吧，'贺普丁'的案子他们俩都在跟进，突然换人也不好。再说，那个案子不是有时间要求吗，时间一过就回来了，应该要不了几天吧！"

"那好，陈大有和马小晶手头的工作暂时都不要放弃，人员还是我们这些人，只是工作重点不同。那就这样定下来了。"

马小晶突然眼前一亮："张组，我总觉得那几家药店没有一家来报案显得不太正常，要不我们主动去看看？"

"我看行。那你们三个现在就一起过去。"

等他们三人走出房门，张志军拿起了电话："老婆，今晚上可能又不能回家吃饭了，刚上了个案子，徐局不让拖……"没等他说完，电话那头传来一个女人怨愤的声音："你就别回来了！"

啪！电话在张志军愕然的神色里挂断了。

九州大药房。

陈大有三人径直朝药店处方区走了过去。

"哦，三位领导今天怎么有空来检查啊！"店长程丽珍从处方柜内迎了出来，脸上堆满热情的笑容。同时吩咐一名营业员从超市柜里拿出了三瓶水。

三人一边婉拒着药店人员递过来的矿泉水瓶，一边快步走进处方柜内。马小晶拿起了一包"贺普丁"，感觉到重量不对，拆开其中一盒，发现里面竟然是空的。原来这五盒全部都是空包装。

"程经理，麻烦你过来一下好吗？"

程丽珍走了过来，看到马小晶手中空的"贺普丁"包装盒，神色立马变得有些慌乱。

"摆着空包装是为什么呢？这种药也能拆零销售吗？"程丽珍脸色的变化没能逃过马小晶的眼睛，她紧接着追问道。

果然，程丽珍说话开始吞吞吐吐："这……这种药蛮……

蛮贵重，怕偷……偷了……所以放……放着空……空包装。"

"不是这样吧！这还隔着几道门哩，有这么厉害的贼？莫不是被偷过？"

"没……没有被偷……过！"

"程经理，你最好说实话。这'贺普丁'是不是被调包过？"马小晶语气突然有些加重。"我们只要一对批号就能知道，你还是实话实说吧。"

"那好……好，几位领导，我们……我们还是到楼上去说吧。"

一行人在程丽珍的带领下上了二楼办公室。程丽珍终于开口承认昨天晚上自己药店也有十盒药被调了包，只是因为一来怕上层责备，再者当时的营业员也怕事情闹大，自己出钱先垫付了药款，药店想着也没有多大损失，就没有报案。

"我是觉得有些不正常吧！"马小晶得意地向两位同事眨眨眼，陈大有暗里向她竖了一个大拇指。

"程经理，你这一不报案，不仅药品批号无法上账，更给我们追寻目标失去了宝贵的机会，要我怎么说你好呢？亏你还是一名药品市场监督员！"陈大有跺跺脚，满怀懊恼。"怪不得我这几天什么都没看到，我总想着这么大的目标，他们不会首先从这里下手的，所以也就没有注意到这家店。谁知道……唉，又让他们溜了。"

"没什么。既然小晶的思路是对的，我们就还有机会。"刘勇在一旁劝解着大有。

"那我们赶紧回去吧。跟张组反映这个重要情况，再做下一步的打算。"心情大好的马小晶迅速作了总结发言。

"什么？九州药房也被调包了？"听完三个组员的陈述，张志军也不禁大吃一惊。要知道，如果让市民知道连九州大药房这么安全的地方都出现了假药，药监局的脸可就丢大了。

但至少说明了马小晶当初的方案还是可行的。

这些人还会行动。张志军掏出手机："喂，是李队吗？我张志军。你好！现手头上有件案子，要求刑事介入，就这两三天，对！你那有人手支配吗？好……好，我等你回话。"

"陈大有，这两天再盯紧些，一发现目标立马报告，别轻举妄动哦，注意安全！其他人手机24小时开机，保持联系！"张志军下达完任务便又匆匆出了门。

市局楼下，临街的一排门面中一间简陋的餐馆里，张志军和一个二十岁出头的小伙子相对而坐。餐桌上摆着两碟小菜，两人边吃着饭菜边聊着什么。

那个小伙子就是举报信中的举报人之一 —— 康辉，华中区片区经理。今晚刚从周边的一座城市赶回，满脸风尘仆仆。

今晚，他是被张志军约到这个餐馆的。

"康总，不好意思，大老远地把你约回来，耽搁你休息了。"张志军一脸真诚。

"哪里，哪里。稽查局的张队我可是早闻大名啊，早就想拜识却一直无缘识荆，说来甚是惭愧啊！"康辉也礼节性地回敬道。

一番客套后，张志军马上就转入正题："是这样的，康总。你们的举报信我们今天已经收到。现在把你约出来也就是想核实一下举报内容，以便于查实。有些不明的地方还得康总多指点指点。"

"我们是前天才发出的举报信，没想到你们行动真是快。佩服佩服！也希望你们能尽早遏制住这种违法添加之风，还我们公司一个清白，也让违法者能得到应有的惩罚。总部那边也催得急，所以我们才出此下策。还望张队多多包涵哦！给张队添麻烦了！"说起举报，康辉一下子变得义愤填膺起来。

"这是我们应该做的。康总就不要自责了，我们的工作还没做到位嘛。言归正传，今天我是想请教一下，你们是从哪儿取得样品的呢？是从医院药房吗？"

"是啊！怎么了？"康辉有些不解。

看到康辉显然是有些误会，张志军赶紧说道："哦，康总，是这么回事，你也知道，法律上认定假药的程序有两种：一种是厂家直接指认从未生产过；或者是检验报告结果不符合要求。现在你们都已经出具了那批假药检验报告单，按道理可以直接介入。但你们只能证明只有那个批号的才是假药，而不能完全证明'金刚片'是假药。所以……"

"你是说现在证明'神州金刚片'是假药的证据不足？"

"至少现在还不太充分。"张志军补充道，"如果我们正面从厂家仓库进行抽检，万一检验又是合格的，不仅不能达到彻底铲除假药的目的，更有可能打草惊蛇，还望康总体谅一下，在制止违法犯罪上我们的目标应该是一致的，打蛇打七寸，打假要寻根。另外，由于我们的执法人员对于医院药房来说，大家都十分熟识了。要是医院里事先知道是假药，出于保全自己的意图，可能也会对我们取证造成一定麻烦，所以……"张志军欲言又止。

"张队的话我听懂了，是不是要我们再去医院取样？"

怪不得人家能做到地区经理的位置，果然聪明。张志军不由心里暗暗佩服。

"这是个不情之请，还望康总多多包涵。买药的钱请开好票据，费用由我们全部承担。"

"这是个小事，要你们承担什么。"康辉已有些感动，"张队，你说得多少样品吧，每家医院取十盒够吗？"

"也不需要那么多，主要是大型医院批号可能比较全，就从一两家大型医院开始。明天上午10点前能不能取到检品药？"

"可以。"

"另外，还有一件事想问一下康总，希望你实话实说。你们在这之前有没有与生产厂家交涉过？"

"还没有。从医院取药检验后就直接投举报信了。"

"哦。那就好。谢谢康总的配合。希望以后有更多机会再合作。"

"应该的，张队这还不是在为企业服务吗？我们感激都感激不过来哩。这顿饭就我请了，虽然简陋点，张队就不要和我争了吧。"

"那怎么能行！是我约你过来的当然得我请，再说我还是地主，哪能不尽地主之谊呢？"

"这……好，那就恭敬不如从命了。以后来日方长，我再补请你好了。"眼看争不过张志军，康辉也就没再强求，看着张志军到柜台上付账，康辉眼里竟然有些潮湿了。

第三章
众里寻他千百度，蓦然回首

稽查四组。

刘勇刚一推开门，却发现张志军躺在办公室里唯一的一张沙发上睡得正香，嘴角还残留着丝丝还未来得及消散的笑意。

刘勇轻轻走过去，侧着身拿起水壶，结果还是不小心碰醒了熟睡的张志军。

张志军睁开眼："哟！都8点多了。该起床了。"一掀被子坐了起来。

"张组，昨晚又没回去。嫂子不让进屋了吧？"刘勇半开着玩笑。

"怎么会呢！昨晚与人谈事有些晚，怕回去惊醒了孩子，所以就又跑回办公室了。这可是你嫂子昨晚特批的待遇哦。"

"有那么好的事？咋让人不敢相信呢？我咋听说昨天你请假没有批准呢？"刘勇边说边做着鬼脸，一脸坏笑。

"家家都有本难念的经。等你小子今年把婚结了，你也会过上我这样的'幸福'生活了。"眼看瞒不了，张志军索性老实承认。

"得，得。不提这茬儿了。我还没有玩够哩，到北京奥运会时再决定吧。你这样的幸福生活对我可是一种严重打击哦。"说完话，刘勇拎着烧水壶便冲出了办公室。

张志军苦笑着摇了摇头。

等大家都到齐了，张志军便又开始安排新一天的任务。

"刘勇，你立即通知一下一医院，赶紧提交那台激光机的相关证照，否则告知他们，我们要采取行政强制措施了；马小晶，赶紧准备另两份上案审的文书；陈大有，将'贺普丁'调包案文书及相关证据集齐并写一份请示报告；罗汉，……"

正安排着，腰间的手机突然振动起来。

原来是一条短信："市艾美眼科医院有一台眼科A/B超无证。知情人。"

手机上未完全显示发信人电话，张志军招了招手：

"大有，带上文书包。罗汉，我们现在就出发，去艾美眼科医院。"

刚走出门，迎面碰上一医院丁主任，后面跟着一名瘦高男人。

"张队，不好意思，昨天下午开院务会，没时间过来，今天带着采购科长一起前来报到。嗯？张队这是要出去啊？"丁主任陪着一脸笑意并关心地询问着。

张志军略微停下出门的脚步，与丁主住握握手，同时把嘴巴朝房间内一指："先给刘科长看一下吧，你看，我赶紧要出任务了，就不能在家陪你了。小马，给丁主任他们沏杯茶。"

说完，一行三人头也不回地匆匆消失在楼道间。

丁主任只得讪讪地带着采购科长走进办公室。刘勇立马站了起来并迎上前去。

"丁主任还亲自跑一趟，找个人把资料送来不就行了！请这边坐。"

"这张志军！牵扯到案件连老同学都不招待了，还是小刘……哦，谢谢！"丁主任一边接过马小晶递过来的一杯热茶，一边玩笑着小声埋怨道。

"这你可错怪我们张组了。他这是急着出警才耽误了接待贵客。虽然说我们这儿不是警局，但有了案情也是命令。"刘勇替张志军解着围，看到他们都已经坐下，话题也转入了正题，"要带的东西应该都带来了吧？"

丁主任从随身的小包中拿出一沓资料放在桌上，并推给了刘勇："那就麻烦你帮忙看看，是不是要的这些？"

这时，张志军桌子上的电话响了起来，马小晶走过去拿起话筒："喂，您好！这里是江城市药监局……哦，张组？"

"是我。等一下辉煌集团办事处的康总会送来'神州金刚片'，请帮忙收下药品和票据并写好欠条，再做好送检准备。回头就得送检。"

"好的。"马小晶回答得一丝不苟。

刚放下电话，那天晚上和张志军一起吃饭的康辉就出现在了办公室门口，身后还跟着一名他的同事，每人手上都拎着一袋药，看起来每袋都有十余盒之多。

康辉一进门劈头便问："请问，张志军队长是这个办公室吗？"

马小晶赶忙迎上前去："是的，请问你是康总吧？"

"是啊！你是？"

"哦，我姓马，张组刚才已经交代了，是买来的药吧？"

康辉四下打量了一下办公室，很警惕地对马小晶小声道："这儿是张组要的药品检品，刚拿到。票据都放在里面了，麻烦你转交了。"

马小晶接过袋子，数了数数量，拿起桌子上的便笺便写起来，一边给两人让着坐："你们请先坐一会儿，我写好收条。"

康辉和那名同事均显得有些急促的样子，并没有落座："张队出去了？没想到你们这么忙！不好意思，给你们添麻烦了。收条我们就不要了！我们这就走的。"

"那怎么成，回头张组会怪罪的。马上就写好了，麻烦你们跑了这么远一趟，我们还十分过意不去哩，怎么还能再让你们破费呢！"马小晶边写着便条边解释道。

很快写好了收条，马小晶随即递给康辉："要不还是先坐一下，去去疲劳。张组刚刚出去，估计一时半会儿还回不来！"

"那就不等他了吧，你们先忙。回头再联系！以后还有得打扰哩。"说完康辉就带着同事匆匆离开。

另一边，已审完资料的刘勇抬起头来看了看丁主任："丁主任，从你提供的资料来看，那个产品还真是有些问题的哩。"

"什么问题？"丁主任立刻显得有些紧张起来。

"就是你们提供的这个产品的证照与产品说明书的文字有些出入。另外，你们提供的采购票据也不规范，无法证明这个产品来源的真实性。"

"啊……这个产品刚刚采购回来不久，还没怎么看资料就投入使用了。这是我们的疏忽。那……现在怎么办呢？"

"那先通知生产厂家尽快派人过来说明情况可以吗？另外，医院也要暂停使用该设备，待我们调查清楚了再决定是否可以继续使用，行吗？"

"啊？！能不能不停用啊，最近美容的业务刚刚起步，一停下来一方面会影响到美容科的声誉！同时好不容易集起的病源也会被抢走。你看这……"丁主任一边揩着额头上的汗珠一边请求着。

"那可不行,人命关天嘞。要是在调查过程中再出了什么事,你我都背不起这个责任的。"

"啊!那……那我先回去向领导汇报汇报再给你答复,行吗?"

"当然可以。不过不能拖。先赶紧通知生产企业过来接受调查,我们早查清楚不就可以早放行吗?"

"好的……好的。麻烦了。"丁主任招呼采购科长站起来,并握了握刘勇的手,"我一定配合好你们的工作。"

"那就把这些资料先留在我这里吧,你们现在可以回去了,我等着你们的消息。"刘勇也站起身来一直把他们送到了门口。

艾美眼科。

院长办公室,陈正祥院长正在向一脸严肃的张志军焦急地解释着什么,一旁的陈大有在医生办公室桌上低头写着执法文书。罗汉则拿着两张已经盖印的封条站在门边,焦急地等待着双方交涉的结果。

张志军手中拿着医院提供的眼科 A/B 超的相关证照复印件对陈院长继续做着解释:"从你提供的产品注册证上来看,这个证照目前伪造痕迹严重,所以我们有理由怀疑你目前使用的这个产品涉嫌未注册。按相关法律法规我们必须采取相关强制措施,这也是对你们医院的一种保护。也请陈院长多配合我们的工作。"

"啊,当时他们提供时我们不太懂怎么辨认就收进来了,而且这也是我们医院目前推出的重点诊疗项目,能不能请领导先通融一下,别就这样停了呀。"

"不是我们一定要查封。这个产品从目前你提供的相关证据是不足以说明它是办理了产品注册证的，所以按照相关法律规定必须予以查封扣押。这也是从保护患者身体健康以及维护医院名誉出发。同时也希望你们敦促厂家或商家尽快提供该产品的注册证原件，以便我们解除扣押。"

"你看，我刚才不是已经给厂家打过电话了吗，他们明天就会派人过来处理这个事。你看还是先不查封行不行？"陈院长固执地请求着。

"那恐怕不行，现场查封已经是我们能够做到的最好的处理方式了，其他的我可没有权限答应你的哦。你还是赶紧安排人将那台设备放进设备科我们好做处理，尽量减少对你们医院的影响。这也是对我们工作人员执法的最好配合。"张志军语气已经开始斩钉截铁。

手机铃声突然响起，张志军打开了话筒："您好，我是张志军。"

"你好。我是市政府秘书办的刘秘书，我们曾见过面的，还记得吗？"

张志军心中一凛，拿着手机快步走出了房门："哦，是您！记得记得。请问有什么事吗？"

"你方便说话吗？要不你找个安静的地方？"对方虽说是征询，但言语里却透着不容商量。

"方便。有事您请讲！"

"哦，那好。刚才有位老市长打电话过来，说你们正在查艾美眼科的一个设备，是吗？"对方显然并不想绕弯子，直奔主题。

"是。确实有这件事，正在调查……"张志军考虑着措词，语速慢了下来。

"哦，是这样的，老市长前两天正好在这个医院做过眼部治疗，而且感觉效果还不错，过两天可能还要开始第三个疗程。你看……"对方的意图不言而喻。

"原来是这个事！没问题。为了对老市长负责，同时也是对全市眼病患者负责，那这个产品我们也必须尽快地查实清楚，以免延误患者治疗。我们会尽快给医院一个答复，既然您这样说，也请您能理解我们的工作，依法行政，行政为民，咱们同为人民公仆，我想就不用我说得那么透了吧。再说，目前这个产品也仅只是涉嫌无证。只要厂家能尽快提供出注册证明，我想也耽误不了患者治疗的吧。"张志军回答得不卑不亢。

"那……那好吧。你们的工作作风真的令人敬佩，我无话可说了。就当我没打这个电话吧，再见！"对方悻悻地挂断了电话。

电话接完了，张志军又走回院长办公室："陈院长，请支持一下我们的工作，看看现场相关文书的内容，把字签了。也请厂家尽快派人过来接受我们的调查，如果这台设备没什么问题，我们一定会尽快还你们医院一个清白的。"

见劝说无效，陈院长只得无奈地做着相关安排："那……那行。那个小王，你去找两个人把那台设备拖到我的办公室；小李，赶紧电话再催一下生产厂家。张队，这样做你看行吗？"

字也签了，照片也照了，张志军再次握了下陈院长的手："今天真的谢谢您的配合！麻烦尽快和厂家代表一起到局里去一下，我们就不打扰了。"

陈院长将三人送出了门口，回头却发现办公桌上整整齐齐摆放着刚才趁他们不注意时偷偷放进执法文书包中的那三条"中华烟"，不由得深深地叹了口气。

与此同时，稽查四组办公室里，刚送走丁主任一行不到半个小时，刘勇也接到了一个电话。

打电话的是刘勇已经处了两年的女朋友——张丹青，她在市一医院做护士。两人目前应该差不多到了谈婚论嫁的火候了。

"小刘，我们周院长刚刚委托我转达一下他的意思，正好他今天晚上有时间，想请你们组的全体同志一起吃个饭，在艳阳天都订好了，市卫生局华科长作陪，你看能不能给我个回复？"张丹青一副公事公办的语气。

"这个肯定不行，不仅我答应不了，我们组所有人都不会应邀的。你就跟周院长说一下，说我们谢谢他的好意，但确实不方便吃饭。拜托了！"刘勇委婉地拒绝着。

"你都没有征求他们的意见就给推了，你也太独断些了吧？"张丹青对刘勇的回答很是不满。

"这个倒真的用不着征求意见，你又不是不知道，我们什么时候与行政相对人一起吃过饭？要吃也基本上是我们自己来买单吧。"刘勇做着解释。

"那周院长说，只要这个事办成了，他可以考虑把我调出住院部。你知道，住院部作息时间不规律，我们也处了快两年了吧，在一起交流的时间都不是很长。如果我调出住院部，在一起的时间不就很多了。你说这是不是个蛮好的机会？"

原来是有这个好处在里面，怪不得平时很少谈工作上的事的女朋友今天会这样热心医院的事情。

"这……这还真的不能往一起扯！一事归一事。不是我不帮你，是很为难。医院违规做违规处理，没有违法就不要怕查。怕的是吃了这顿饭就没下顿了。小张，也希望你能多多理解一下我的工作哩。"刘勇不得不耐心地向女朋友解释。

"你……那些大道理我都懂。人家怎么都吃得那么好，为什么就你们吃不得？"女朋友有些恼羞成怒。

"人家吃是人家的事，我们只管好自己的嘴就行。何况现在还没调查清楚哩，等调查清楚了我再找周院长赔个罪行不？"刘勇低声下气地赔着不是。

"你……你，我就知道，你心里只有案子，从来就没把我……们的事放在心上。"

"怎么会呢？住院部就住院部吧，大不了我天天陪你上下班。"看到女朋友真的有些生气了，刘勇赶紧继续讨好着。

"得，得，还天天陪？我就不指望了。好不容易碰上个周末上夜班，你还手机 24 小时不关机，十次总有七八次陪你的同事去了，我没说错吧？"女朋友有些得理不饶人了。

一席话说得刘勇哑口无言。"是我不对，是我不对。谁叫我做的是这个工作呢。等这段时间忙完了，我请年休假带你出去旅个游行不？去你最喜欢去的海南。"

女朋友终于破涕为笑："这还差不多。对了，说正事，今晚上的事我怎么向周院长说好呢？"

"直接给他说吧，就说我们最近都在忙行评材料，时间上实在抽不出来，下次再说哦。请他原谅就行了。"

"好吧。那晚上见。你可要记得你的承诺哦。如果你忘了，看我怎么修理你！"

"晚上见，Madam ！"刘勇学着港台片里的台词响亮地回答着。

下午一上班，马小晶就带着已经整理好的一大堆送检药品和资料去了市药检所。

刘勇在电脑旁正思考着晚上如何取悦女朋友的事，电话响了。刘勇一激灵抓起话筒："张组，你的电话。局举报中心来的。"

张志军拿起桌上的电话："是的，我是张志军。什么？有人举报了一个窝点？哦……好……我知道了，回头我再来拿举报件吧？"

放下电话，张志军一把抓起放在椅背上的上衣："大伙儿一块儿出警，出发。"

在半临街的一处没有物业的老社区某幢二楼 202 室，室内成件成件地堆放着许多药品和医疗器械,特别是在两间卧室里，就连床上都堆满着货物，卫生间和厨房就成了杂物间了，人在里面很难通行，客厅里本就有些狭小的空间也被挤得只够一个人进进出出了。

房间里有一男一女正在货物间清点着物品。在西面墙角一张窄小方桌上零乱摆放着几个计算器和一些账本。

张志军一行径直地走了进去，那一男一女依然低着头，并没有意识到有人已经走进了房间。

刘勇侧身走到方桌处，翻看了一下桌上的账本，回头用手指了指满物的药品和器械，又指了指账本，并将它们拿在了手中。

陈大有迅速拿出照相机对着满屋的货物一通拍起来，甚至将两名清点货物的相对人也从不同的角度摄入镜头中。

张志军走到那名正忙着清点货物的妇女身后，并向对面的中年男人出示了行政执法证件："您好，我们是江城市药品监督管理局执法人员，接举报到你公司进行实地调查，请配合我们的工作。"

直到这时，那一男一女才抬起头来，惊愕地看着屋子里突兀多出来的四个人，半天都没能合上张开的嘴巴。

张志军把证件再次递到那名中年男人面前："请问你是这儿的负责人吗？请出来我们聊聊好吗？"

中年男人这才回过神来，用手接过证件很仔细地看了看："是的，是的。"边说着边奋勇挤出货堆。待张志军和那名中年男人走到大门处时，罗汉一个纵跳也进了货物堆中，并几步穿进了卧室，看看房间里再没其他人，便与陈大有一起清点起药品数来。

张志军关上门站在门后，面对着中年男人："请问您贵姓？你们公司有名称吗？有没有相关的经营证照？"

中年男人从口袋里掏出一包"满天星"，从中抽出一根递到张志军面前，张志军摇了摇头，摆摆手拒绝的表示："谢谢，我不抽烟！还是请您出示一下相关的证照好吗？"

"好，好。我马上拿给你。"中年男人一边点着头一边从上衣兜里掏出一张身份证，"我叫孙启良，山东人。"又从门后挂着的一提一次性塑料袋中掏出一份"执照"递给张志军。

"这是我公司的营业执照。初来贵地做生意，请多多指教。"中年男人不住地点头哈腰，一副小心翼翼的做派。

张志军皱了皱眉，接过营业执照 —— 济南富侨商贸有限公司江城办事处，法人，孙启良。

"这些药品是怎么回事呢？有没有药品经营许可证或者医疗器械经营企业许可证？"张志军指着满屋的货物又问道。

"这些都是山东公司通过铁运运过来的货物，这不正在清点吗，准备马上发出去的。有什么问题吗？"孙启良满脸疑惑。

"那请把票据找给我看一下。哦，还有，那个女同志也是你们的员工？"张志军指了指屋内的那个女人。

"票也在这里。她是我们办事处的一名员工。"

看到票据上盖着鲜红的办事处公章，张志军眉头紧锁。

"张组，这里面货物大部分都是非药品，还有部分医疗器械。"刘勇转了一圈，向门口走来。

张志军点了点头："那行。先做个现场检查记录吧，该控的还是得控制起来。"

"啊。张队长，我们不能卖医疗器械吗？"孙启良一下子着急起来。

"你现在只提供了办事处的证照，而办事处的职能是办不了经营许可证的。所以你现在没按规定存放的药品和医疗器械，极有可能会造成人身伤害。按相关法律规定也是必须要先行暂扣保存的。等调查清楚了我们再解封退还给你吧。对了，现在也同时请你到我局做进一步调查，应该有时间吧？"

稽查局一楼仓库。

几个挑夫模样的人正在从一辆中型货车上卸下已全部贴好封条的十几件货物，搬往库房存放。刘勇和仓库管理员一边指挥一边仔细清点着入库的货品。

此时已经是下午 5 点 20 分了。

张志军一行四人走进办公室，马小晶也刚送检完回到了办公室。

"马小晶，先给这位孙经理做一份调查笔录，罗汉先配合一下吧；陈大有，赶紧回家吃饭准备一下晚上蹲点，我估计那伙人今天会出动！"

陈大有兴奋地放下文书冲出了办公室。

稽查局办公室小陈推门走了进来："张组回来了！徐局在办公室还等着你哩。"

"好的。我马上上去。"

徐局办公室，朱文刚和徐继贤相对而坐。

门口响起敲门声。"请进。"

话音刚落，张志军推门走了进来。"徐局，您找我？"

"先坐下再说！"徐继贤指了指朱文刚旁边的椅子，示意张志军先坐下。

"特别小组的人已经落实好了，明天就过来，你们俩商量的如何？"徐继贤开门见山。

张志军赶紧抢下话头："正准备向您汇报这事哩！我那个组，我和刘勇先进特别小组，那批药今天下午也已经送检，明天上午就应该有个结果。我建议特别小组由朱组负责，我辅助，你看行吗？朱组。"

"还是你负责吧！"朱文刚谦让道。

"哎呀，你就别为难我了。你知道我那个'贺普丁'的案子可能就这两天要出眉目了，丢不开啊……"

徐局立即打断了他俩的对话："你们就不要在这里互相谦让了。我不管你们谁主谁副，从明天开始，这个案子也要马上上手。别忘了你们答应的三天时间。具体怎么做是你们的事，我可是只看结果的，能不能尽快拿下来就看你们配合得好坏了。"

"可是，徐局，今天又上了两个新案子，也不能不办啊！你看，这……"张志军这次是真的有些为难。

"不是要你们不办，只是要求你们能分清轻重缓急。这个就不用我再给你上课了吧！"徐继贤打断了张志军的申辩，语气严厉地给予了制止。

"那……那行。我现在就去准备吧！朱组，如果没什么事我们就不打扰徐局了。我们回组里再细谈，你看可以吗？"说完，张志军站起身，朱文刚也点点头。

两人向徐继贤告别，就一同走出了局长办公室。

走廊里，两人一路耳语着走下了楼梯。

一楼仓库，货物已经清点完毕，两名保管员拿出钥匙准备锁门。

刘勇看了看手表，突然"哎哟"了一声，收起物品清单便往四楼办公室跑去。

办公室里只剩下马小晶一人，刚做完笔录正在收拾东西。看到刘勇气喘吁吁地跑了进来，忍不住打趣道："女朋友还没接吧？张组说了，完事赶紧下班，晚上注意电话。你就别收拾了，把清单给我就行了。反正我一人吃饱全家不饿，早点晚点回家都没事。"

刘勇喜出望外，感激地将物品清单悉数交给了马小晶，"真太谢谢了，辛苦你。下次再赔罪！"就一溜烟儿冲出了办公室。

……

马小晶将整理好的文书放到刘勇桌上，挎起坤包关掉室内电源。张志军此时才出现在门口。

他很诧异地看了看室内，窗外已是万家灯火。他一摸后脑勺，才记起今天晚上答应老婆回家给孩子过生日的，看来此时回家挨一顿批评是肯定免不了的。

"路上注意安全。"他还不忘交代一下已经走出门的马小晶，顺手锁上了房门。

"你回家还是多注意下家里的安全吧！有事通知我们。"马小晶回头调皮地回敬了一句。

张志军两室一厅的房子里，所有房间都关着灯。从窗外照进来的光线里，可以看到三个人影围坐在餐桌边。

餐桌上，一盒两层蛋糕上点着八支蜡烛。烛光映照着三张满怀笑意和期待的脸。

"我们先一起唱《生日快乐》歌好吗？"爸爸张志军首先打破沉默，征询着儿子的意见。

妈妈立即表示支持："同意同意，祝小寿星生日快乐，健康成长。预备——起——"

一时间房间里充满了歌声，"祝你生日快乐，祝你生日快乐……"

歌声里，小男孩闭上了双眼，双手合十，上下嘴唇不出声地动着，很虔诚地做着祈祷。许愿完毕，睁开双眼："爸爸妈妈，我要开始吹蜡烛了。"一脸幸福的欢笑。

客厅里一下子灯火通明，一家人便嬉闹着开始切蛋糕了。

……

环艺影城。

刘勇和女朋友坐在靠右边后排的座位上窃窃私语着，银幕上正放映着一部青春喜剧。从影院里不时传出的笑声中不难看出正在放映的电影并不难看，只是两个年轻人心思已经不在看电影上了。

"你准备什么时候带我去见你的家人，你还在考验我是不是真的喜欢你？"刘勇突然藏起手中的爆米花，一脸暖意地问着张丹青。

看着男朋友痴情的眼神，张丹青有些陶醉了。她并没有急着回答，而是偷偷地吻了一下刘勇的脸颊："你说呢？着急了？"

"不是我急，是我妈……我妈还急着……急着抱……"刘勇有些不好意思说出口了。

"抱什么？抱……"张丹青一下子似乎想到了什么，脸上顿时飞起两朵红云，"去你的！你想得美。"

刘勇趁机倒是一脸坏笑地看着女朋友，然后轻轻地将她揽在了怀中。

……

张志军家中，餐桌上已是一片狼藉，刚吃了几块蛋糕的儿子已经跑到一边看起了电视。妻子王国英扎起围裙主动收拾起残局。而张志军呢，倒在沙发上眯起了双眼，好像已经睡着了。

腰中的手机突然急促地响起，是陈大有。手机那头似乎有些着急："张组，我刚才碰上了那伙儿人中的两个人，跟踪他们到了他们的租住地 —— 沿江大道 100 号红花社区，下一步怎么办？"

"你确认是那一伙儿人？……那好，我马上通知小刘和罗汉也过来。先不要轻举妄动，确定好具体位置。我联系一下刑侦队，这次一定不能让他们再溜了。"

已经收拾得差不多的王国英愤然解下围裙，向餐桌上用力一摔，低头冲进了卧室，并狠狠地用脚把房门给踢上了。

已从沙发上一跃而起的张志军多少有些愧疚地看了房门一眼，无奈地苦笑着摇了摇头，仍毅然冲出了门外。

　　另一边，电影放映已至中旬，刘勇有些无聊地拿出手机翻阅着短信。

　　突然一条短信映入眼帘："10分钟后到沿江大道红花小区门口汇合。张志军。"

　　刘勇推了推张丹青，张丹青迷惑地坐直了身子，"怎么啦？"

　　"队里有急事。不好意思，今天的电影不能陪你看完了。等下你自己回去好吗？"刘勇向张丹青请着假。

　　张丹青一扭身，话语里明显带着刺："你什么时候陪我看完过一场完整电影了？算了算了，工作重要，我就不拖你的后腿了。"

　　刘勇刚站起身，听到这里不由得犹豫了一下。俯下身在张丹青的耳边说着什么，张丹青这才破涕为笑了："去吧去吧。再别总许空头支票就行！"

　　"谢谢老婆！"

　　"谁是你老婆了！"本已恢复正色的张丹青还是被逗笑了。刘勇这才在女友娇羞的脸上给了一个深深的吻，便迅速消失在影厅门外。

　　红花小区是一座修建于20世纪70年代的小区，说它是座职工宿舍楼群也不为过。七八栋破旧的楼房分两排耸立于其中，统一的六层，统一的五单元，也是统一的晒衣架朝向。里面既没有健身器材广场，也没有物业，更没有业主委员会。小区内路灯不亮的比亮的还多。只是21世纪初在小区外围圈起了铁栅栏，并一前一后建造了两个小区门房才取名为红花小区。

　　一行五人趁着夜色走进了小区，笔直向最后一排楼快速走去。

后面一左一右两栋楼分别是4号楼和8号楼，一行人出现在8号楼二单元的楼道间。

8号楼二单元202室门口，5条人影依次而上分列两边，走在最前面的是张志军，其次是陈大有，罗汉与刘勇紧随其后。最后上来的却是一名身着警服的警官。

该警官就是经常与药监局联合执法的该区公安分局刑侦二队队长李磊。四十出头，样貌精瘦。

李警官轻轻靠近202室，侧耳听了听屋内动静，用手敲了三下门。

门内好像突然有点嘈杂，随即传出一声喝问："谁？"

"查暂住证的。"李警官很镇定地回答，同时向侧身在门两旁的药监执法人员示意，做好准备。

"这么晚了还查什么暂住证？"门内有人嘀咕着，过了一会儿，有脚步声向门口移来。

门打开了一条缝，门缝里伸出一卷毛头，看了看门口站着的警官及其伸出的警官证，犹豫着是否开门。

"快把门打开！"李警官加重了语气。

卷毛头一愣，气势上已经矮了几分，用手扣开防盗链，突然发现门外还站着几个人，就想把打开的门重新推上。说时迟，那时快，李警官一个大步，迅速伸出一只脚将门抵住，同时大喝一声："别乱来！"

几个人迅速冲进了房间。

房间里除了开门的卷毛头外，还有两男一女。此时正被突如其来的变故惊得不知所措。

张志军向客厅里张望了一下，示意罗汉与陈大有先搜寻两间卧室，自己与刘勇径直走到一个看似年龄最大的男子面前，出示了自己的执法证后，方才和颜悦色地问道："你好，我们是市药品监督管理局的，能配合一下把你们的身份证也出示一下吗？"

几个人被这些似警非警的执法人员给弄糊涂了，或许是内心有鬼，他们都老老实实地掏出了身份证。

张志军看了看，未置可否，顺手交给了刘勇。"先收起来，等一下再还给他们。"

罗汉从房间里露出头来："张组，房间里只有几只托运纸箱，但都是空空的，有几盒药好像都是他们自用的……没有发现什么有价值的东西。"

"票据之类的有没有？"张志军问道。

"也没有发现。"门里传来陈大有的回答。

"那好，先照个相，把托运箱上的托运单完整地撕下来就行了。"张志军一边做着现场安排，一边仔细地打量起整个房间布局来。当他的目光扫视到卫生间时，他径直向着卫生间走了过去。

看似这一不经意的举动，却使房间里的三人脸上同时露出紧张的神色。

打开卫生间，却是空荡荡的，并没有发现有纸箱纸盒子之类的物品。张志军又走到洗漱池边，白白的水池边沿上有一只浅浅的脚印。张志军顺着墙角向天顶望去，天顶的其中一块顶板还留有一条缝隙，似乎刚被人翻动过。

张志军跳上水池，用手拨开了那块顶板，伸头进去看了看。再探头出来时，脸上终于露出了笑容。

不出意外，陈大有两人在卧室里并没有发现任何药品，不过，在某一个开着的抽屉里却发现了许多药品货运清单，而这些清单又好像都是从同一个快运公司寄过来的，上面印有同一个快运公司的公章和标识。

而从卫生间的天顶里却找到了三件还未来得及拆封的快件包以及一本账薄，快件单印显示收到包裹时间是在 11 月底。

打开包裹，几十包足以以假乱真的"贺普丁"露了出来。房间内刚才还一直若无其事的四人也终于低下了头。

张志军掏出手机迅速拨出了一个号。

稽查局四楼，时间是晚上 10 时 20 分。

四个稽查组办公室门全部打开，四名行政相对人分别在不同的房间里做着笔录。

张志军身旁除了站着李警官之外，又多出一个人——"贺普丁"大区销售经理吕奉光。他正忙着对那几十包药进行辨认。

"应该都是假的！"吕经理很肯定地说，"与先前的那几批十分相像。"

"那辛苦你了，这么晚还把你约出来。"张志军客气地与吕经理握握手。

"哪里哪里，这是应该的。你们帮我们打假，我们感谢都感谢不过来呢！哪敢说辛苦？还是你们真的太辛苦了。"吕经理由衷地感慨道，同时发出了邀请，"要不今晚就请大伙儿吃宵夜？入乡随俗嘛。"

张志军马上制止住吕经理继续说下去："那就真不必了！吕总的心意我们心领了。饭吃不吃没关系，重要的是你帮我们确定了方向，以后专业上还希望吕总多多赐教哩。"

"不敢当，不敢当。我当然是知无不言啊！要是没其他的事，我就不打扰你们工作了!"吕经理满口应承着下了楼,张志军一直目送着他走出稽查局大门。

太阳从天边露出了半张红脸,朝霞斜斜地直射入办公室。初冬的早晨开始乍暖还寒。

披着大衣斜躺在椅子上的张志军揉了揉眼睛,第一个醒来。看了看办公室里横七竖八躺着的几名同事,一丝歉意涌上心头。

他把大衣轻轻地加在身体最为瘦小的刘勇身上,却不想还是惊醒了小伙子。刘勇伸了伸懒腰,感激地对着张志军笑了笑。

直到马小晶走进办公室,陈大有和罗汉方才醒来。几天的蹲点让陈大有消瘦了些许,而昨夜肯定做了个好梦。

"同志们,昨夜初战告捷,大伙儿都累的够呛吧。不过,我们终于破了'贺普丁'掉包案,并抓住了嫌疑人,这方面。马小晶居功至伟啊!"张志军向马小晶投去赞许的目光,"要不是她思路明确,我们不可能这么快就抓住嫌疑人。你们说,是不是?"

"那当然啊!""马小晶真有你的!""小马,向你学习啊!"大家七嘴八舌,说得马小晶很不好意思。

张志军打断了大家的赞美:"案子虽然破了,可是我们却犯了个致命错误。通过昨天对行政相对人的突审,他们这个团伙远远不止目前我们抓到的这四个人。而且这四人还都是最下线的。他们的首领是谁?假药的源头在哪?我们都还是没有查清楚,而且从现在的情况来看,可能打草惊蛇了。这是我工作的失误,我要负全责。"

"张组,这怎么能怪你呢?"陈大有率先自责,"要怪只能怪我没辨清他们,没想到他们的头并不在现场,要不然……"

"没有要不然。这只是个意外。"张志军安慰着下属，"责任肯定由我来负，我会亲自向徐局请罪。刘勇，今天你和罗汉一起开始就要转入特别小组，其他的同志把前两天的案子调查再整理一下，特别是那个办事处的案子，想想该怎么着手？"

徐局办公室。

徐继贤一直默默地抽着烟，听着张志军叙说着昨夜的战况。

"徐局，情况就是这样的，那四个人已经移交给公安分局，今天还等着您签字哩！只是，这个案子只能算是破了一半，也是我太过相信自己了，没能深挖。再想找到幕后黑手恐怕就不太容易了！"张志军诚恳地做着自我检讨。

徐继贤摁熄了香烟："这事也不能全怪你，至少给了他们一个教训，让他们有所顾忌，不再敢无法无天了。以后再多留留心，我不相信他们就这样销声匿迹了。特别小组的情况怎么样了？"

"已经安排好了。今天上午检验报告可能就会出来，我等一下打个电话问问。只要报告不合格我们就马上采取相应的行动。"

徐继贤点点头："记住，这个案子不能拖，尽快查个水落石出。市里马上要开绩效会了，还等着这批材料哩。"

"明白！"

"对了，听说昨天你们在艾美眼科医院发现了一个无证的眼科治疗设备？"徐继贤突然像是不经意地问道。

"是的。有人举报，局举报中心转下来的。从目前掌握的情况看，该产品确实未注册。"张志军回答道，心里突然冒出一个问题：举报件难道徐局没签发？

终于还是想了起来：举报件还一直没去举报中心拿哩。

徐继贤似乎并没看到张志军脸上的神色变化："你们办案子我基本不插手，但这个案子听说牵涉一个退休的副市长，你可要给我谨慎点，别捅娄子哦。"徐继贤有些似有意无意地提醒着这个手下爱将。

看来昨天的那个电话也曾打到过徐继贤这里。张志军随即语气铿锵地说："徐局您放心。如果那个产品真是无证产品，不管牵涉谁，即使是市长要用也不行。您老平时不是经常教导我们，不办友情案，不办人情案吗？我们会坚决贯彻这一条方针的。"

徐继贤用笔点了点张志军的额头："你呀，你呀！知道了。只要莫给我添乱就随你吧！"

第四章
山雨欲来风满楼

特别小组并没有单设办公室，除了罗汉、刘勇、柯文斌外，另外从分局调了两名刚招考进局不久的年轻人。

那两名从基层过来的年轻人就坐在稽查局会议室里办公。

特别小组第一次会议就在检验报告拿回的当天上午召开，朱文刚和张志军先分别作了自我介绍，并给在座的五人互相也作了介绍。

会议桌上放着六份检验报告单，几乎每批都检出有"枸橼酸西地那非"成分。

张志军清了清嗓子，看到大伙儿脸上都有一种大案来临时的兴奋表情，他突然有一种莫名的感动。

"同志们，这个案子从现在开始就已经进入正式轨道了。本案的重要性我就不过多强调了，但时间紧任务重也是不争的事实。只希望大家精诚团结，充分发挥主观能动性，我们一起尽早从快从严拿下这个案子，给组织争光，给个人添彩！"

顿了顿，张志军又道："根据稽查局局长意见，这件案子由一组朱文刚组长负责。下面请朱组长给大家指派任务。"

朱文刚手中拿着一份写有部分医院名单的纸条开始了详细的分工："大家从现在开始就分成两组。刚才与张组长商量过，一组由我负责，成员有罗汉、柯文斌、邓艺，马上准备文书及封条，去医院查封药品；其他人组成二组，张组长负责，查生产厂家。大家都听清楚了没有？如果都听清楚了，那我们现在就行动。"

张志军收拢记录本，刚站起身来，手机突然响了。

"小张，赶紧到我办公室来一下。"电话随即挂断。

是徐局办公室的座机电话。

张志军推开门，见徐局脸色阴沉，开玩笑的话就没敢先说出来："徐局，怎么啦？"

"怎么啦？昨天你们是不是收回了一批药和器械？"

"是啊，好像跟您汇报过？"

"你是不是连人家的贵重礼品也一起收了？"徐继贤说到"贵重礼品"时突然加重了语气，逼视着张志军的眼睛。

张志军神态自若："怎么可能？别说是贵重礼品，就是一包烟，一瓶水都没有收过！"

"你就这么肯定？怎么检察院的电话一大早就打到我这儿来了？指名道姓说是你张志军收了人家两块金表，还是劳力士牌子的？"徐继贤敲着桌子，有些恼怒。"如果有这件事，现在向组织坦白还来得及，我可不希望你在这上面栽一个大跟头！"

"绝对不可能！徐局，这么多年难道您还不相信我？我……我是那种人吗？"张志军感觉受到了极大污辱——如果连自己最信任的老领导都不相信自己，那还能到哪抱屈去？

"就是因为我相信你不会做这种事，才把你单独叫到办公室，目前还没向上面反映。"徐继贤局长语气稍微有所缓和，"但无风不起浪，你好好想想昨天现场都发生了些什么。"

张志军低着头，仔细地回忆了一下昨夜办事处的那一幕，确定没有发生过收礼的事，假"贺普丁"案就更不可能发生现场送礼行为。那究竟是怎么一回事呢？徐局说得有鼻子有眼的，不像是开玩笑，那？突然眼前一亮："徐局，如果您还相信我，让我们现在一起到仓库去看一看行吧？"

"你是说，东西有可能还在库房？"

"不能肯定。但我想如果确有其事，东西就应该还会在库房。因为从昨天回来到现在我还没去过仓库哩。"

一楼库房里，昨天晚上入库的药品医疗器械货箱整整齐齐地摆放在一处。张志军一眼就看到了其中有一只纸箱比其他纸箱略微高出一点，拉着徐局和刘勇一起走过去。

"这些货物昨天回来后就没有人动过吧？"张志军前后查看着货物并仔细看了看封条，询问着仓库管理员。

"没有。这里都是双人双锁，不可能有人翻动。"仓库管理员十分肯定地回答。

张志军和刘勇一起搬下那件略有异样的纸箱，手在箱面上摸了一圈："这个箱子有点问题，徐局，我申请现场打开检查！"

"我同意！"

箱纸封条被小心地撕开，在成捆成包的药品最上面确实有一盒别致的物品。张志军拿起来打开一看，赫然是一对崭新的"劳力士"表。

张志军和刘勇都吓了一跳："徐局，这……"

"这什么这！我们这么多人在场，还怕你私吞了？你们赶紧将手表上交纪检组，写个情况说明交上来。其他的事我向局领导去汇报。唉，看你们这办的……叫我说什么好呢！好在东西还在，要不然？！"徐继贤爱护地埋怨了一通，转身急匆匆离开。

张志军和刘勇面面相觑，刘勇更是自责地低下了头。张志军主动拍了拍他的肩膀："没事，人正不怕影子斜。看来光靠激情和勇敢不行，咱们要随时注意这些'糖衣炮弹'。以后咱们多注意一些就行了。"

是啊，看着两块金光闪闪的手表，张志军宽解刘勇的话，又何尝不是在宽慰着自己：真险啊！要是再过去一两天，可能就浑身是嘴都没法说清了。

医院药房，几乎所有的"神州金刚片"都被集中在几只大纸盒里，并贴上了封条。涉及的市级医院就达十余家，但通过查获的票据显示，其药品来源却并非出自生产厂家，而是全部指向了一家名为"南方银泰工贸有限公司"的企业。但没有一家医院能够提供这家公司的药品生产许可证或药品经营许可证，甚至连营业执照都没有收集，每次交易据说都是通过一个电话解决的。

面对如此大的采购漏洞，医院相关负责人却还振振有词："这个药和'伟哥'作用差不多，而价格比'伟哥'便宜很多，市场需求量大，又是国药准字，还签了协议，之乎公司可是个大集团，这么个大公司也不会突然飞了，难道他还敢造假？"

还是有一家医院提供了一个情况："我看过'南方银泰公司'的营业执照，好像是个外企，注册资金一个亿。当时他只说还要在国内注册，所以暂不能提供复印件。"

"这么大个企业，而且就在本市内，难道你们就没有一家给之乎集团打个电话核实一下？"执法人员很是诧异。

"也打过，可要么电话长期占线，好不容易打通了一两次，对方都给出了肯定的回答,也就觉得没有去现场验看的必要了。再说,那么大的一个公司,又是省管重点企业,平时哪看得上我们这些医院,要不是'金刚片',我们也没有什么业务往来。亲自上门调查怕不是自讨没趣?"

得到这样的解释,执法人员也只能苦笑了。

而另外一组,张志军那一组调查的结果也没能好到哪儿去。

之乎药业集团有限公司创建于1999年5月,是一家集科研、开发、生产、营销天然药物于一体的现代化中医药企业。工厂位于有"药谷"之称的经济技术开发区内,配备有先进的制药设备和完善的检测手段,企业已于今年上半年通过了国家GMP认证。

经济技术开发区内从事医药生产及相关的企业只有10余家。之乎药业集团有限公司作为第一家国有改制企业入驻开发区,是省属大型药企,在税务政策方面已给予了极大的优惠。而几年来,之乎药业集团有限公司从一个占地不足1000平方米的企业发展成为如今占地10700平方米,规划建筑面积5000余平方米,绿地覆盖率50%的大型合资企业,与当初市政府大力引名入园是分不开的。自改制以来,乘改革开放的春风,连续多年实现产值利税翻番,取得迅猛发展,各项经济指标跃居国内同行业前列。省市领导也多次作了重要批示:营造良好发展环境,促进开发区经济大发展。

厂区内建筑物外墙均为进口彩色复合钢板围护,生产厂房内墙为高级白色喷涂钢板。1500平方米的10万级洁净厂房,完全能够保证将传统中草药材,经现代化科学工艺精致制出高品质的中成新药。厂区双路供电、供水、供暖。排水、通信、天然气等设施一应俱全。生产车间采用集中空调系统，保证室内恒温、恒湿，达到生产所必需的净化要求。厂区内另设有污水处理装置，日处理能力完全可以满足工厂的生产要求。

在该集团气派豪华的会客室里，集团负责人热情地接待了张志军一行。

会客室里悬挂着集团的相关证照及荣誉证书，并有大量领导人视察工作的照片。"制好药、做好人"的集团理念醒目地装裱在正墙中央，张志军一行就坐在那排字下的长沙发上，面前已摆好了几杯龙井，热气腾腾。

集团负责人潘宁坐在侧座相陪："几位领导，今天不知是哪阵风把你们给吹来了，我代表集团吕总对各位领导的到来表示热烈欢迎。只不过，吕总因为正在参加开发区管委会组织的一个会议，无法分身，所以全权委托鄙人招待诸位。"

张志军欠了欠身："潘总言重了，不敢劳烦董事长。今天我们来，一来是职责所在，同时也是想看看贵公司的发展道路上哪些是还需要我们进行帮扶的。"

"托省市领导的福，我集团公司这几年的发展当真是突飞猛进。利税就不说了，仅解决就业人口就不下万人，集团已经与国际药界巨子跨国公司签订了意向性协议，明年争取再上一个台阶。"潘宁伸了伸腰，自豪地说。

"哦？公司发展如此迅猛可真是我市的福音。那看来没我们什么事了。"张志军话里有话。

"哪里哪里。集团的发展肯定是离不开各位领导们指导的。潘某不会说话，怠慢了各位，中午略备水酒，吕总特别交代的，各位务必赏光！也算是我为大家赔罪了。"

"赔罪就不必了，潘总并没有说错什么，又何罪之有？饭是不能吃的，潘总应该知道我局的廉政规定的。还得麻烦潘总代我们向吕总表示歉意。"

"那……那各位领导今天过来确实是有事在身？那有什么需要我们配合的请尽管说。"

"那好，今天我们还真是无事不登三宝殿的。"张志军说着从文书包里拿出几张检验报告单复印件，"那就先麻烦潘总看看，这些产品都是不是你公司生产的？"

潘宁接过检验报告，很快地扫了一眼，脸上露出一丝不易觉察的恐慌，但稍纵即逝。

"原来张组是为这些事而来，那我得先问问生产厂长和质管经理。"

"那就再麻烦一下潘总，让他们带上这几批产品的生产批记录和出厂检验报告行吗？"

"当然可以。"潘宁很肯定地做着安排，似乎十分自信，全然没有刚才看到检验报告时的不安。

还是刚才那张极尽奢华的树根茶几上，此时多了许多已装订成册的生产批记录文件和出厂检验报告书。几名执法人员正埋头在纸堆中紧张地搜寻。

十几分钟后。

"张组，没有！"刘勇向张志军摇了摇头，张志军转头向潘宁投来询问的目光，"就这些？"

潘宁耸了耸肩："张队，就这些了！您要不相信我们可以到车间里再去看看？"潘宁很是一副没做亏心事的神态，大方地邀请着。

张志军借势站起身来，招呼了一下几名同事："走，大家都去参观参观。既然来了，少不得要打扰一下了。是吧，潘总。那我们先去库房看一看？"

仓库确实没有上述那些批号的药品库存，就连货物卡上也没有那几个批号的书写痕迹。"潘总，我能抽几盒药检验一下吗？也好为你们洗脱嫌疑啊。"

"没问题，请随便抽。"潘总很爽快地答应了。

"那就再提供几个包装给我们检验一下！"张志军似有不甘，但也没有办法。

同一天上午，稽查四组。

一医院丁主任正着急地向马小晶解释着："马科长，我跟你说实话吧，那个产品原是一个朋友放在医院里试用的，那个朋友是我们院里一个主管副院长介绍过来的，我们当时也不好推辞，就把那台设备放进了美容科。没想到现在还真出了一点问题。你看，现在该怎么办？"

"怎么办？"马小晶严厉地看着他，"丁主任，你好像在医院也做了十几年吧，怎么也犯这样的低级错误啊？这不像你啊！也枉负了我们张组对你的信任了。你应该知道这是个什么行为吧？"

"是，是。我知道我们错了，没有认真验收就使用。这个……这个我们今后一定改正，保证不再出现类似行为。"

"今后改正？还想再重犯几次不成？不行，现在就得改。"马小晶说得斩钉截铁。

"是，是。现在就改！"

马小晶拿起桌上的一本法律读本，翻到其中的一页："看来你还真没学好法律法规。你现在就好好看看法规的这一章节，法律规定，你们医院的这种行为属于使用未注册医疗器械和从无医疗器械经营企业许可证单位购进医疗器械。按法则要求，首先是要没收产品，然后再进行相应的行政处罚，你们可要有个思想准备哦。"

丁主任额头上已浸出了汗珠，他用纸巾擦了擦脸："要没收？那……能不能不没收，只罚款？总得给我们改正的机会不是？"

"不没收？你以为我们愿意没收啊。那么大个家伙，废了可惜，不销毁又没地方放。法律条款就这么规定的，好好学学吧。我们还是先来看看依法规究竟该罚款多少吧。"

刚送走了哭丧着脸的丁主任，迎面又走进来艾美眼科的陈院长和一名头发花白的老医生。

"请问张组在吗？"陈院长一进门就迫不及待。

马小晶迎上前去："他早上出去了，还没回哩。您是艾美眼科的陈院长吧？"

"是的，是的。我今天把那个主治医生带过来了，他对那台设备的情况比较熟悉，让他给你们交代行吧？"

"当然可以，请进来坐吧。"马小晶热情礼让，同时不忘提醒："陈院长，不是交代，是接受调查。我们这儿不是公安局哩！"

另一边，陈大有还正与济南富侨商贸有限公司江城办事处的法人孙启良交流着。

陈大有交给孙启良一张《分公司／办事处工作职能》，这就是刚才孙启良提供的那一份文字材料：

济南富侨商贸有限公司江城办事处

工作职能

1. 分公司／办事处根据公司的任务指标，可按要求报招聘计划，经审批后，由分公司／办事处负责组织、招聘、培训所需要的营销代表。

2. 分公司／办事处负责当地市场的开拓、客户资源开发和管理。

3. 分公司／办事处负责组织、策划、执行公司在当地市场的产品宣传、品牌宣传、企业形象宣传，提升品牌和企业在当地的知名度。

4. 负责收集、整理、反馈当地市场信息及同行竞争品牌的营销动态。

5. 根据公司的有关规定，执行和负责各项资金回笼、费用结算工作。

待孙启良看完材料抬起头，陈大有方才说道："作为办事处肯定是不能有现货交易行为的。从你提供的公司给办事处的职责上也看不出授予了办事处销售的职能吧！"

孙启良略有所悟地点点头。

陈大有继续说道："药品是一种特殊商品，药品经营都是要经过经营许可的。你公司虽然是取得了药品生产许可证和GMP证书，但只能在生产许可地销售自己的产品。而你现在的办事处销售药品并没有申请经营许可，经营地址已超出了注册地，根据法律规定，你办事处的行为已构成了异地经营药品行为。你同意我给出的解释吗？"

孙启良一下子紧张起来："同意，同……意。可我还没有卖出去一盒药啊,也不知道怎么申办经营许可,你看这……这?"

"没有卖出，那买进算不算经营呢?"陈大有反问道。

"当然算，算!"孙启良脸色发青,"那是不是要没收罚款?"

"你也不是不懂法的嘛。你说呢!违法了就得承担法律责任，这个你应该更懂吧?"受到陈大有的揶揄,孙启良的头压得更低了，半天说不出话来。

陈大有突然想到了什么:"你稍坐着等一下，有件事还得麻烦你。"说完，就径直走出了办公室。

坐在椅子上的孙启良一时间坐立不安。

马小晶那儿笔录也基本上做得差不多了。

原来那台眼科A/B超声仪器是那位姓于的老教授自己设计制作的产品。

于教授通过多年的眼科实践研究，借鉴了国外一些先进设备技术，在原有陈旧的眼科治疗仪基础上进行改造，历时三年完成了这台已经具有一定高科技技术含量的设备。但考虑到该产品的注册，医院和个人都无法进行申报，就擅作主张将自己设计的产品放在自己的科室里用于临床了。

或许是老教授精湛的技艺，该产品的临床效果出奇的好，就连退休在家的老市长也慕名而来做手术，一时间，艾美眼科声名鹊起，每天来做检查的病人络绎不绝。

马小晶写下了笔录的最后一个字，心里似乎在想着些什么问题。

于教授眼里饱含着热泪，一个劲儿地解释着:"真的不是医院的错。要怪就怪我这个老头子害了医院。要是不用这个设备给病人做检查就好了，可原来的那台设备实在是老得不能再用了，医院一时也拿不出太多的钱去购买进口设备，所以就……真的是不关医院的事！真的，都是我的错。"一旁的陈院长也禁不住流下了眼泪。

马小晶有些于心不忍，掏出一包纸巾递给于教授，并安慰道："于教授，您就别太自责了！造福患者，给患者解除生理或心理上的疾病是医生的天职，您并没做错什么。把这些字签了先回去吧，我们再给您想个办法，看能不能变通一下。毕竟都是为人民群众服务，只要您认为这个设备能给广大眼病患者带来更大的方便，我们也不希望把它束之高阁。"

"那真的太谢谢你们了。临床资料病例我都可以无偿提供，只是希望你们不要罚医院的款，医院也刚刚起步，百废待兴，经不起太大的风浪哩。"

多么好的老人啊！马小晶不由心里暗生感慨。

"您老就放心吧！依法行政也是我们的职责所在。不该行政处罚的我们绝对不会乱处罚。执法也是为民嘛！回去等我们的电话吧。"

陈大有从外面匆匆走了进来，手上多了一个纸盒包装。

他把纸盒包装往桌上一放："孙经理，看看这是不是你的？"

孙启良脸色一瞬间变得蜡黄，额头上冒下豆大的汗珠，眼睛盯着盒子好半天一动不动。

"敢做就别怕认啊！是你的就赶紧签字拿走，只是以后不要再做这样损人不利己的事，让人笑话。也许你对我局不了解，但慢慢你就会知道的。"陈大有话里有话地教训着，说得孙启良脸上红一阵白一阵。只得赶紧收起盒子，在陈大有递过来的物品清单文书上签上自己的名字。

签完字后，孙启良顿时如坐针毡。

陈大有看到他坐也不是，站也不是，心里头也有些过意不去了。

"你违的什么法你也清楚了，该怎么处理就会怎么处理的。你放心，我们不会因为你有过陷害行为就加重对你的处罚。只要你自己知道怎么配合我们的工作就行。先回去吧，回头写一份深刻的整改报告过来。"

两个小组自成立以来，第一次互相碰了一下现场的检查情况和进度，除了又多了些药品和包装外，好像也再没有其他收获。

"那个'南方银泰公司'在网上根本就查不到，或许就只是个皮包公司？"罗汉颇有些泄气地报告道。

朱文刚攥紧了右拳："这算哪门子事嘛，查来查去倒把线索给查断了。这都是些什么医院？我真想把他们一个个都抓起来。"

"真的能这样倒也省事得多，那还用得着我们天天在这儿'纸上谈兵'？"看到朱文刚眼里都快冒出火来，张志军开了个小玩笑，缓和一下气氛。是啊，离三天破案的期限也仅剩一天了，假药案还没点头绪，心里不急才怪？

"发牢骚管用吗？咱们还是想想辙怎么把这根快断的线给接起来吧。小柯，你有什么发现没有？"

"张组，我觉得那家公司可能是个莫须有的公司，公章似乎是伪造的。"特别小组成员之一的小柯倒是不紧不慢地发表着自己的见解。

"哦？先说说看！"

"一般情况下只要是正规公司都不怕留下相关证照，有的甚至生怕别人不相信自己公司，还会特意提醒对方收集执照。即使是骗子公司也会留下一张假证照，反正他们知道，即使查出是假的也得一段时间才分辨得出来，等到了那个时候，他们早就溜之大吉了。"

"是啊。我们以前也查获过几起假证照，确实如你所说，很难及时抓到人。"朱文刚向小柯投去赞许的目光，鼓励他继续说下去。

柯文斌继续分析着："而这个公司这么长时间没有给医院提供任何证照，开出的那张票据也不是正规发票，说明这个公司可能是随时要准备逃之夭夭的。那他们就更不会去办营业执照了。所以我认为，顺着这个公司查估计查不出什么眉目。"

"你是说这些药有可能是一些流窜人员所为？"刘勇提出了自己的疑问。

"也不一定。流窜人员所为不可能有这么大的批量，而且药品和包装都印制得如此精美，照这样造假他们的成本还真低不了，他们舍得吗？"

张志军赞赏地点了点头："我把正品和这些药实物对照了一下，小柯说的没错，这些药的仿真度极高，一般的流窜人员很难胜任。而这个包装……"张志军突然认真地看了看两种包装，"奇怪？这两种包装印制不一样？"

"怎么不一样了？"朱文刚凑过来。

"你看，这是我从药厂取回的两片包装，它的文字格式应该是一整张从上到下而成，而你再看看这家医院出来的包装，它的文字方式却是从中间向两边排列。难道真的是有人仿造制药？"

"你是说有可能有一个地下工厂？"朱文刚说到这里，心头一凛。

"不排除这种可能，这个所谓的银泰公司，除了其销售的产品上印着之乎药厂外，没有任何证据表明这种药就是之乎药厂生产的。我们在企业里也没有查到这些批号的相关记录。"

"我还是觉得之乎药业的那个潘总有些可疑。"一直倾听着没有开口的林智勇突然开口，他本来是属于张志军这一组的，也一同去过之乎药业。

"是吗？可疑处在哪儿？"张志军继续鼓励道。

"当时张组给他药品检验报告单时，他的脸上出现了一丝不易觉察的惊慌神情，但是当他看到检验报告后就马上恢复了常态。为什么？而且在我们提出要进行全面检查时，他似乎早有准备，文件也做得非常漂亮，我倒觉得他们像是早就盼着我们去检查一样。"

"刚才小林说的我当时在场也都看到了。当时我也曾有这些疑问。也许他们厂的确有些不可告人的东西不便让人知道，所以当时说有个药品检验不合格报告时他应该是很紧张的，但他看到是'金刚片'检验不合格时反而放下心来，这至少说明这些'金刚片'应该不是他们生产的，所以他们才有底气接受检查。事实上我们也确实没有检查到什么有用的东西。"

"那他到底又隐瞒了些什么呢？"

"这个目前看来与本案无关，等这个仿冒药品案结束后我们再去进一步了解了解。是狐狸总会露出尾巴的。"张志军拉回话题。

"既然那个企业不存在，我们应该从哪查起呢？"

　　"还是从那个企业查起。重点是让医院能回忆些那个企业有特点的东西。我们不可放过任何一条线索。你说呢，朱组？"张志军重新起了个头。

　　"我看行。马上让医院药房主任都过来，我们汇总一下他们反映的情况再做下一步打算。"朱文刚说完，向张志军招招手，"要不，我们再向徐局请示宽限几天？"

第五章
三杯两盏淡酒，怎敌他晚来风急

    在全市企业注册名录里，确实没有查到"南方银泰工贸有限公司"的注册信息。案子转了一个圈又回到了起点。

    从药房主任们那儿得知的送货人是一个名叫李群的30岁出头的男人，个儿不高，还戴着一副近视眼镜。刚开始送药时还出示过之乎集团的工作证，但每次在医院逗留时间都不长，说是还要送其他医院的药就匆匆离去。开着一辆改装过的半旧面包车，后两排座椅似乎都给拆掉了。

    而从厂家取回的几个批号药品检验报告中却再未查出有违禁成分。

    看来关键是要先找到李群。可医院里都没有留下过复印件，茫茫人海要找到这么一个人可比大海捞针都难。

    奇怪的是，应该到他给各医院送货的时间了，他倒像是突然失踪了一样，连电话也没有一个。打过去的电话也显示已经停机。

    "我们要的不仅仅是让医院接受教训，更需要的是斩断源头，还市场一个净化环境。"徐局的话言犹在耳。

    是啊，"贺普丁"假药案就是由于立功心切而错失了一网打尽的机会，虽然短时间内市场上风平浪静，可谁也说不准哪一天就会沉渣泛起。

想到这里，张志军突然感觉到沉重的压力袭上心头。

"为什么医院里的'金刚片'都检出了'枸橼酸西地那非'，而厂家提供的检品却又都没有该成分呢？莫非那些'金刚片'真的是飞来之物，与厂家无关？但厂家又怎么没有急着打假呢？难道他们能放任假冒药品在医院里流通而不闻不问？"

联想到早上潘总的言行，几个大大的问号在张志军脑海里翻腾起来。

之乎集团肯定隐瞒了些什么！

之乎集团总部，刚送走执法人员返回的潘宁快步走进了办公室，并随手反插上门销。

"吕总，他们刚走。没发现什么！好，好……我知道了，这就去办。您放心！"

放下手机，潘宁又拿起桌上的电话："喂！给我叫小李接电话。是，我是潘宁，这几天放你几天假，找个离江城市较远的地方旅游去！没有通知不要回来！重新换一个号码。到了地方发短信过来。记住，与家里人暂时也不要联系了。小心为上！"

放下电话，潘宁脸上露出了神秘的笑容。

徐继贤办公室。

张志军用手扇了扇面前的腾腾烟雾，说道："徐局，之乎集团肯定有些问题，但没有'尚方宝剑'我们没法深入啊！"

"你不是都进去过吗？还要什么宝剑？"知道张志军话里有话，但姜还是老的辣："早知道你小子鬼主意多，看来又想给我下什么'套'？"

"那进去过了只能算是蜻蜓点水，要想进入核心层没领导的批示可不行。"这才是重点！

"那个企业是个什么情况你小子不比我清楚？找我要批示，没门儿。"徐继贤一下子就堵上了张志军的嘴，"除非你有真凭实据！否则你就别开这个口。我可不想在退休前捅个不大不小的马蜂窝！"

"徐局，您能争取一下李局的意见吗？看能不能带领我们到企业视察。我保证会给您带来意想不到的胜利果实。"张志军仍在做着最后的努力。

"抓住什么尾巴了吗？"

"还没有，只是凭感觉……"

徐局一听就火了："你小子还跟我来这一套！凭感觉？你这个组长是凭感觉当出来的？信不信我马上就可以把你这个组长给撸了？"

"这个我当然信。可是不视察就收集不到证据啊。离结案的时间也不多了，那您怎么向市政府办交差呢？"

"你还别将我的军！我交不了差你一样也跑不了。"

"那人民群众岂不是要看我们药监局的笑话了！说真的，徐局，就一次视察就够了。"张志军坚持着，"这也是我和朱文刚商量的结果。"

徐继贤终于招架不住了："好，我答应你与李局说说。你小子可别害我，事情搞砸了我可饶不了你。"

张志军刚走进办公室，马小晶很紧张地站起身来。

"张组，有个人找你，等你半天了！"

"有什么事吗？"

"只说有个举报，非要见你才说。"

张志军这才发现沙发上坐着一名男子！

该男子也连忙站起身，同时掏出一张名片递给张志军："你就是张队长吧！久仰大名啊！"

张志军接过名片，看了一眼，原来是某医药公司的销售经理。

"不客气！您请先坐下说。小马，给王经理倒杯茶！"

"谢谢，谢谢。张队，这里方便说话吗？"那名王姓男子看了看房间四周，不安地坐了下来。

"这里有什么不方便的呢，都是同事。听说你想要举报？能说说举报什么吗？"张志军单刀直入。

"哦，是这样的。我是江城医药公司的业务经理。前几天我们从网上看到一条招商信息，价格不错，我们就订购了几盒样品。对方也很快通过物流公司发了一件过来。但我们一打开包裹时，发现这些药品与以前曾经经营过的药品有些不同，怀疑是假药。"

"哦？那药您带来没有呢？"

王经理站起身，从随身带的包中掏出五盒药："我就一样带了一盒。都是一个批号的，您给看看？"

桌子上的药品一字排开，分别是"斯皮仁诺""贺普丁""洛赛克""达美康"和"阿司匹林"，仅看包装还真看不出什么问题。张志军首先拿起"贺普丁"仔细看了看："这'贺普丁'看起来不一定是真的，其他的既然是一起流过来的，估计也真不了。对了，你知道那个网址吗？对方的联系人和联系方式都留了没有？"

"啊？真的是假药？我还汇了首批款过去了，第一批五件药品可能后天就要到了。这可怎么办？"王经理一屁股又坐回到椅子上，急得像热锅上的蚂蚁。

"是吗？那要不这样，这批药是不是假药我说了还不算，我也只是初步判断。你能不能现在先配合一下我们稳住他们。也就是说货到了由我们去提货。这伙人看来是越来越猖狂了。近几天电话联系时也尽量不动声色，不要露了马脚。和平时一样，可以吗？对了，你那儿现在有多少量，能不能先送过来我们去检验检验？"

"当然可以！不过，你们一定要为我做主啊！"王经理哭丧着脸，"我这就去拿，你们等着我。"

张志军待王经理走出门，回头吩咐马小晶："赶紧准备抽检文书，药一来就送检。我去请示徐局，加急！看来徐局的白头发又会多长出几十根了。"

马小晶塞过来几份文书："张组，你先看一下，这几份案件都不太好处理呀。要不一起给徐局说说？"

张志军翻了翻文书："回头你和我一起去徐局办公室。"

"又是假药？你们怎么搞的？这假还越打越多了！"一听完张志军的汇报，徐继贤将手中只剩下过滤嘴的烟头狠狠地按在了烟灰缸里，抬起头不敢相信地问道。

"徐局，我还有个想法……"

徐继贤突然打断了张志军的话："你小子哪有这么多想法，简短地说。"

"徐局，这起假药案表面上是换了一种新型的销售模式——就是利用互联网和快递这些我们还不能及时准确掌握信息的工具进行暗里操作，且上下线基本上没有什么直接接触，主要靠快递单和几个随时变换的电话联系。等到我们发现了假药时案件基本上属于失控阶段。从我刚才看到那盒假'贺普丁'

开始，我便估计到这些药与我们先前查获的'贺普丁'调包案有些近似。"

"你是说那伙贼又出现了？"

"暂时还不能肯定。但我很赞同马小晶同志的分析，这伙贼可能是急需在年前把货抛光，所以才铤而走险。先是直接调包，现在又开始用快递方式，无不说明他们已经有些迫不及待了。"

"那你还不赶紧制订方案？"

"徐局，方案有，可现在……"刚才还口若悬河的张志军突然吞吞吐吐起来。

"现在什么？有麻烦？"

"不是。"张志军似乎下定了决心，"徐局，您知道，我不懂电脑，组里其他同志也只会玩玩上网和文档之类，对软硬件都是丈二和尚摸不着头脑，您看，现在犯罪嫌疑人都用上高科技手段了，我们，唉，说出去还有些难为情。您看？"

"你有什么要求就直说吧，哪那么多废话！"徐继贤有些着急。

"徐局，我的意思是，您能不能再借给我一个人？"

"要谁？"

"办公室计算机小吴。"

"吴涛？！"

"多谢徐局！"张志军说完站起身。

"我还没答应你借人呢，你小子倒机灵。那好。借人我可以去说，但借不借得到我可不敢打保票。"

"只要您出马，肯定借得到。是吧。"

过了一会儿，张志军带着马小晶又出现在徐继贤办公室。

"刚打了电话，办公室很支持，估计马上就报到了。"徐继贤头也不抬抢先开口。

张志军喜上眉梢："还真是老将出马一个顶俩。佩服佩服。"

"你小子就别在这儿得寸进尺了！说吧，又有什么事？"

张志军一指马小晶："马小晶有几个想法想和局长说说哩。"

"马小晶？我想起来了，那个一进来就吵着闹着要进稽查队伍的专业高材生？！"徐继贤站起身，热情地伸出手来，"欢迎欢迎啊。早就想到各组里去走走，去认识认识大家，这是我太官僚了，实在委屈你了啊。"

马小晶受宠若惊："徐局日理万机，是我们早应该来拜访您的！"

"哦，请坐。你说说，有些什么想法？"徐继贤很亲切地示意她坐下，"张志军，你也给我坐着。"

"徐局，可能您误会了我和张组的意思，我今天向您说的不是我的事，是关于几件案子的不成熟想法，想向您请示。"

"哦？那请讲！"

马小晶随后将一医院、艾美眼科医院和办事处几个案子的前因后果和调查的结果向徐局简明扼要叙述了一遍，并提出了几种不同的处理方式。

徐继贤很认真地听着，同时频频点头。

王经理将药送到办公室的时候已是黄昏，张志军在办公室一直等着还没回家。

但王经理却说和对方联系时电话已关机，似乎是对方感觉到了什么危险。

戴着一副深色眼镜的吴涛坐在电脑前已经有一段时间了，

眉头紧蹙。

"张组，这个网站用的是一家国外的服务器，以目前国内的 IP 手段暂时还跟踪不了。网站上地址明显是假的，联系电话虽然是真的，但经常在更换手机卡。"

"你是说，从网站上没法下手？"张志军有些焦急地问。

"这伙人里面肯定有个电脑高手。"

"连你也对付不了？"

"那倒不是。玩系统的人各有各的绝招，基本上分不出伯仲。我刚才已经全部打开了后台服务器，但里面的内容似乎都是有意让你看到的，没看出什么有价值的东西。对了，张组，我能在电脑上上 QQ 吗？"

"可以。有什么问题？"

"哦，这个网站上的 QQ 号可能是唯一的真东西，我想加入进去，看看能有什么发现。"

"行啊。到底是玩电脑的人，脑袋就是和我们不一样。大家以后可得向他好好学学。"张志军由衷地向全组人员发出倡议，但他似乎忘了，全组有且仅有这么一台"老爷计算机"，平时打印文书早就不堪重负了，还怎么玩得起？

另一边，马小晶正拿着一瓶眼镜护理液在研究着什么。

护理液是 A 公司生产的一个新产品，包装设计得非常漂亮。

刘勇走了过来："小晶，你戴隐形眼镜了？"

"没有啊！"

"那这……"刘勇指了指护理液。

"帮朋友买的。"马小晶脸上突然现出红晕。

"男朋友吧？"

马小晶赶紧做了个噤声的手势："现在秘而不宣，以后再告诉你。"

"那你看什么呢，难道这也有假？"刘勇继续调侃着。

马小晶想了想，说："你看这上面的英文写的是'disinfection'，而中文却翻译成'消毒、灭菌'，总觉得有些不对头。"

"也是啊，'disinfection'的中文意思只是消毒杀菌，而灭菌的英文应该是'sterilizing'。能不能让厂家提供一下注册证？"刘勇也一下子看出了端倪。

"我也是这样想的，"马小晶立时兴奋起来，拿起了电话，"喂，请问是A公司江城办事处吗？"

"张组，他加我了。"吴涛突然像发现新大陆一样向张志军报告。

张志军赶紧凑了上来："好。"

"那聊什么呀？"

张志军想了想："这样，你先聊你们与陌生人交流时的话题，慢慢再进入主题，你看这样行不行？"

"那他可能会警觉的。反正我是在网上看到的QQ，我们就直奔主题吧。"吴涛做着请示。

"那也好。反正那玩意儿我也不太懂，你就自由发挥吧。记住别暴露身份就行，再把他吓跑了我可要拿你兴师问罪的。"

"刚才我搜索了一下，这个QQ号的IP地址不在我市，好像在近郊的一个地级市内。"

"能锁定他在什么地方上网吗？"

"目前还不能。要是在网警那儿就有可能了。"吴涛有些为难地摇摇头。

"哦。你是说我们的系统进不了？"

"也不是进不了……对了，我和我市公安局的一个同学先联系下，看看能不能找他帮帮忙。"

张志军的手机响了，是徐继贤打来的。

"明天上午陪同李局去之乎集团，做好准备。"

"是！"

第二天，之乎集团门口，两辆车一前一后徐徐开来。

集团董事长吕艳红早就带着一群中层以上干部站在气派的公司大门口迎接，集团办公楼外墙上另挂起了一条竖幅标语"热烈欢迎市药监局领导莅临集团检查指导工作！"

从前面一台车上走下市局李局长，随后跟着办公室主任、药品安监处室领导一行四人，从后面一台车里却走下张志军等几名执法人员。

吕艳红一个箭步迎上前去："李局，感谢您百忙之中到我公司指导工作！请先到接待室用茶，听我汇报工作情况如何？"

"哪里！指导工作谈不上，学习取经倒是真的。今天啊，我带了些执法局的同志到贵公司来学习实践，不知道吕总欢迎不欢迎啊？"

"当然欢迎！领导们能到我公司参观学习是我公司莫大的荣幸！我集团公司保证全力配合大家的工作。要不，我们边走边说！"吕艳红一个劲儿地引导着客人。

"好，好，等会儿细说！"

一行人徐徐走进了公司大楼。

接待室里，双方分宾主就座。

市局李梅局长首先发言："吕总，今天真是多有打扰了。贵公司是我市乃至全省重点利税大户，经济效益与社会效益双丰收企业，给我市经济建设注入了活力，我市能有像你们这样的企业真是我们的福气啊！"

"李局太夸张了。企业的成长离不开市委市政府的组织领导，也离不开省市药监局的无私指导。企业能有今天的发展全靠有了政府这个强力后盾啊！但我们发展还不够快，有些辜负了省市领导们的厚爱哩！"

"吕总就不要太自谦了。现在市委市政府已把发展经济、推动社会精神文明建设作为全市工作大事在抓，特别是对如之乎集团这样的大型骨干企业提出了坚持'政策倾斜、梯次推进、动态管理'的原则，整合现有优势资源，力争做大、做强，特别是在经济发展软环境上做文章，净化外部市场环境，完善内部管理机制。我们肩上的担子可都不轻呢！"

"李局请放心，也请市委市政府放心，只要有我吕艳红在，就不会给市委市政府脸上抹黑！"吕艳红董事长的表态掷地有声。

"企业的事我们都是外行，集团内应该人才济济，精英辈出；为了这个共同的目标，我局也从重视自身队伍建设出发，拟了一个'加强队伍建设，提高服务本领'的提案，局党组经过讨论研究，同意执法人员下基层、下企业学习，以掌握更好地为人民服务的本领，只有不断加强学习，才能打造出一支技术过硬的执法队伍。你看，今天来之前我没给你们打声招呼，就擅自作主把他们带到了现场，还望吕总不要责备才是。"

"不敢，不敢。贵局如此重视学习，提倡素质教育，真是令人肃然起敬！恭敬不如从命。互相学习，互相学习！"

李局回头对着张志军等几名执法人员："难得吕总同意了，你们几个可听好了，今天就沉下来，好好地跟集团各位师傅们学习，同吃同住。这么好的学习机会你们可别给局里丢脸，一定要虚心请教。那……吕总，现在可不可以先带我们出去走走？"

"请！"

四组办公室。

A 公司办事处的一名工作人员坐在桌边，神色有些惴惴不安。

马小晶手上拿着一张注册登记表在仔细核对着包装盒上的相关信息。

"这就对了！"马小晶突然一拍大腿，看样子十分兴奋，"包装有问题！"

那名工作人员吓了一跳："什么问题？"

"你看，国外产品注册证适用范围里写的是'disinfection'，它的中文意思只是消毒杀菌，而不是灭菌'sterilizing'。在英文里这两种功能都不是一个单词代表的，而你们的包装盒上却用中文注明'消毒灭菌'，显然是不对的。"马小晶指着包装上的"消毒灭菌"说。

"你再看我在网上查阅的资料，消毒和灭菌的区别在于：灭菌是指将传播媒介上所有微生物全部清除或杀灭，特别是抵抗力最强的细菌芽孢。而消毒是指将传播媒介上病原微生物清除或杀灭，使其达到无公害的要求，并非杀死所有的微生物，包括芽孢。也就是说消毒和灭菌近似，但绝不是灭菌。公司是在有意偷换概念。"

工作人员很是紧张："那……那这些产品都是北京公司翻

译和注册的，我们……我们只是负责华中片区销售管理，这……实在不知情啊。"

"不知情就能逃避责任吗？我们先建议贵公司立即停止经营这种护理液，也请办事处能通知北京厂家来接受继续调查。"

"是……是……"办事处工作人员仓皇而出。

艾美医院的陈院长和于教授也走了进来。

"请坐！先喝点水。"马小晶热情地招待着，"于教授，您的情况我们向市局反映了，市局领导的意见是如果确如您所说的情况，可以不没收设备，同时帮您联系一家生产厂家。给产品先上个'户口'，然后厂家再找您合作开发，你看这样处理行不行？"

于教授喜出望外："真的？是真的吗？那真是太好了。医院有救了！病人也有救了！"

"先别急！您老要先把临床资料准备好，局长说，这是件利国利民的事，交代我们一定要办。昨天我也电话咨询过省局，他们也认为只要您提供了合法的临床资料，注册应该没什么问题。"

"真是太谢谢你们了。我马上回去就准备资料！"

陈院长和于教授满心欢喜地走出了办公室。

"领导，那我这个案子该怎么处理呢？"孙启良在一边恳求着。

"怎么处理？等着吧！领导目前都在为你那对手表的事写自查报告哩，哪有时间看案子。"陈大有话语里不无讽刺地回答道。

"领导,那……那是我错了。我不知道贵市药监局是这样的。我也没其他意思,就是想能尽快处理。再说,做那件事也是想交个朋友嘛!"

"交朋友?像你这样的朋友我们也只能敬而远之了。"陈大有继续嘲讽着。

"陈领导,你就别再拿这说事了。我……我……"孙启良一时间也不知说什么好了。

看到孙启良发窘的神态,陈大有终于缓和了话题:"你的案子目前正进入案审程序。过几天就会有结果的。顺便请问一下:你想不想合法经营?还是就设个办事处?"

"当然想。不是不知道怎么办吗!"

"那好,回去先好好地看看省局外网上的办事指南,先按要求准备好资料。你的案子到时我再电话通知你,你看行吗?"

"好好,我一定好好学习。谢谢!我先走了。"

之乎集团制药公司。

张志军一行刚刚结束对生产车间的考察学习,正在车间主任的带领下参观库房。

库房其实已经进去过,里面并没有什么新发现。

药品堆放得井然有序,物卡分明。即使按 GMP 标准重新检查一次也挑不出什么大毛病。车间主任自豪地介绍着情况,但张志军的眼神却一直游离着,这儿看看,那儿摸摸,似乎心事重重。

"张组,这边走。这是我们最新引进的仓库管理系统,全电脑化操作。不仅节省人力,而且工作效率大大提高了。"车间主任对着正盯着库房的顶棚发愣的张志军热情地介绍着。

张志军回过神来："哦，哦。不错，不错，到底是与国际接轨的企业，连库房都这么规范。"张志军也是由衷地感慨道。

突然，他的眼睛盯住了某个角落一动不动。

那是一道暗门。在放满货物的仓库里显得十分渺小，不仔细看还以为只是一块垫板。之所以上次进仓库时没有发现，可能是因为当时那个地方堆放的药品正好挡住了视线，而今天那些药品可能已经出库，才露出了这道暗门。

张志军指着那道暗门，不经意地问道："那里面放了些什么呢？"

车间主任脸上一时间流露出些许惊慌："那……那可能是一间堆放杂物的储藏室吧。应该没放药品。"

"我也没说你放的就是药品啊！能不能打开看看。说不定这也是国际化药房仓库的新要求哩！"张志军话语尽量显得放松起来。

"好……好，我这就叫人来开门。"

暗门打开，面积不足 5 平方米的小房间里确实只堆放着一些诸如扫帚、脏工装及某些看起来似乎已经不能够再使用了的计量器具。但放置得很规范，没有一点杂乱的感觉。而地面却不是与外面保持一致的水泥地，而是铺装的复合地板。一时间使得这间小屋突显尊贵，鹤立鸡群。

车间主任似乎松了一口气："就这些来不及清理的东西暂时放在了这间屋里。这里很挤，我们还是到别处去看看吧。"

张志军看了一眼地面："好的。我们走。"

四组办公室。

一医院丁主任耷拉着脸，全然没有了以前那种居高临下的态势。

"怎么啦，丁主任？"马小晶有些诧异。

"还不是那台激光机给闹的。院长今天狠狠地批评了我，如果处理不好就背包滚蛋。也真是，那个副院长还在那儿幸灾乐祸。要不是看他的面子我才不进那台设备哩。现在倒好，好人没当成还惹一身骚。"丁主任愤愤不平地说。

"哦，原来是这样。医院里的事我还真管不了。我们说的事你考虑得如何呢？"

"愿意接受处罚教育，但……但那个设备？"

"那个设备怎么样？"

"我们院长的意思是那台设备能不能不没收？"

"不没收？给病人整出那么大的毛病你们还敢用？没让病人上你们医院进行索赔已经是做了很大的努力了。另外，病人的情绪安抚工作还得医院自己做哩。"马小晶有些生气。

"是的，是的。"丁主任一紧张，头上又冒出了汗珠，"我知道你们也是为医院好，我们全院都十分感激。可这台设备……这台设备真的……就只能没收吗？"

"不没收还让你们医院用这台设备创收啊？"

"不是那个意思。我们是这样想的，那台设备没收了，其实也没什么，但是我们是个校办医院，学校里上美容课时急需一台教学设备。买新的又得花不少钱。我们医院的意思看是不是赞助给学校？"

"亏你想的出来！你们医院就知道钱、钱。看病那么贵，都不知道赚了多少钱，还守着个破设备撑面子，难道你们真的是为富不仁？"马小晶突然激动起来。

"没……没那个意思。我只是提个建议，要……要是不行的话就算我没说，没说。就按你们的要求来办……办。"

"不是我们的要求，是法律的要求！"马小晶说得斩钉截铁。

QQ 里终于有消息了！

网名为"药品招商"的网友发来消息："你要的'奥瑞希纳''拜唐苹'已经到货，请先汇款到 6855×××××××××××××的账号上，收到货款两日内发货！"

吴涛打了个电话："王经理，请您现在到稽查局来一下！"

网名为"网警"的公安局同学也同时发来消息："经确认，对方不定时在不同网吧上线，一般上线时间为一小时左右。不好锁定，但上网 IP 全部属于你所说的那个郊市。"

"谢谢！"吴涛高兴地给同学 QQ 上发了一个感激的笑容。

之乎集团制药公司。

张志军和两名同事在食堂一角吃得正香，手机响了。

张志军按下接听，放低声音："喂！小吴？好……好……干得不错。我马上回来请示徐局。好！"

放下碗筷，张志军起身对两名同事道："你们下午再看看他们的检验室，我先回局里。他们要问就说单位有事临时回去了。"

"明白！"两名同事会心地笑了。

张志军一回单位就一头扎进了徐继贤办公室，徐继贤完全没有准备："你怎么这么快就回来了？有结果了？"

"有了部分结果。徐局，我今天急着赶回来是为了另一个案子。"张志军急促地向徐局说着网络售药案子的新进展。

CR

听完汇报，徐继贤眼一瞪："你小子又要我动用关系？"

"这不还得您老出马吗？别人还真干不来。听说您有个同学在省厅工作，专门负责药界大事……"

徐继贤又一次打断张志军："你小子在背地里调查过我的户口？"

张志军赔着笑："哪能呢，徐局。您是我老领导了，查任何人的户口也不会查您的呦，再说我也没那个能耐啊。是您老开会时曾经提起过，还号召过我们要向您那位老同学好好学习办案哩！"

徐继贤也想了起来："行，我就再答应你一次。可不能一而再，再而三。"

"谢谢徐局！"张志军调皮地向徐继贤敬了个不太正规的军礼。

第六章
繁华落幕，灯火处最销魂

之乎集团制药公司检验室。

刘勇和另一个同事一边在仪器架旁听着公司质管部长讲解着检验方法，一边随手拿起桌上的检验报告看着。刘勇突然走近一名质检员："麻烦你能把这个产品的检验标准给我再看一下吗？"

看了一下检验标准，再看看手中的一份检验报告单，刘勇好像突然明白了什么。

又是一个不眠之夜！

稽查四组灯火通明。张志军咳嗽了一声，首先向所有成员道歉："同志们，案子进入关键时期了。今天又得让大家加个班，好几天都没让大家睡个囫囵觉了，实在是对不起同志们了。"

看着张志军因睡眠不足而有些浮肿的眼圈，马小晶心疼了："张组，你还不是和大伙儿一样没有休息好。我们年轻，还能顶住，可你，要是老这样，你的身体会亮红灯的！"

"我们老家伙昼夜不分是常事，就是因为你们还年轻，把与家人朋友团聚的时间都给占用了，我于心不安哪！"张志军动情地说。

"没事，张组！我们都好着哩。有什么事您就说吧！"刘勇怕引起更大的感伤，领回了话题。

"好！今天晚上我们开个总结碰头会，把白天看到和听到的都说一说，把思路再缕一缕，争取明天能看到一丝破案的曙光。"张志军故作轻松地开了个小小玩笑，马上回到正题，"先从我们上午进厂的情况说起吧。"

"那我先来说说我的情况。"还是刘勇自告奋勇，"今天在厂里我们可以说是把整个药品生产流程走了一遍。在生产车间，我就发现该企业使用的药用辅料偏高，远远超出了配制比例范围。但批生产投料记录中却没有反映；而在仓库里，我们看到的那个暗门露了出来，我觉得这是他们事先没有安排好，或者说沟通上出了一点纰漏。因为我们今天去得仓促，他们来不及做好准备。而从那个暗门的地面设计上来看，我当时看到地板上撒落着许多粉尘，似乎有药物原料进出的痕迹。下午在检验室，我对照了该厂生产的'神州金刚片'检验标准和检验报告，又发现一个重大问题。"

说到这里，刘勇有意无意卖了个关子。果然，陈大有急不可耐起来："什么问题？你快说！"

"就是标准里根本就没有桔梗香精辅料，而它的所有检验报告和批记录里都有桔梗香精添加及检验记录。这明显就是擅自添加未经批准的药用辅料嘛。"

"你是说当初我们第一次去，潘主任当时听到检验报告后神色不自然，就是因为怕我们看出了他们擅自添加辅料的事？"张志军插了一句。

"很有可能！我们的报告只是做的部分检验，没有进行全检，所以没有检出桔梗辅料也是很正常的。再说，它的检验标准里本来就没有这一项检验。"

"那你的意思是说企业一直都知道违法添加辅料的情况而听之任之，从上至下没有一个人制止？"

"肯定知道！我还知道我们第一次去库房取样时，那个暗门前堆放的就是桔梗香精，张组还记不记得，当时你看到那些香精时并没有问什么，而丁主任却似乎紧张得有话要说，但看到你眼睛很快地离开了香精辅料时，他又像是突然放下一块大石头一样轻松。"

"那就是说，如果当初我们怀疑香精的话，丁主任可能会主动说些掩饰的话来，而事隔一天，那么多的香精却一搬而空，以至于露出了那道暗门。奇怪，他们用那么多香精做什么呢？"张志军思考着。

刘勇继续着他的推测："我是这么认为的，他们在'金刚片'里添加桔梗辅料可能是出于使药的味道变得可口，或者是易于保存，总之擅自添加是事实。我们当初并没有注意到这一点，而当我们再一次到厂里时，他们做贼心虚，以为添加香精的事被我们掌握了，所以连夜或者趁我们在接待室时很匆忙地将大量桔梗香精转移，而一时又来不及堆放其他物件。所以才露出了那道暗门。"

刚才一直有话要说的马小晶总算是找到机会开口了："我同意你的绝大部分分析，但还是有个问题，一般药用辅料用量要求是有严格限制的，不可能使用太多，把那么多桔梗辅料一夜用完也是不大可能的。所以我同意你刚才说的转移。但你们不是在其他地方再也没看到过这些桔梗材料吗？他们总不会转移出厂吧？"

"那我们现在就从调查桔梗香精的去向着手，我始终怀疑那批添加了'枸橼酸西地那非'的'金刚片'不可能与之乎集团无关。大家再想想，如果你们的姓名被盗用了会是个什么反应？"

陈大有首先做出了回应："报案！"

"对啊！可你们发现没有，自从昨天企业见到检验报告后到现在也没见企业报案。而且我们在企业有意提到这个假冒品种时，他们都讳莫如深，没有一个人主动提出及早破案的要求。你们说，这是不是很不正常？"

又是马小晶开口，她提出了一个大胆的设想："我同意张组的分析。这个企业会不会厂外设厂？那么大的辅料使用不可能不翼而飞！"

张志军眼前一亮："有可能我们一直找不着的那家公司就是集团的另外一个窝。可以对之乎集团制药公司立案调查了！我们就从调查辅料开始。"

"你这个案子就这么定了吧？要不我再谈谈一医院的事？"马小晶向张志军征求着意见。

张志军点点头。

"我觉得那台设备不没收比没收要好。原因是没收了，要么销毁，要么转卖，还不如转赠给学校当教学研究。一来也算是废物利用，二来解决了教学资金缺口，功莫大焉！"

"大家有什么意见？"张志军征询着意见。

"没有！""没有！"大家几乎异口同声地同意。

之乎集团制药公司。

仓库里所有的"神州金刚片"药品都被集中于一处并贴上了封条，生产线上也停止了投料。三四名执法人员各自忙碌着检查现场，清点货物及写物品清单，现场忙而不乱。

还是在那个办公接待室，潘主任此时却急得如热锅上的蚂蚁坐立不安，时不时地还安排着手下搬来执法人员需要的一些资料。

刘勇在资料堆里仔细地翻查着。过了一会儿，他在一张小纸片上写下了两个数字推给张志军。张志军拿起一看："潘主任，请过来一下！"

潘宁心神不宁地走了过来："张队，还有什么吩咐？"

张志军将纸条向他一推："你能解释一下吗？"

潘宁像是被击中了要害一般，身子不由自主地颤抖起来："这个……这个？"

张志军逼视着他："说不清楚是吗？那就等下回局里再说！"

"不是……不，我交代。那都是我们公司里的'神州金刚片'使……使用的辅料量，我也知道擅自使用添加剂是一种违法行为，但是这种药自从添加了桔梗后，顾客不仅服用口感更好，而且保存时间也能增长。所以我们就……"

"就未经批准添加了是吧！"张志军语气变得更为严厉，"你知不知道这种行为的后果？政策就不用我再给你解释了吧。还有，你公司一天的产量就那么多，怎么可能使用到几倍的桔梗？你是不是还有什么隐瞒？"

潘宁一下子坐倒在沙发上，掏出手帕强作镇定地擦着头上的汗水，一言不发。

"还要我提醒你吗？仓库里那道暗门是做什么用的？李群是不是你们的员工？是不是还有个地下工厂在生产'金刚片'？"张志军连珠炮似的轰炸着潘宁的神经。

潘宁终于开口了："我……我坦白。"

徐继贤办公室，电话急促地响了起来。徐继贤迅速抓起话筒："喂！"

"我是张志军。徐局，'金刚片'案取得重大突破，之乎集团制药公司潘宁已全盘交代了。具体情况回来再向您详细报告。据潘宁交代的情况来看，此案案情重大，请徐局现在亲带稽查局全体人员来厂坐镇指挥。"

徐继贤放下电话，迅速披上了外套，走出办公室，站在了稽查局的通道上："全体稽查人员注意了，2分钟后全部到楼下大院落里集合！"说完头也不回就急匆匆走下楼梯。

2分钟不到，大院里已站满了十几名稽查人员，徐继贤带头走上自己的专车，从车窗里探出头来，下着命令："各组都带好自己的队伍，目标——之乎集团。出发！"

几辆车呼啸着驶出大院。

之乎集团制药公司已陷入一片混乱。

机器停开，工人被通知放假，库房药品大量封存，中层以上人员走马灯地接受询问。唯独不见集团董事长吕艳红。

据潘宁交代，吕总出国了。

稽查人员有条不紊地进行着善后工作。

董事长办公室，徐继贤、张志军、朱文刚坐在了一起，正商量着什么。

突然门被推开，刘勇急匆匆地冲了进来："张组，有个新情况！"他抬头一看，还有两个人在场，突然变得不好意思起来，"哦，徐局也在！"

徐继贤并没有计较，一抬手："说吧，什么情况？"

"那个暗门里的复合地板下果然设有机关。从那道暗门下到地下生产线上发现，除了'神州金刚片'外，好像还生产过一种药，在现场生产记录里有使用提取麻黄碱原料的数量，但现场并没有发现相关的产品。"

"他们使用提取麻黄碱做什么？"三人互相看了一眼，朱文刚马上反应了过来，"制毒？"

"赶紧让三组的人到地下生产线进行仔细检查，不要放过一片纸；让二组的人赶紧调查麻黄碱的来龙去脉。"徐继贤向刘勇下达着指令。

"是！"

待刘勇跑出门，徐继贤又冲着张志军道："今天就把战场给我打扫清楚，证据锁全，回头写份调查报告给我。"

"这厂就这样完了？"朱文刚叹了口气。

"这么大的事，已经捅破天了，只要证据确凿，天王老子也保不了！"徐继贤恨恨地说。

"那这么多工人呢？老板犯罪不会要工人连坐吧？"张志军嘀咕着。

"这不是现在要考虑的事！"徐继贤果断地下着命令，"工厂先查封，按程序报省局、市委市政府吊销生产许可证和GMP证书。没有证书这个厂还有存在的必要吗？"

"这会不会引起工人情绪不稳……"看到徐继贤怒不可遏，张志军也不再说什么。

整整两大卡车假药，连同数十份文书，在四辆执法专车的护送下驶离库房。

两条大大的封条交叉贴在关闭着的库房门的门缝上，十分醒目。

厂区大门口，不知什么时候围满了情绪激动的工人。他们手上并没有拿什么工具，只是默默堵住大门口不让汽车驶出。

任凭执法人员解释，他们依旧充耳不闻。

双方一时对峙着，进退两难。

突然人群里有人高呼一声："我们要吃饭！我们要活命！"整个人群一时间鼎沸起来，"留下药品才能放你们走！""不准带走药品！""我们要保卫我们的利益不受侵犯。"

张志军下车走到了最前面，一挥手："大家的心情我们能理解。我们一定会给大家一个说法的！请大家配合我们的工作！好不好？"

"现在就得给说法！不说清楚不准走！"人群里有人鼓噪。

"我不是给大家说了吗？这些药品都是假药，对人体健康有害！必须销毁！大家还是先都回家吧。关于企业的事，我们还要回去请示领导再行定夺……"

"你不就是带头的吗？你就不能说了算？"

"我要能说了算就好了。大家的心情我能理解，不过，我希望大家也都能冷静地想一想，要是你或者你们的家人吃了这种假药会怎么样？到时是不是也会说我们药监局不作为呢？"

人群稍微平静了下来，张志军继续说道："人心都是肉长的。只要大家配合我们的工作，我一定会向上面反映企业的情况。企业少数人犯的错不会让大多数人来背的。我相信在最短的时间里一定会给大家一个交代的。"

"你是谁？请你出来说话好吗？鬼鬼祟祟躲在后面想干吗！"陈大有也站到了张志军旁边，对着人群道。

张志军一拉陈大有衣袖："你出来做什么？回去！"

陈大有一甩手，就撑开了张志军的手："做什么？我看那家伙在后面，没安好心。"

"没事，你先回车上去。这里我能应付。"

他们正拉扯着，人群里有个声音又响了起来："你们今天一回去，明天我们就下岗了！今天不给个承诺就不让你们走。"

"对，对！要给个承诺！""写个保证！""不写保证书不让走！"人群里又像炸了窝一样，好不热闹。

陈大有上前一步："你？……你给我出来！"

"不出来！"人群里那个声音回应道，"兄弟们，我们拿回我们自己的东西又不犯法，怕什么？老板不给发工资，我们就拿货抵！"

"你们还无法无天了！"陈大有气得直跺脚。

刚才还虎视眈眈的人群突然间炸开了一个口子，工人们如猛虎下山般扑向两台货车，抢着已贴好封条的药品。

张志军和陈大有都被这突如其来的人浪掀倒在地上，张志军只来得及说一声"护住头"，就被淹没在人流中，不断有人从他们身体上踩过。

厂区门外，警笛声由远而近……

医院病房，双人间。

张志军和陈大有分别躺在病床上，头和手臂均缠着白色绷带。

五六个特别小组里的同事都围坐在病房里，分班照护着他们。看情况两人的伤势并不太重，只是对当时的阵势尚心有余悸。

陈大有坐了起来，看着脸上打着"补丁"的张志军："张组，都是我不好，我不该那么冲动……唉！"

　　"兄弟这说的什么话！没人会怪你的。只是我当时估计不足，没有做好预防方案！"

　　"可我……我……"陈大有说不下去了，声音还有些哽咽。

　　大伙儿赶紧上前劝导着："大有，真的不关你的事！""没有谁会怪你的！""当时只有你一个人冲上去了，你是我们的英雄哩。"

　　正说着，病房的门开了，徐继贤阴沉着脸走了进来。

　　"徐局！""徐局！"大伙儿赶紧站起身，向病床边让着路。张志军和陈大有也欠了欠身，可能是腰腿部还有些疼痛，两人都咧着嘴："徐局！"

　　徐继贤做了个不用起身的手势："你们都躺着吧！现在感觉怎么样？"

　　"还行。就是腰好像还有些疼，应该不碍事的吧，好在骨头没断，都是皮外伤！"陈大有抢先答道。

　　张志军看着徐局欲言又止的神态，说道："徐局，我们捅了个大娄子吧？"

　　徐继贤叹了一口气："唉！这也是人算不如天算！要不是公安来得快，估计我们就全军覆没了。"

　　大家都不禁深吸了一口气："有这么严重？"

　　"这也怪不得大家！是我工作没做好。"徐继贤先做着自我检讨，"还害得同志们受了伤。"

　　张志军抢过话头："徐局，这怎么能怪您呢？现场是我在负责，是我没有想到才弄成这样的，我受伤了活该，还让陈大有也……"

　　"张组，是我害了你，要不是我也不至于搞成这样吧。"

　　"你们就别争了！好好养伤，早日归队！"徐继贤爱怜地看着两个部下。

张志军藏不住心思："徐局，到底怎么了？局里怎么看待这次冲突？"

"昨天我们很惊险地走了一着棋，事后想来，我们确实对困难准备不足。"徐继贤道，"要不是我们在证据的保证上先做了预留方案，要不是公安局的同志帮我们保存了证据，我们到现在可能全部都要坐在家里写检查了。"

原来，昨天下午的一场风波是一起有预谋的犯罪。

吕艳红不仅是之乎集团董事长，而且是省政协委员。昨天上午当她得到报告药监局已经在查扣药品时，改签了机票，直接转道去了省政府。

在某政协副主席家里，吕艳红一边抹着眼泪一边诉说着："郑主席，我不就是添了些又害不死人的配料吗？他们就这样揪着不放。再说，即使添了枸橼酸西地那非，也只不过占领了一点点市场，那还不是为了尽快赚点钱好增加合资的筹码。那个外商可是您老指定的，他们这么一折腾岂不把人家都吓跑了。您老说，我该怎么办？"

郑主席低头思考了好几分钟，走过来附在了吕艳红的耳朵旁低声嘱咐她要怎么办。说得吕艳红频频点头。

吕艳红当着郑主席的面拨了个电话，于是就出现了工人堵门的事。吕艳红交代必须趁乱抢出药品和公司文件，却没想到现场踩倒了两名执法人员，随后公安人员接警而至。

"徐局，那您刚才说有个预留方案是什么？"张志军仍有些疑惑。

"你这小子，脑袋被踩坏了吧！"看到张志军一脸不解，徐继贤故意开了一个玩笑，"人家堂堂一个政协委员，岂是你我一下子能够扳倒的？就连出警都是要有严格的审批手续的。当时如果警察不及时赶到，他们的阴谋一得逞，我们无凭无据，还怎么调查？如果人家再以政协提议参上一本，你说，我们岂不是得吃不了兜着走？"

张志军略有所悟："是啊。可是如您所说，警察怎么会出现得那么快呢？"

徐继贤一笑："这就是我给你说的预留方案。其实我早就防着他们狗急跳墙可能会困兽一斗，所以在来之前已经联系了公安部门在附近待命，这可是高度机密！看在你小子因公负伤的情况下，就透露一点吧。其实市委转下这个举报是通过了省委，省委书记高度重视。只是没有真凭实据一直在等待时机。刚好我们找到了证据，所以省委特批关键时刻便宜行事。也正因为如此，我们不仅端了一个窝点，还挖出了一个幕后人。"

"幕后人？"

"其实这次的外商是个如假包换的'李鬼'。可以说整个合资动作是一个彻头彻尾的阴谋。其实之乎集团早在年前就因扩张过快，造成资金链断裂。为了填补亏空，他们铤而走险，找了一个中间人，引进外资。由于可供谈判的资本又实在有限，一方面在'神州金刚片'里添加违禁成分牟取暴利，以期短时间内达到谈判的资本，同时为增加主打产品的口感和延长有效期，最大限度占有市场，在没有批准的情况下擅自增加添加剂。仅这两条就极有可能将企业置于死地。可他们还不满足，甚至擅自更改批号，使大量积压产品得以顺利放行流向市场。此次幸好及时破案，尚为时未晚，你们可都立了大功了。局里已经决定，给你们嘉奖表扬。"

"好啊！"大伙儿都兴奋地鼓起掌来。

"徐局，你还没说幕后人是谁呢？"陈大有还没忘这茬儿。

"你就别打破砂锅问到底了。"看到徐局欲言又止，张志军赶忙制止住陈大有，"反正总要有人出来负责的，不关我们的事了！"

"是的。这已经和案子本身没关系了。该知道的时候自然就会知道了。你们俩给我听好了，现在就一条心地养好伤！其他的就不用想了。"

张志军又想起一件事："徐局，那个麻黄碱是怎么一回事呢？"

"你不说我还真忘了。现在看来，那可能只是一场虚惊。他们并没有用麻黄碱制毒，至少现场没有见到相关设备。"徐继贤停顿了一下，继续道，"不过，现在也只能是个悬案了。只有等到那个叫李群的归案了才知道。"

在离省会城市江城不远的一个小镇。于一排排的低矮平房深处，有一间稍显破旧的院落，乍一看，门扉紧闭，似乎长久都无人居住。

李群是一个30岁左右的斯文小伙儿，面貌可以算得上清秀。然而几天的躲藏已使他清秀的面颊更显消瘦，眼镜后的目光也不再那么咄咄逼人，更多的是惊恐与不安。

此时，他就坐在那间门扉紧闭的房间里开着手提电脑，借着窗帘透过来的微弱亮光紧张地进行着电脑操作，眼睛时不时偷空瞅一下紧闭着的大门，眼中满含不安与紧张。

他是昨天中午收到潘总的手机短信的，短信上只有短短的一句话：事情砸了！收到短信后，他立刻换掉了卡，从此时起，可能就没有任何人知道他在何处了，就连吕总也不知道。

从他大学毕业以优异的成绩分配到当时还是大型国有企业的之乎制药厂开始，他便立下宏誓，一定要干一番大事业！尽管他并不知道心里所想的大事业是个什么模样，但他对工作兢兢业业，一丝不苟；对专业更是精益求精，两年时间里从一名普通技术员干到厂团委书记，人生辉煌的大门已经为他打开，他已经迫不及待地踌躇满志了。

然而，企业突如其来的一场改制风波浇灭了他青云直上的梦想，他一下子从团委书记回到车间，原因是他锋芒太露，在改制之初矛头直指过新任领导班子，最终改制完成后，新来的吕总秋后算账把他发配到了一个又脏又乱的车间做苦力。

那一段时间即使每天借酒浇愁也无法排解心中无尽的失落，甚至几次黄昏时他都走到了江边，但"天生我材必有用"的期盼最终打消了他几欲轻生的念头，他开始变得有些玩世不恭起来，对谁都冷若冰霜。就这样自闭了很长一段时间，直到他碰到了潘宁。

潘宁是改制后一年多从另外一家企业调任过来的，听说走了一点关系吕总才把他安排到办公室。但潘总性格随和，总是一副与人为善的表情。虽说办公室工作一直并未有多大起色，但他人缘颇佳，加之应酬较有心得，所以就一直在那个岗位屹立不动。

那是之乎集团大有起色那一年的一天上午，刚开完办公会的潘总一个电话找到他，他也是第一次走进公司集团办公楼，办公楼的豪华已不是他能够想象的，而集团老总们的办公室其奢华程度更是令他有些眩晕，这哪像办公室，简直就是一个家，一个精装修的别墅。此时他才恍然大悟：原先他一直奋斗的目标不就是这个样子吗？拼命工作不就是为了能像这样高高在上出人头地吗？可是他还有机会吗？

在潘宁办公室，潘宁很客气地给他续上一杯茶，他很是受宠若惊，起身推让时还泼出了些茶水落在光亮的地面上。

潘宁似乎并没在意，也没刻意去擦拭地上的茶水，只是一味地嘘寒问暖着。

李群极是拘谨地寒暄着，他心里清楚，潘总把他叫到办公室绝不仅仅是嘘寒问暖。果然，客套了一番，潘宁终于说到了正题。而这个正题却着实把李群当时吓了个半死：从感冒药中提取麻黄碱！

李群是知道干这种事的利害关系的，所以他刚开始死活都没答应。没想到潘宁以工作相威胁，他最终还是妥协了，但提了个条件，只提取麻黄碱，绝不制毒。潘宁答应了！

于是，从那一天起，技术员李群除了干好本职工作外，每周总有一到两个晚上或者周末就在集团公司较偏的一个空屋内提取麻黄碱，至于麻黄碱的去向他则不闻不问，反正每周都会有一台车直接提货，出入库也有专人负责。

这样的结果是给他带来了丰厚的回报，集团除了给他涨了几次工资外，每月他还从潘总那儿领取到厚厚一沓钞票，最少的一次都有两万元。

可李群终究还是知道了自己在做着什么，世上本就没有不透风的墙。他得为自己后半辈子打算。于是，他在有了一定积蓄之后向潘宁委婉地提出了离职。当然是没获得批准。于是他退而求其次要求换个环境，加之那段时间风声较紧，潘宁就派他出去送货，单线联系只送"神州金刚片"。他欣然接受了。

　　但当潘宁向他交代送货中的诸多注意事项时，他知道他并没有跳出这个罪恶的泥沼。尽管他还并不知道那些"金刚片"的真实身份，但一方面自己羽翼未丰，他装作乐此不疲，麻痹着对方，另一方面另租了这处老屋，用以紧急脱身。当初"神州金刚片"事发潘总打电话要他远走高飞时，他就一直蜗居于此，每天靠上网打发着光阴。

　　没想到麻黄碱的事也被牵连了进来。

　　他再一次为自己的先见之明庆幸着。

第七章
大风起兮云飞扬

稽查四组办公室。

张志军和陈大有已经先后出院，还没有在家待上半天就又都回到稽查局上班了。

吴涛依然坐在电脑前聊着天，马小晶在忙着整理一大堆文书，只有刘勇安静地坐在一隅，手上翻阅着一本《药品执法文书大全》。

吴涛突然跳了起来："张组，我同学回话了，已经锁定了嫌疑人身份？"

"哦？在哪儿？"

"黄岗国药公司一名销售员，叫张家庆，抓不抓？"

张志军想了一下："先不惊动他！你能先让你那同学把那个人的个人信息传一份过来吗？"

"现在？"

"对，现在！"

"没问题！"

张志军继续摆弄着桌上的几盒假药："对了，上次吕经理是不是说过，这次邮购的'贺普丁'与上次调包的'贺普丁'十分相像？"

"是啊！"陈大有首先反应过来，"你是不是想说那伙人又出现了，只是换了种身份？"

"很有这种可能。上次马小晶同志不是分析了吗，他们可能要赶在春节前把存货处理完，所以才潜伏不久后又急着蹦出来了。马小晶，你认为我这个分析有没有道理？"

马小晶放下文书："我认为有90%的可能性。"

"也就是说，这伙人手中不仅有假'贺普丁'，还有更多假药并没有被我们发现。他们先是用'贺普丁'掉包，可能只是投石问路，更多的可能是想转移我们的视线，为他们的网络邮购争取时间。"张志军深思着。

"一下子出现了这么多假药？天啊，这会是多么大的一个团伙呢？"陈大有不禁倒吸一口凉气。

"团伙再大又能怎样，还不是被咱们追赶得不敢露面！"刘勇有些嗤之以鼻，"造假者毕竟是心虚的，最终的结局就是淹没于人民群众的汪洋大海之中。"

上次那个王经理突然一脸急促地冲了进来："吴科，吴科，那个人已短信通知我今天提货，我是去还是不去？"一转身，发现张志军也站在他身后，"哦，张队，你也回来了？！"

张志军笑着向他点点头："辛苦王总了！能把那条短信让我看一下吗？"

看完短信，张志军兴奋起来："提……当然得提。要不，我们现在就一起去！"

"张组，还是我们去吧，你和大有刚出院，身体还在恢复期，就在家休息休息吧，刚出院就出警，你也太……"马小晶着急地说。

"没什么！皮外伤都全好了。我们也想休息，可他们就是不让休息啊，是不是？刘勇，我们走。"

　　某物流公司货运部，几大件货物正整齐地码放于一隅，货箱上张贴的货运单上显示货物都是从京城国药公司发运过来的，收货人：王一民。

　　张志军和现场物流经理交涉着，物流经理神色看上去颇有些为难。最后，不知张志军在他耳边小声地说了一句什么话，他这才露出微笑，勉强同意了张志军的建议。

　　刘勇监督着物流公司的工作人员打开了大箱子，里面另有一层标示着"药品"字样的中包纸箱。打开其中一个纸箱，一整件"拜唐苹"露出大半张脸来。

　　其余的纸箱也全都被拆开了核对，几乎全都是药品。

　　在物流公司做了个简单现场文书，复印了托运单，一行人带着药品就迅速离开了。

　　几人刚进办公室，马小晶就冲张志军喊道："徐局让你回来就到他的办公室去一趟。"

　　徐继贤局长办公室门口，张志军用手轻轻敲敲门。

　　"进来！"办公室里传来徐继贤洪亮的声音 —— 这和平时可不太一样！是不是办公室里还有其他人？

　　果然，推开门后，房间里除了徐继贤外，另有两名客人，其中一人张志军还十分熟识，那就是某制药集团华中片区经理康辉。

　　看到张志军，康辉马上站起身迎上前来，紧紧拉住张志军的手说："张组，您真忙啊！听说您刚刚出院？怎么不告诉我呢？再怎么也应该到医院去看看你们。真的是太谢谢你们了！"回身又指指旁边一中年模样的人介绍道，"这是集团总部的程总，这次听说你们几天内就侦破了'金刚片'大案，为我公司挽回了巨大经济损失，十分激动，连夜飞抵江城，要亲自来感谢你们！"

张志军赶紧一步走上前去，与程总双手相握："感谢谈不上！这些不都是我们应该做的吗？程总这大老远的不辞辛劳奔波，真是令我等深感惭愧啊！保障人民群众生命安全，打假罚劣本就是我们义不容辞的责任，这件事发生在我们眼皮底下这么长时间，也说明我们工作还没有做到位啊！"

"哪里哪里！张队长太谦虚了！其实我们这个专利在很多地方都有假冒品种，但没有哪一个地方能像贵局破获得如此神速，简直就是神兵天将！真是佩服了。来之前，集团董事长一定要我亲自代表他向贵局表示真诚的谢意。刚才和你们李局长会晤后，他让我们直接与你们商谈。"

张志军看着徐局，徐继贤微笑着不置可否。

张志军请他们在旁边沙发上坐下，看着程总："这好像不需要如此隆重的感谢吧！我们也只是做了我们本应该做的！"

"那可不然。古人云：滴水之恩当涌泉相报。何况贵局对我们整个集团的华中市场拓展帮了这么大的忙，仅只是表表谢意可是远远不够的。"程总一再坚持着。

张志军突然想起来艾美医院那台设备的事。他站起身走到徐继贤身边，与他耳语了两句。

徐继贤点点头："你这小子，又给我派活儿了是不？"

张志军回转身："要不这样，我们也请你们帮我们做件事！"

"QQ那边有什么消息没有？"张志军一进门，劈头便问。

"张组，那边昨天一天都没有上线！"吴涛起身回答。

"刘勇，你那边呢？物流公司没打电话过来吧？"

"张组，看把你急的！昨天才从物流拖一批货回来，你指望物流天天能给你送假药来？"

一席话说得大伙儿都笑了。

张志军不好意思地摸摸前额。也确实，自己是有些操之过急了。

不知怎么的，自出院后，最近心头总是觉得有些什么事将要发生，但仔细斟酌又茫无头绪。在单位里，看着手头上的记事本就来劲，总想一口气把活干完；在家里，百事不做还不说，吃完饭就想打盹儿，好不容易拉近点的夫妻关系总因为床上立时出现的呼噜声又渐行渐远。

是不是被踩伤后的后遗症？可当初出院时医生并没有说有什么后遗症。陈大有不是还好好的吗？

那是什么呢？张志军自己也想不明白。

马小晶拿着一本文书走了过来："张组，你看，这个案子该怎么处理？"

张志军拿过一看，见是一本刚上手的案子："马小晶，你这不是第一次办案吧？该怎么处理就怎么处理呗！"

见马小晶没有离开的意思，也没有拿走桌子上的文书，张志军有些不悦了："你怎么还不拿走？"

马小晶欲言又止。

刘勇好奇地走了过来，拿起桌上的文书翻了翻："哦，张组，这个案子马小晶昨天说她要申请回避的。"

"回避！搞什么名堂？"

"她这个护理液是自己给朋友买的一瓶，结果发现该产品说明书内容与所批准的不一致。一来是她发现的，二来又是给朋友买的,怕自己在办案过程中总有先入为主的观念,不好把握,所以就申请回避。"

"哦,原来是这样。那真对不起,你别往心里去哦!"张志军为自己刚才的粗暴态度一时间不好意思起来,"那,刘勇,要不你先接手过来调查吧。马小晶,我还真有个事求你哩。你现在能不能帮我联系一下那几个医院负责人,就是使用'金刚片'的那几个医院。"

"没问题!"刚才还一肚子不快的马小晶立时阴转多云,毫不犹豫地答应了。

陈院长和于教授不知什么时候也走了进来。于教授手中拿着一大包资料。

于教授一直走到了张志军面前,张志军才突然惊起抬起头。

"啊!是于教授啊!请坐请坐!"

"我把资料都带来了,您帮忙看……看。"于教授还是有些胆怯地看着张志军,像学生对着老师一样。

"哦。于教授,那太好了。不过,我可看不懂。就请先放这儿吧,回头我们再跑趟省局。对了,于教授,告诉你一个好消息,你这个产品如果能够申请专利的话,我们已经联系了一家企业,准备帮助你们注册,一旦成功,这个企业可能还会进行批量生产哩!"

"啊?那真是太好了!"于教授一下子激动地从椅子上站了起来,有些不相信自己的耳朵,"那真是太谢谢你们了。你们真是好人啊!"

张志军又把于教授按回到椅子上:"于教授别太激动。您老这件产品能够给患者带来福祉,我们也算是做了件好事嘛!为人民服务,为患者服务,我们殊途同归,都是为了生命的安全与健康。您老还是先回去准备准备这个产品技术方面的事吧，可能过两天就会有准确的消息。"

"好……好……"于教授眼里闪着激动的泪花，边走边不住地说着"真是一帮好人啊！"

徐继贤办公室。

某集团华中区区域经理康辉和集团公司程总抬着一块长匾走进了办公室，匾上用一块红布包裹得严严实实。

徐继贤赶快迎上去，并招呼着他们把重重的匾横放在沙发上："程总，你这是……"

"徐局，贵局的高风亮节作风实在是令人敬佩。饭局不进，礼品不收，叫我等确实感到为难！今特制匾一块送至贵局，略表谢意，还望贵局再不要推辞不受啊！"

"哦。这样，你们先请坐！"徐继贤说完拿起办公桌上的电话就拨了个号："张志军？好，你把其他的几个组长都一起喊到我办公室来！对！就这样！"

一分钟后，四名组长全部走进了徐继贤办公室。

"你们就先不要坐了！给你们大伙儿先介绍一下，这是程总，他们今天给我们稽查局特制了一块匾，我们今天还真是不能不收。你们就先把这块匾抬到荣誉室去吧，我马上请李局来为我们揭匾，并代表我局向贵公司表示感谢！"

荣誉室里，三面墙上都挂满了"先进牌匾"和"荣誉锦旗"。四个人将匾抬进室内时也只能就近放在一条长沙发上，然后便四顾起能够挂匾的地方来。

李局一行从走廊尽头缓缓走过来，边走双方边交谈着些什么，气氛甚是融洽。

走进荣誉室，看到满室的荣誉牌匾，程总一时愣住了。

李局微笑着给程总一行先让坐，然后示意四名稽查局组长和徐继贤都坐下，自己才最后坐了下来，办公室接待人员迅速给宾主们分别奉上香茗。一时间，荣誉室温暖如春。

李局开口道："程总不远万里，舟车劳顿来慰问大家！我代表全局向贵公司表示真诚的感谢！"

掌声四起。

"哪里哪里！比起贵局的工作作风，我们这算不了什么！还是贵局的行为态度着实令人钦佩，今特备薄礼，略表寸心，不成敬意！不成敬意！"程总依然谦虚着。

"那我们现在就来看看程总今天带给我们什么鼓舞了！"李局说完站起身。大家一齐向那块还盖着红布的牌匾走过去。

红布揭开，"企业保驾护航使者 药品健康安全卫士"两排金色大字苍劲有力，熠熠发光。

热烈的掌声再次在荣誉室里响起，经久不息，同时，两双大手也紧紧地握在了一起。

李局的眼里甚至带着些泪花："同志们，这个匾我就代表局党委收下了，也收下了公司的一片深情。"

李局用纸巾揩了揩眼镜，继续道："程总，也感谢贵公司对我局工作的肯定。这两排大字会时时提醒着我们，我们离党中央国务院和人民的嘱托还有一定距离，打假罚劣的任务还任重道远！这块匾也是对稽查一线的同志们的一种奖励与荣耀，更是一种鞭策和激励。同志们，在荣誉面前，我们还不能躺在功劳簿上睡大觉。目前，违法犯罪行为愈趋猖獗，犯罪手段也愈加隐蔽，给老百姓的生活造成了极大的不良影响；同时，在日趋复杂的国际化环境影响下，我们更应该不断学习先进知识技术，武装头脑，才能让违法犯罪分子藏无可藏，无处可逃！大家有信心没有？"

"有！"全场的回答铿锵有力，充满了自信与力量。

张志军一回到办公室，还没来得及向大家传达荣誉室里的讲话，马小晶便匆匆跑了过来。

"张组，刚才药检所打电话过来，我们昨天送去的药品加急送检报告出来了，不出所料，全部为假药！"

张志军点点头："好！各位手头上的案子都差不多了吧！从现在开始，集中于这批假药侦察。这次决不能再有漏网之鱼了。我们现在先来定个行动方案！"

五张面孔顿时汇聚到了一起。

吴涛坐回到电脑前，在QQ里发送着一条消息："急需1号药三件，2号药一件，3号药五件。当日见发货单，货到付款。老地方！"

两日里一直没有点亮的QQ突然回了信息："马上发货，见单付款！账号：××××××××××××××××。"

原来他一直在玩隐身。吴涛一下子兴奋起来："张组，他在线！"

张志军凑过身来："跟他说，我们不想再物流收货了，物流被警察盯上了，换个地方，让他直接发到江城公司。"

对方等了一会儿，回话："可以！"

"好。小吴，你赶紧通知一下你那个省厅同学，看看现在能不能锁定他现在在哪个位置？"

同学迅速发来消息：黄岗城关东星网吧！

张志军给徐继贤办公室挂了个电话："徐局，我是张志军。地址已经锁定，可以收网了！"

黄岗城关东星网吧，一个农民打扮的男子从电脑桌旁起身，走向收银台前用会员卡付完账后就急匆匆地走了，边走边拿出一部手机。

门口，一位正在报摊前浏览着当地晚报的中年男子随即不紧不慢地跟了上去。

从网吧走出的男子似乎沉浸在对于某事的幻想中，边走还边哼着小调，并没注意到身后已有人跟踪："喂！小王，带几个人到仓库发货。"

中年男子一直尾随着跟到了一废弃仓库前，在暗处看着那名男子打开库房，人进去后库房门随即关上。他掏出手机，拨了一个号码……

几分钟后，他的身边就多了两名穿着制服的警察和四名当地药监局的稽查人员。几个人迅速汇合交流了一下情报，便分散隐蔽在墙垣屋檐间。

这时，仓库门口开来一台无牌照面包车，车上走下了四名年轻人，敲开库房大门走了进去，不一会儿就从库房里搬出近十件货装上面包车。面包车载着那几个人和货开上了大道。大道拐角处，一辆小车也迅速跟了上去。

库房门口，一名警察带着两名药监人员敲开了大门。门在打开的刹那间，几个人就迅速地冲了进去。

库房并不算大，可堆放的药品不仅品种较多，且零乱地堆满了三分之二的空间。刚才那名从网吧出来的年轻男子看到警察的出现一下子瘫倒在了地上,面如土色。库房内却无其他人。

那名警察迅速给瘫倒在地上的男子铐上手铐,两名药监人员一边清点着货物,一边打着电话请求支援。

面包车开到邮局门口,两人下车去办理邮运手续,还有两人留在了车上。等办完手续,四人一起将货交付了邮局并领取包裹单,为首的一人将包裹单借着邮局的传真传了一份出去,然后开车离开了邮局。面包车后面,依然紧跟着那辆小车,若即若离。

面包车一直开出了城,向离县城不远的一个村落开了过去,并在一家门户门口停了下来。为首的一人打了一个电话,似乎没打通。摇了摇头,四个人便走进了那户人家。

小车里也下来三个人,靠近了那户人家,在门口听了听,向小车上招了招手。小车上再次下来两名警察,一行五人站在了门前。

这是一户城郊农家典型的三层小楼,似乎建了没有两年,白墙红瓦,流檐飞拱,颇具江南建筑风味。

五人一字并排站在大门两边,背贴着墙壁,商量了一下,其中一名警官拿出手机打了个电话,另一名警官带着一名药监人员顺着墙向后门走去。

刚才打电话的警官正了正警服,上前敲了两下门。

"谁呀?"屋里传出询问。

"派出所的,查身份证。"警官十分镇定地回答着。

门"吱呀"一声打开了,警官亮了亮证件:"户主在家吗?"

"在。你们进来吧!"那名面包车里为首之人倒是热情,不疑有他,毫无设防地将三人迎进屋,"你们先在堂屋里坐会儿,主人在楼上，我去喊喊。"

"你不是户主？那你是……"警官喝止住那人，一边使眼色让两名药监人员检查下两边厢房。

"我？我是他们的亲戚，我不住这儿。"那为首之人解释道。

"什么亲戚？"

"姑表？不……不，姨表亲！"那人开始显得有些慌张。

"到底是姑表还是姨表？"警官紧跟着追问。

"我……我……"

这时，绕到屋后的两名执法人员推开后门也走了进来，原来后门并未上锁。那为首之人一见，知道可能大事不好，正要喊叫，被先走进屋的那名警官一把捂住了嘴巴："老实点，通风报信量刑时可是罪加一等！"

另一名警察迅速带领两名药监人员冲上了二楼。

在二楼的一间卧室内，床上躺着一名病入膏肓的中年男人，一名妇女正在给他慢慢地喂着药。执法人员打开房门时该妇女甚至头也没抬道："让小军先招呼客人一下，我喂完药就马上下来！"

执法人员迅速扫了一下房内，除了桌椅及屋角到处堆放着许多"贺普丁"的包装盒外，别无他物。床头柜上也摆着几板已经拆封过的"贺普丁"，妇女口喂的药物可能就是"贺普丁"。

在另一间卧室，靠墙集中摆放着许多种进口药品的大小包装，另三名男子则不见踪迹。

而在三楼，则全然是另一番景象：在没有走道的一间打通了的大房间里塞满了药片、胶囊和小包装袋，刚进来的三名男子正指挥着五名女工进行着忙而有序的包装。从工人的熟练程度看，她们做这工作肯定不止一年了。

执法人员看到这里不由得出了一身冷汗。

好在这时，接到电话的当地派出所刘所长带着几名警察及时赶到了。他们汇合一处，推开了假药生产车间的大门。

江城市药监局稽查四组办公室里，五个人看上去多少有些紧张，似乎在等待着什么。

张志军的手机此时响起，他一跃而起："喂，黄岗局？您好，我是！哦，是吗？太好了……谢谢你们了！"张志军在电话里兴奋地大声叫了起来。

"同志们，网购的假药案源头被我们的兄弟局黄岗局一举给端了，一个都没漏网。顺带告诉大家，'贺普丁'调包案的两名元凶也在此次行动中一并破获。"

办公室顿时一片欢呼！

"嘘！"又把手机放到耳边的张志军突然做出一个噤声的手势，凝神近气地听着，脸色突然也变得十分凝重起来，"哦。好……好……行！"

电话终于接完了，张志军也长舒了一口气。

"刘勇，我们得马上去一趟黄岗了！"

张志军和刘勇在黄岗药监局同志的带领下走进了看守所。

看守所里，五张年轻的脸茫然地看着这两名陌生来客。从他们的表情上看，甚至没有看到一丝愧疚，更多的只是对未来的惶恐与不安。

来的路上，黄岗局的同行已经给张志军做了介绍：主犯一共抓获七人，但有一人卧病无法行走，另一人留在身边照顾，目前两人均在监视居住中。所以这里面只关押有五人。

看着那几张略显稚气的脸，张志军一时间不知怎么开口。

"我们还是去看看病人吧！"张志军一扭头拉着刘勇出了看守所。

还是那个二楼，还是那对夫妇。只是房间里已经没有当初看到的凌乱了。药品盒包装已经全部被清理。

病人躺在床上似乎已经睡着了，而那位妇女一脸沉痛地坐在床头。

看到几人走进来，妇人一下子站起身。张志军向她做了一个安静的手势便轻步走到床头。

床上躺着的是个肝病病人，病痛已将其折磨得几不成人形，瘦骨嶙峋的面颊，两个眼窝深陷其中。鼻梁坚挺，干瘪的嘴唇里还渗着点血丝。再看那妇人，也是一脸蜡黄，双目无神，一副无精打采的模样。

张志军示意那名妇人到另一处说话，便轻轻带上了房门。

刚一坐下，那妇人似乎知道是怎么一回事，突然"扑通"一声在张志军面前跪下："求求您，法官大人。那都是我们的错，和那些小孩子无关，求求您就放过他们吧！"

原来她把张志军当成法院里的人了。

张志军赶忙扶起她："大姐！先坐下说话。我不是法院工作人员，您先坐下我们再说好吗？"

妇人迟疑了一下，还是不大相信，但终究还是坐下了。

张志军顿了一顿："大姐，我们今天来是想了解一下详细的情况，你知道什么就说什么吧！"回头示意刘勇准备做记录。

妇人突然号啕大哭起来："都是我的错，我不该鬼迷心窍，害了别人，也害了这帮孩子。他们可都是好孩子啊。"

第八章
千山暮雪，只影向谁去

　　原来那些年轻的面孔都是那个病人的徒弟们。那个男人本是村里的一个木匠，由于为人勤奋、豪爽，又做得一手好活，村里村外的人家都愿意请他做工，几年下来，日子倒是过得十分不错，家境也逐渐地富裕起来。五年前率先在村里盖起了这间三层小洋楼，同时收了几个徒弟，也是百里有名的。三年前，木匠在一次干活中晕倒，送医后却被检查出乙肝大三阳重症，活儿就无法干下去了，只能在家里靠吃药养，好在几个徒弟都十分孝顺，把师父当父亲对待，日子也还过得去。

　　眼看养病都快一年了，木匠的病情不仅未见好转，相反有加重的情况。妇人十分着急，便送到县里大医院检查，一检查却发现他们长期服用的"贺普丁"部分居然是假药，尽是些面粉做成的，虽说吃不死人，却耽误了病情。由于他们一直都是买的便宜药，甚至从药贩手中都有购进，也不能确定哪一次买的药是假的，也就只能自认倒霉。

　　谁知屋漏偏逢连阴雨，那一年年底，妇人也感觉到身子不适，一检查，也查出了"大三阳"，这一下，家庭用药量剧增，不到一年的时间，家里能变卖的几乎都变卖了，要不是需要有个家支撑，这三间楼房也早已易主。

　　在走投无路的情况下，妇人突然想：别人能做假药骗我，我为什么不能做假药骗别人呢！用做假药赚来的钱来养病岂不两全其美？于是与几个徒弟一商量，一拍即合。也就是从这个时候起，他们利用空着的三楼做厂房，购进了大量的面粉材料，同时几名徒弟分别去了印刷厂和包装车间实习，加之他们天资聪明，不到一个月"手艺"就都学到手了，便添置些打印材料，偷偷摸摸地生产了起来。后来他们觉得这种方式不仅没被发现，而且钱赚得更快更多，便雇了一些工人来大批量生产。

张志军听到这里，一方面为他们的愚昧感到痛心疾首，一方面又为他们的前途忧心忡忡。

但法律就是法律，违法者必须要付出代价。

张志军临走前从钱包掏出几张百元大票放在了那名妇女手中："大姐，先看好病吧！法律是公正的！该吸取教训了。我这儿也没带多少钱，先拿着用吧。刘勇，你也献些爱心吧！"

张志军和刘勇风尘仆仆赶回局里已经是下午 4 点了。

"张组，艾美医院的于教授说有件事要向你反映一下，这是他电话！"马小晶递过来一张便笺。

张志军把包顺手放在了桌子上，拿起了电话："喂，你好！请找于教授。"

"我就是！您哪位？"

"于教授您好，我是张志军，您老找我有事？"

"啊，张队长啊。是啊！说你出差了？"

"刚回。有什么事吗？对了,那套资料昨天省里已给回话了，他们认为可以申请专利，不知那家企业和您联系过没有？"

"真是太感谢你了，张队长！昨天他们有一个姓康的经理打过电话来，说如果可以申请专利他们愿意投资。我这就去告诉他们？"于教授有些喜不自禁。

"那好啊。早些申请就会早些受益哦。真替您高兴哩……
于教授，如果还有什么需要我们帮忙的请直说哦。"

于教授停顿了一下，说话突然有些吞吞吐吐："张队长，
我有个情况一直没对你说，也不知道是该说还是不该说！"

"是哪方面的事呢？"

"就是……就是，"于教授好像还有些犹豫，下不了决心，
"你能不能先告诉我，医疗器械产品是否包括所有的零部件都
要注册？"

"那是当然的。"张志军给出了肯定的答复。

"哦，那就是了。前几天省中心医院刚进了一台眼科内窥
镜设备，请我过去试用。我总感觉那台设备有些东西没有注册，
但我看不出来，只是个感觉。是个进口产品，不知道你们能不
能去看看？"

"哦！谢谢于教授，我们明天就准备过去看看。谢谢您提
供的消息。"

"真有问题，你们不会说是我举报的吧？"于教授突然有
些担心起来。

"这个请您老放心，我们有一套严格的保密制度。"

"一医院那台设备现在怎么样了？"张志军突然问道。

"哦，已经处理得差不多了。局里也基本同意了我们的合议，
那台设备就以局里的名义捐给学校用于教学。明天医院就来办
理相关行政处罚手续。"马小晶回答道。

张志军重重点了点头，说："好！大有，那个无证经营的
案子呢？"

"也已近尾声。局里也同意了我们的意见，考虑到社会危害后果和惩前毖后、治病救人的原则，同意货物不做没收处理。刚才已电话通知孙经理，让他赶紧着手申请经营许可。"

"今天先把几个案子给厘清了，明天咱们一起再去一次省中心医院。"

"又有案子了？看来这个周末又要挨骂了。"刘勇吐了吐舌头。

张志军的手机突然响了："我是张志军。什么？病了？发烧？在哪个医院？好……好，我马上过来。"

市儿童医院急诊室，张志军和爱人王国英焦急地坐在长椅上，四只眼睛一眨也不眨地盯着急诊室的大门。

急诊室终于推开了一扇门，张志军和王国英赶忙冲上前去："医生！医生！孩子怎么样了？"

医生摘下口罩："你们是孩子的父母吧？怎么这么不小心？孩子是不是几天都没好好吃饭？"

张志军一脸茫然，看着妻子。

王国英向医生不断地点着头："是的，这两天他都不怎么爱吃饭。问他他也没说什么不舒服。哪知道今天学校老师打电话过来说孩子上体育课晕倒了。"

"哦，那就是了。孩子是因为轮状病毒感染造成的免疫力低下。现在身体还十分虚弱，不过，孩子已脱离危险了，没大碍，但还必须住院观察两天。你们先去办个住院手续吧。"

"啊？好。谢谢，谢谢医生！"张志军深表歉意地看了一下妻子，"你在这儿守着，我去办住院手续。"

孩子静静地睡着了，脸色有些苍白。

张志军夫妇俩在孩子睡着前很是忙碌了一阵，眼睛都没敢多眨一下，这会儿孩子睡着了两人的睡意倒也都跟着上来了。但医生说过，孩子晚上可能还会发烧，要注意经常给孩子量体温及进行物理降温，于是便又都硬撑着不敢合眼。

还是张志军先开口："要不你先睡上半夜，我睡下半夜，这样同时撑着也不是个事吧！"

王国英看了看熟睡的孩子，点了点头，就侧卧在孩子身边，很快就进入梦乡了。

张志军向病房四周看了看，又看了看墙上的挂钟，已经是晚上 10 点 30 分了。他站起身，伸了伸懒腰，摸了摸孩子的额头，便向病房外走去。

走廊里已经十分安静了，除了偶尔有两三名护士在不时穿梭护理之外，几乎就没其他人。

为了驱赶瞌睡虫，张志军在走廊里来回走动了十几圈，其间，配合护士量孩子体温一次。

看到发热情况还算稳定,他一屁股坐在椅子上竟然睡着了。

等他醒来时，已经是第二天早上了。妻子已经打来了为孩子降温的温水和毛巾。张志军赶紧揉了揉眼睛，满怀歉意地对妻子笑了笑，主动抢过毛巾为孩子擦起身体来。

王国英爱怜地看了他一眼，又夺过毛巾："去去……先自己洗把脸！"

张志军刚走到洗脸盆前，手机响了。

电话是四组办公室打来的："张组，今天去不去中心医院？"刘勇在电话里征询着。

"去！当然要去！那好，你们等等我，我马上回来！"

正给孩子降温的王国英向张志军这儿看了一眼，又埋头揩起身来，眼里有一丝幽怨。

省中心医院设备处。

设备处长苏美华正忙着接待两名销售代表。

张志军一行四人突然出现在门口，看到设备处已忙得不可开交，有些人满为患，就又默默地退出门在外厅椅子上等候。

等设备处只剩下苏处长一人时，张志军才起身走了进去。

"您好！我们是市药监局工作人员，今天来有点事想了解一下。打扰了！"张志军礼貌地开了口。

从桌子上抬起头的苏美华一愣怔："药监局？哪个药监局，省里还是市里？"

"市药监局。"

"哦，有什么事？"

"想了解一下贵医院目前使用的眼科内窥镜设备的情况。"

"眼科内窥镜？有什么问题吗？"

"首先想确认一下贵院是否有这么一台设备呢？"

"有。"苏美华很干脆地回答，"但不知道有什么问题？"

"那请苏处长先带我们看看这台设备如何？"

"当然可以。请！"

该院三楼眼科手术室停放着一台进口眼科内窥镜设备。体积并不算大，只占了整个手术室五分之一不到，虽然购买时间不长，但机身却显得有些陈旧，或许与使用频率过多有关，机身名牌甚至都磨掉了几片字，但依然能看得出生产厂家、生产日期和编号。

张志军围着这台设备转了一圈："苏处长，能不能提供一下这台设备的相关证照呢？"

一直十分爽快的苏美华此时却显得有些犹豫："这个……这个……对了，你们有介绍信吗？"

张志军一愣："介绍信？不是给你看执法证了吗？"

"医院有规定，内部资料必须凭相关部门介绍信才能查阅。"苏美华突然态度变得生硬起来。

"我们的执法证可是市人民政府负责制的，难道还比不上介绍信？"陈大有把证件的反面印有"市人民政府"字样的执法证重新放到苏美华面前，并指着上面的国徽质问道，"介绍信上有国徽吗？"

苏美华向后退了一步："这……这是医院里的规定。我……我不敢做主！"

"那谁能做主？尹院长还是刘市长？"

"那……那好。我与厂家先联系联系，让他们将相关资料传过来。当初我们还没来得及收集。"苏美华低下头。

"你是说，你们并没有核实产品的相关证照就引进了这台设备并投入使用？"张志军更感诧异。在一所著名的医院里还出现这种行为实在是不应该的。

"是……是的。当初引进这台设备时只是看了相关介绍，觉得比较先进，就先放进手术室试用，一段时间后，效果还不错，所以就没有索要相关资料。"面对张志军的质询，苏美华回答得小心翼翼。

"不仅仅是这样吧？"本来想狠狠批评一下，张志军还是忍了忍，"那行，既然你现在无法提供相关合格证明，按规定应该扣押直到你能提供合格证明为止。这个你应该没什么意见吧。刘勇，写现场文书！"张志军一边做着安排，一边向马小晶使了个眼色。

马小晶随即打开照相机镜头。

在江城新华工业园院内，一辆面包车停在了达康医药公司开票厅门前。

从驾驶室走出一戴着墨镜的瘦长年轻人，他先向四周很快地扫视了一遍，疾步走进了开票厅。

或许是下午的缘故，开票厅里显得十分清冷。几名开票员兴高采烈地聊着天，憧憬着发完工资逛街买年货的场景，大厅里不时地传来打闹的笑声。

走进开票厅的年轻人并没有摘下墨镜，似乎是公司熟客，径直低着头向设在里间的楼梯走去。

在楼道拐角处，马小晶和陈大有匆匆走下，与戴墨镜的年轻人迎面擦肩，可能是侧身避让不及，马小晶手中突然滑落了几张文书，不偏不倚砸在了年轻人抬起的脚上。

马小晶一声惊呼："对不起！"便迅速弯下身子准备拾起滑落的文书，不巧与也弯下腰身的年轻人头对头狠狠地撞了一下。

"哎哟！"马小晶又是一声尖叫，边用手抚着撞疼的头同时站直身子。

那名年轻人似乎并没在意，依然弯下腰捡起了脚头上的纸张，向马小晶面前递了过来："对不起，吓着你了吧！"

马小晶接过纸张，先确认了一下，放回文书夹，心头平静了一下，才向年轻人表达着歉意："谢谢！真不好意思！"

"没事！没误事就好……"年轻人礼貌地回应着，突然看到马小晶胸前挂着的执法证，笑容刹那间掠过一丝慌乱。

他扶了扶眼镜，硬生生把想说的话咽了回去，扭头就向楼上冲去。

马小晶和陈大有惊诧地看着他消失在二楼，怔了半天，互相对视着摇摇头走下了楼梯。

这个年轻人正是稽查局一直都在寻找的李群。

在小院潜伏了一段时间后，近来看看风声已过，加之坐吃山空，手头上已是十分拮据。年关将近，答应过年回家带一笔丰厚报酬的他也不得不提前出洞了。要不，过年会给家乡人看笑话的。

李群估摸着之乎集团的案子差不多也已了结了，首先想到了在达康医药公司做质量副总的同学那儿讨个差事应付一段时间，以赚足回家的资本再离开江城。

此时他正坐在达康医药公司质量副总方琼的办公桌对面，以前的趾高气扬只剩下求人后的狼狈了。

方琼好像并不知道之乎集团的情况，还是很给面子地给他安排了一个外地销售经理的职位，并带着他去拜会了公司其他负责人。

稽查四组办公室。

马小晶和陈大有正向大家绘声绘色地介绍着下午那一幕小插曲，张志军拿着一大沓资料从外面走了进来。

"马小晶。哦，是刘勇。你那个护理液的案子已经转给一组了，回头你把文书给他们补过去吧。"张志军走到桌前，将文书往桌子上一拍，"大家现在都过来一下，看看这叠资料里有没有什么好线索！"

"为什么要转啊？"刘勇有些不解。

"哦，没什么。那个护理液经过检验，确认是消毒灭菌产品，'灭菌'一词是国内代理商翻译错误造成的。公司已积极召回了全部产品并准备更换包装。一组是综合协调组，这样的案子难道交给他们处理不合适？"张志军停了一下，"对了，局长在会上表扬了我们组马小晶同志，说这个同志大胆心细，屡有创新，是个很值得培养的同志。希望马小晶同志继续努力，再立新功。"

马小晶被说得有些不好意思起来，红着苹果脸说："这是局长说的吗？怎么听着像是你说的话？"

大伙儿都心照不宣地大笑了起来，同时向马小晶表示着祝贺，"一定要请客啊！把男朋友也带来参观参观。"

马小晶脸色一下子变得晦暗起来，陈大有吐吐舌，向其他人使了个眼色，便一齐围在桌子周围，分工翻阅着省中心医院送来的那一沓材料。

马小晶神色低落地独自走出了办公室。

该产品仅附件内容就有厚厚一沓，足有几十张纸，密密麻麻写满了产品型号和规格。而且用的全是外文。

张志军手中拿着刚冲洗出来的照片辨认着设备铭牌，并没有发现什么与证照不符的地方。

奇怪！难道真的没什么问题？那为什么于教授那么肯定呢？不会是摆了个乌龙吧？

"刘勇，把那个注册表再给我看看。"

张志军对着产品注册证仔细地看了看，紧锁的眉头突然舒展开来："就是这里了！明天通知中心医院苏处长过来。"

马小晶眼睛红红地走了进来，手上拿着一封公函："张组，举报中心转来的！局长让转给我们组。"

拆开信封，张志军刚刚舒展的眉头又重新紧锁起来。

信是北方某局写来的协查函：

2006年3月，我局举报中心陆续接到来自市民的投诉电话，投诉者虽然居住在不同的区域，但投诉的内容大同小异：他们的孩子都患有癫痫，久治不愈。不久前，他们在随报纸赠送的宣传单上看到介绍"江城市疑难病研究总院"的报道和"市武警消防医院癫痫研究中心"的广告，声称某某博士、专家治疗癫痫病取得重大突破，研制的抗癫痫新药获得了"金奖""国家专利"，能够完全治愈癫痫病，并作出了"药到病除"的承诺。可怜天下父母心，为孩子求医心切的他们信以为真，先后分别汇款1万多元和2万多元邮购药品，但患者服用后症状不但不见好转，病情反而越来越重。为了弄清楚事情的真相，这些患者家属强烈要求有关部门对刊登广告的医疗机构进行查处。

众多患者家属的举报引起了我市药品监督局的高度重视，药监稽查人员将患者提供的"克癫净""癫复康胶囊"和"天麻蜜环菌胶囊"等所购药物样品，送到相关省、市药品监督部门进行核查。果然这几种药品并未获得药品监督部门的批准文号。按照广告上刊登的地址，执法人员前往我市京东路282号进行调查，却发现该单位纯属子虚乌有，而且稽查人员前往省、市工商部门和卫生部门进行查询时，也被告知没有这一单位。同时，我局也多次派人去贵省核实有无"江城市疑难病研究总院"，但无果。

为了保障人民用药安全，打击制假售劣，净化药品市场，今特来函恳请贵局协助查实贵市有无"江城市疑难病研究总院"这家医疗机构。望予以支持为盼。

随信附上广告单一份！

看完信件，张志军叹了口气，捏紧拳头使劲擂了一下桌子："可恶的骗子！可怜的孩子！"

手机此时突然响了，电话里传来妻子王国英的责问："张志军，孩子你不管了是吗？"

张志军猛然惊醒：忙着忙着把孩子还在医院这事忘了！都快一天了，也没打个电话。他一拍后脑勺，连声说："对不起，对不起。我忘了！我……我马上就过来！"

第九章
往事不堪回首 晓风残月

儿童医院病房。

张志军一个人在陪着儿子玩手机游戏，儿子聚精会神地盯着手机屏幕，而张志军则时不时地用手背拭着儿子的额头。

已经有五个小时没再发烧了。儿子的精神状态也好了许多，听老婆说中午还吃了一小碗饭。张志军感到了一阵轻松，便撺掇着王国英回家休息去了。

看看快到 21 点了，张志军的眼皮也开始有些打架。于是，他再一次探探儿子的额头，拿走手机："儿子，已经有些晚了，睡觉吧！"

给儿子整理好被角，张志军站起身，正准备去趟卫生间，调为振动的手机突然在床头柜上蜂鸣起来。

一个陌生的号码！

张志军犹豫了一下，还是摁下了开关："您好，哪位？"

"您好！是稽查局的张队吗？"一个男中音的声音，说话一板一眼。

"我是张志军。请问您是？"

"您好！家里方便说话吗？"

"我现在在医院，不在家。请问您有什么事？"张志军不知道对方是谁，又不好挂断电话，只好催促着。

"啊……在医院？你生病了？"对方语气突然变得十分关切起来。

"不是，我孩子在医院住院，请问您找我有事吗？"对方一直未自报家门，也不说明来意，张志军显得有些不耐烦了。

更何况在医院接电话又不能太大声，怕打扰病人休息。但对方似乎有一肚子的话要说，可就是不紧不慢。张志军只好拿着手机走出病房，并顺手带上了房门。

"哦。我是谁并不重要。但我今天要和您说的话却很重要。"对方突然间加重了语气，顿了顿，"张队长能不能赏个脸出来一起吃个饭？"

说情的？他哪来我的手机号？张志军很诧异对方的单刀直入。

对方似不需要他回答，又接着说道："张队认识杨柳吗？"

张志军大吃一惊："您认识杨柳？"

"不仅认识，我们现在还是同事。不过，我并不是她介绍过来的。"对方解释着，"只是想新认识个朋友，不知张队能给个面子不？"

"当然可以。有朋自远方来，不亦乐乎！只是我总得知道您尊姓大名吧？"

"哦，我叫林忠杰。"

对方终于报出了姓名。但张志军一时没什么印象："不好意思，林老弟。现在我在病房里说话不方便，明天再聊好吗？"

对方似乎有些出乎意料："啊？那……那好吧，明天再说。"

张志军匆匆挂断了电话。

杨柳？杨柳！

张志军陷入了沉思，几乎忘了自己是出门上卫生间的了。

重新回到病房，张志军坐在陪护椅上看了看儿子熟睡的脸庞，再次为儿子牵了牵被蹬开了些许已露出肩胛的被角，心却已开始神游太虚了。

杨柳是张志军大学时的初恋，比他小两岁。两人既是同学也是同乡，从高中便认识，考上大学时又选择了相同的一所学校。只是张志军读的是历史系，而杨柳攻读的是英语。

从大二第一学年起，两人几乎没有任何征兆地坠入爱河。一个是学生会主席，一个是系支部书记，两人的初恋经得起考证，似乎也已经到了水到渠成的时候。

那一段时间，他们成为该校无人不知的"金童玉女"，本以为有情人会终成眷属，毕业后两人就能走进婚姻的殿堂。谁知天有不测，在即将毕业的那一年，杨柳却突然变卦了！

她给张志军写了一封无情的断交信，就在拿着毕业证那年的暑期和家人一道出国了。

张志军被这突如其来的打击惊呆了，半个多月的以泪洗面也没有换来杨柳的回心转意。他不愿意相信这个事实，他只是希望这是杨柳的一时冲动才做出的决定。直到杨柳出国以后，他再也无法联系上她了，这才心灰意冷。本来学校已安排他留校任教，但张志军似乎已经决意忘掉这个伤心的地方，他婉拒了恩师和学校的邀请，背着行囊去了遥远的南方。

在抚慰伤痕的岁月里，他拼命折磨着自己，从给建筑工地扛灰打杂到远赴乡村支教，他都做得兢兢业业。

1999年，他支教5年时间已满，回家考取了公务员，分配到药品稽查局。他以为自己已经彻底忘记了那段情感伤痛。

也是在考取公务员那一年经人介绍与当时正在医院实习的

护士王国英相识相恋直至结婚。次年便有了爱情的结晶。他的生活已经春暖花开。

但是今天从别人嘴里又一次听到杨柳这个名字，他还是心情不能平静。似乎杨柳也回到了这个城市！她是否还如从前一样光彩照人？那曾经的一笑一颦是否还是那样令人心动？

想到这里，张志军突然打了一个激灵，他抹了抹已有些微烫的脸颊，又像做了什么亏心事一样用双手捂住了眼睛：都有家有口的人了，怎么还这么沉不住气？

还是先想想那个林忠杰明天到底要说些什么吧。

可是，不想就能证明她不存在吗？

稽查四组。

马小晶看着那张宣传单发着呆。

"刘勇，你说我市有没有'江城市疑难病研究总院'这家医院呢？"

"好像没听说过。"刘勇头也不抬地继续写着他的文书。

"那广告怎么写得这么清楚呢？"马小晶有些百思不得其解。

"看看报纸的广告，既然说的有名有姓，我就不相信在本市的媒体上就不刊登广告。"陈大有突然插了一句。

"对啊！"马小晶高兴得跳了起来，"我怎么没想到报纸呢？"

"你呀！肯定是还想着那个人呗！"陈大有带着一脸坏笑。

"去你的！"马小晶已没有了当初失恋时的那种情绪无法控制的样子，不带一点感情地回敬道，"别哪壶不开提哪壶，小心我告你人身攻击。"

“哪壶没开？赶紧插上电烧啊！”张志军突然从身后站了出来，破天荒地开了一句玩笑。

“张组，你可是大哥级的人物，可不许和他们一样说笑的。”马小晶噘起了小嘴，脸上腾起红云，“孩子病好了吗？”

“好了，不发烧了。医生说这两天就可以出院。”张志军一下子满面春风，“好，不和你们开玩笑了。局里今天同时宣布了两件事情，一是我们科室被评为了今年的先进科室，鼓掌！”张志军带头鼓起掌来；“另一件是局里准备组织系统春节联欢晚会，大家要准备些节目哦。这可是我局建局以来第一次搞春晚，大家都要踊跃参加。”

“好啊！”大家也一下子欢呼雀跃起来。

待大家从兴奋中平静下来后，张志军向着刘勇道：“那个省中心医院通知了没有？”

“哦，张组。那个苏处长回话说那台设备已经退回厂家了。”

“退回厂家？那上面还有封条他们也敢擅自拆封？”张志军很是奇怪。

“那就不知道了。苏处长说怕那个设备有什么问题他们不好交代，就退了。还说，不麻烦我们调查了。”

“这可不是小事！他们也太猖狂些了，擅自拆封条！走，我们现在就过去看看。”

马小晶走了过来：“那，那这件案子呢？”边说着边指了指手上的宣传单。

“让吴涛再帮我们先在网上搜索搜索有没有相似的广告。”

省中心医院医疗设备处。苏美华赔着笑脸迎接着这几名不速之客：“张队长，是真的。那台设备已经退了。医院尹院长说这个设备贴着封条很是影响医院的形象，正好我们也只是试用，就给厂家说了。他们也愿意收回，所以就……"

"所以就拆了封条？"张志军有些怒不可遏，"你知道擅自拆封执法文书是什么罪吗？妨碍公务有可能会判刑的，我想你不是不清楚这个后果吧？"

"我……我知道，知道。可是院长……尹院长要求……"

"别拿尹院长来压我！封条呢？"

"已经丢了！"

"丢了？那带我们去手术室看看！"张志军不由分说。

手术室门口正亮着红灯，"正在手术，请勿打扰"八个液晶字醒目地闪着。

"一般一个手术多长时间？"张志军问着苏美华。

"这可说不准，短则一两个小时，长可能十几个小时都有。"

张志军腰间的手机响了："喂！哪位？我是张志军！"

"我是林忠杰，昨晚上打过电话的。张队，您好！"对方礼貌地打着招呼。

"您好。找我有什么事吗？不会是……"张志军边小声询问边向手术室外走去。

"您放心，张队，不会耽误您太久时间的。您现在是不是在省中心医院？"

"是啊！怎么了？"

看来他也可能是为那台设备而来。既然有目的就好办了，张志军紧张的表情一下松弛开来。

"能否请张队高抬贵手，不再追究那台设备如何？"对方终于露出了尾巴。

"哦！那台设备与林先生有关？目前我们还在调查中，难道设备真的有什么问题？"张志军反客为主。

"设备有没有问题我不知道，但这台设备与杨柳有关。"

又是杨柳！

奇怪！这设备怎么可能与杨柳有关呢！再说了，与杨柳有关，为什么杨柳不亲自跟他张志军说而要请个"代言人"呢？莫非对方说此话别有用心？

抬头看看手术室依然亮着红灯，张志军再次压低声音："林先生，有话就直说吧，不要拐弯抹角行吗？"

对方似乎思考了一下："可以！本来杨柳想亲自给您打电话说明的，但她觉得她亏欠您太多，所以就托我给您传话。我们可是同事。"

这样的事都可以托一个男同事带话，看来关系很不一般了。不知怎么地，张志军心头竟莫名泛起了一点酸意。

她还是知道对不起我了！可她究竟在这里面扮演了什么角色呢？

"张队，该说的我都说了，本来她是不愿意我告诉您这些的。其实她早在几年前就回国了，本来是想找您重修旧好。可是她打听到您已经娶妻生子，就不想再破坏您美满的家庭，独自进了一家研究所，也就是在那时我们就成了同事。"

张志军其实内心里很想知道杨柳的近况，可又不好意思那么直接，便一直听着没有出声，但对方却适可而止。

"那……那她……"旁边走过去一名护士，很是诧异地看了一下张志军，张志军赶忙收回话题，"那她……她和那台设备到底是什么关系？"

"这个？您还是直接问她吧！等一下我把她电话直接发

给您。"

手术室一直到中午下班时都没有打开过，几个人窝着一肚子火回到局里。

"这算什么事呢？要是卫生局来了他们肯定不会这样？还是药监局比别人低一头啊！"刘勇将文书包往沙发上一甩，首先发起了牢骚。

"是啊！一个省部级医院哪把我们小小的市局看在眼里呢。以后看来还是不要再去自讨没趣了。"马小晶马上附和着。

"连查封条都不放在眼里，说撕就撕。他们的胆儿也太大了。"

"这算啥！在这些人那，医疗事故都只是小事一桩。只怪咱们的帽子小了。"陈大有也插了一句。

"你也不看看，他们那药房里那么多自制药剂，没有文号都能使用。要是一般的医院哪会这样明目张胆？后面还不是有人撑腰？"

一直默默想着心事的张志军一屁股坐到了沙发上，闭上双眼。似乎根本就没有听到大家说的牢骚话。

从查办"贺普丁"开始，他总感觉到自己开始有些从来没有过的力不从心了。

很容易出现疲劳症状，每天都有一两次眩晕的感觉。

他以为自己有高血压，但检查时并没发现。只觉得自己浑身都很酸疼，又不知道具体是哪儿疼。疲惫！还是疲惫！甚至很长时间都提不起精神。

特别是在听到杨柳的名字后，他更觉得自己已经有些支撑不住了。

身体一如既往地疲惫不堪。

杨柳！杨柳！

那些美好的过往又一次次地像电影一样浮现在自己面前，他还是没能忘掉过去 —— 那些曾经一刀两断的岁月！

"张组，怎么了？"马小晶关切的问候像是从天际飞来，他慢慢地睁开双眼，怎么眼前有金花闪现，在金花丛中，杨柳那美丽的笑容时隐时现。他张开手想去靠近，可杨柳却渐行渐远。

他终于回到现实，看清了眼前三张焦急的脸。

"哦！没什么。有些累，吓着你们了吧！"他从沙发上奋力撑起身体，"对这台设备，你们怎么看？"

"张组，你还好吧？刚才可着实把我们吓了一跳。要不先去看看医生再说！"马小晶还心有余悸。

张志军伸了伸腰，竭力做出一副轻松的样子："没事没事。老毛病，用不着大惊小怪的。还是先说说你们的看法吧？"

看着张志军终于坐到了椅子上，刘勇首先开口："张组，没办法。手术室不让进就没有实物证据，仅靠照片和记录没有用。"

"是啊，他们要是使用的是已经注册了的组成部分就没任何问题了。可让他们这么玩心有不甘哪！"陈大有愤愤地补充道。

马小晶也满怀不平："都是那可恨的手术，迟不做早不做，偏偏我们去了才做。我敢肯定，那台设备肯定有问题，要不然他们不会如此急着退回。"

"手术室？手术？"张志军一直喃喃道，突然想起了什么，打开电脑认真地浏览起来。

三个人面面相觑。

张志军终于抬起头来，脸上又挂着兴奋的笑容："这台设备由于是一台目前使用当今国际最前沿的技术生产的，产量并不大，在国内还没有正式投放市场。我刚才查了一下，国外几大生产商没有一家不是整机注册的，也就是说，这台设备如果真的是已经注册的产品，它就不可能漏掉这么一个重要的配件不去注册。"

"你的意思是说，这台设备涉嫌假冒？"马小晶脱口而出。

"假冒目前还不能下结论，但至少有一点是肯定的，这台设备的一个重要配件没有注册，要么是厂家疏忽，要么是人为不注册。"

"人为不注册？为什么呢？"

"这个就不知道了。我们先不管这个。目前还是只能从这台设备着手。刘勇，先查这台设备是从哪儿进的，一定要医院提供相关说明。关于要医院配合的事我再和徐局说说；马小晶，看看那些组件我们还看漏了些什么东西没有；大有，你过来……"

张志军附在大有耳边交代着，大有不动声色地出了门。

正在翻着注册组件资料的马小晶无意中看到了从达康医药带回来的一沓资料，她一时若有所思。直到其他三人都已经出门了她都还没回过神来。

那天在楼道拐角处碰到的那个清瘦年轻人好像在哪里见过，但她始终还是没有想起来。除了最后那仓皇消失的背影多少令人怅然若失之外，没什么不顺眼的。

他会是谁呢？他到医药公司做什么？难道他是那个公司的员工？

桌上的电话突然急促地响了，她一把抓起话筒。

"请问，是马科长吗？我是达康质管部的小许。还记得我吗？"

真是想什么来什么，马小晶眼前一亮："记得！有事吗？"

"马科长，你上次到我们这儿来时不是和我说过，要多注意麻黄碱成分药的经营状况，有异常情况就向你汇报吗？"

经她一提醒，马小晶突然想起来确实与她说过这事："哦，是的。现在有新情况了吗？"

"是的。我发现我们单位最近好像有关含麻黄碱成分的药进出量比平时大了几倍，不知道会不会有问题？"对方压低了声音。

"哦，好的……谢谢你。能传真过来吗？如果方便的话……好！我马上告诉你。谢谢！"

不一会儿，传真机上就自动传过来了几页报表。马小晶又开始仔细地进行着核对，并不时用铅笔在上面重点品种处做上了记号，便拿着传真件到办公室复印去了。

郊区小镇，还是在那间不知名的院落，此时的窗户已用深色布帘遮掩得严严实实，密不透风。房间内，多了几台实验室设备。

在靠里间的一间开着门的黑房里，杂乱地堆放着许多感冒类药品。李群正埋头清理着一些空空的包装盒，并把它们压扁整齐地码放在一个大的纸箱中。

当天在达康医药公司求助老同学时，他便认出了马小晶——小他两届的师妹。但在学校里他们几乎就没有说过话，只不过由于他们都属于学校里的风云人物，都是高材生，都是老师眼里的英才，所以彼此应该是相识的，只不过一时间叫不出名字来。

他当初找到达康公司的老同学其实也不是一定要找到一份工作，而是由于以前提炼的麻黄碱数量不够，离合同数还差着一截距离，他必须赶在年内完成所有的提取方能不算违约，同时更可以拿到一笔不菲的收入回老家。

而他知道达康医药公司是有这个能力帮他完成这个任务的。

再过几天，他就不需要再东躲西藏地过日子了。交完货，他就能痛快地远走高飞。

可是，那天突然碰上的马小晶却让他有些犹豫起来。

在学校的那段极短暂的时光中，他们本来就是匆匆过客，但不知为什么，在达康公司的第一次见面竟让他有些心猿意马。

难道这就是人们常说的一见钟情？

但她怎么偏偏是药监局的呢？

又是华灯初上时分，"美味故事"在夜空中闪着暧昧的气息。

张志军走进了事先定好的一间包厢，进去前向四周似是随意地扫了一眼。十几年前他和杨柳经常在这儿吃饭，只不过那时这儿只是一个不知名的小餐馆，当然也不叫"美味故事"。

张志军是在近黄昏时才给杨柳打的电话，当时他拿手机的手是颤抖着的。他其实并不想见她，他不知道见到她后应该说些什么，十几年的沧海桑田应该是可以磨灭对她的记忆的，何况他现在家庭幸福。

然而，十几年后当她的名字再次在耳边响起时，张志军还是有些怦然心动。这是为什么？张志军找不到答案，也不想要答案。他只是希望她这么多年过得好就行了。想到这里，他内心坦然。

电话里，他只是简单地自报了家门，并且很平静地告诉她晚上在哪儿见个面。而杨柳也并没有多问什么，答应了见面就迅速挂断。满以为会有一番浓情蜜意的斡旋，张志军甚至做足了思想准备，却不想这么简单地就结束了十几年后的第一次对话，张志军不由得自嘲般地笑了笑，又给医院里的爱人打了个电话，告诉她可能会晚点到医院，然后就匆匆出了门。

门口响起敲门声，很轻。随后门被推开，一个纤瘦的身影闪了进来，门在她身后轻轻关上。

杨柳出现在张志军的视线里，还是那么纤瘦，那么娇小。十几年的风霜只给她的前额添上了些许白发，而少妇的风情却让她尽显徐娘神韵。

两人相对而立，彼此凝望，张志军一时间竟忘了给她让座。

不知过了多久，张志军自己缓缓坐下道："今天接到我的电话很突然吧？"

杨柳点点头，在张志军对面也坐了下来，"不过，你能给我打电话我已经很高兴了。"

张志军看着她的眼睛，还是那么明亮，同时也是那么深不可测。一时间他竟然不知从何说起。

好在服务员及时端来了茶点和茶肴。张志军起身给两只酒杯斟满了红酒。

张志军举起酒杯："为我们今日重逢，来，干一杯！"说完一饮而尽。

杨柳看着张志军又给自己倒满了一杯，眼眶已有些湿润了："你……你还在恨我吧？"

"恨？恨你不辞而别？"张志军摇摇头，"当初恨过，现在已经没什么了。"

"真的不恨?"

张志军岔开了话题:"当初我真的想要有个答案,不过现在好像已经不需要了。我们今天见面应该不仅仅是来叙旧的吧?"

杨柳轻拭去即将夺目而出的泪花:"是的……是的。没想到我们终究还是要见面,而且见面却是在这个时候。"

"这个时候?你说这个时候见面不合适?"

杨柳意识到自己有些失言,赶紧解释道:"不是,不是这个意思。我是说……算了,不说这些了。"拿起桌子上的红酒,就一口倒进了咽喉。

放下酒杯,酒还是有些呛口,她出现了轻微的呛咳。

张志军将一张纸巾递到她面前,说到了正题:"那个林忠杰说那个设备与你有关是怎么回事呢?现在能说说吧!"

往事真的不堪回首!

当初正当两人在学校里把爱情演绎得如火如荼时,家庭的变故正悄悄逼近杨柳。

在家务农的父亲突然检查出患有肿瘤,急需手术。在医院住院期间碰到了同病房的一个商人,得知他们正为手术费用一筹莫展,便慷慨解囊。手术后,老父亲觉得无以回报,看看那个商人尚属壮年,家妻已殁,膝下无子,便擅自做主将还未毕业的女儿嫁给商人作填房。而商人先前是一笑而过,并没把这事放在心上。可等他看到杨柳的生活照片后,有感于二老一片诚心,便应诺了下来,只等杨柳毕业便可成婚。而这一切,在爱情蜜饯里的杨柳却全然不知。

等到毕业前一个月，杨柳回家看望二老，才得知这段变故。好在父亲最终查出只是良性肿瘤，杨柳才轻舒一口气，这才告诉二老自己在学校有了男朋友，二人毕业全部留校。等工作安顿下来就要接二老去城里享天伦之乐。

父亲一听吓坏了。先是逼着杨柳斩断情丝，否则断绝父女关系，然后以偿还天价手术费相威胁，逼迫杨柳另嫁商人。

为怕杨柳逃回学校，父亲竟将女儿锁在房中，所有联系工具全部没收。杨柳是叫天天不应，叫地地不灵。中途几次脱逃都未能成功。

看着父亲铁了心地逼嫁，而且一再地以生命相威胁，在母亲晓以大义的劝说下，眼看抗争的结果势必造成两败俱伤，杨柳妥协了。

在父亲的授意下她给张志军写了一封绝交信，避开张志军到学校拿了毕业证后便一家人匆匆坐上了出国的航班。

结婚以后，那个商人还算信守承诺，对她一家也照顾得不错。杨柳就安心地做了家庭主妇，衣食无忧。

可天有不测风云，在他们成婚不到两个月的时间里，商人因飞机失事撒手人寰。公司也因此一蹶不振。

经过股权重新分割，商人的公司已经名存实亡了。杨柳只来得及分到一个濒临破产的小型医疗器械公司以维持生计。杨柳本想变更家产回国，可二老觉得不好面对亲人和朋友，杨柳也就最终放弃了，只得接手打理公司生意。好在名牌大学出身，给她带来些机遇，慢慢地，濒临破产的小企业也开始扭亏为盈了。

可是不久，一场席卷全球的经济大风暴发生了。杨柳的公司几乎一夜间土崩瓦解。父母在那几年都已先后病故，杨柳带着二老的骨灰和一台最新的眼科内窥镜设计图纸回了国。她知道，如果没有那张设计图纸，可能自己会一文不名。所以她回国后在妥善安置了二老的骨灰后，在一家研究院找到了一份工作，潜心研究起她的内窥镜系统来。

这期间，她打听到张志军也在本市工作，并已娶妻生子。她便放下心来。在她的努力下，由她亲自主持设计制作的第一台眼科内窥镜系统机问世了。经医院临床试用，效果奇佳，其性能远超国内同类产品。正准备申请注册时，省中心医院托关系找到她，希望她能让这台设备在该市目前最大的医疗机构免费使用一段时间，并许以出一份权威性的报告。

谁知，才进入医院不到一个月就被药监局盯上了，而且要没收。

当她从扣押文书上看到"张志军"三个字时，她甚至有些怀疑是不是自己看花了眼。

……

杨柳几乎是一口气说完了她的故事，在张志军的注视下她已有些泣不成声。

张志军并非铁石心肠，初恋情人的眼泪也让他几次哽咽。如今，今晚见面的目的已经达到，他如释重负。当得知那台有问题的设备出自初恋情人的手时，他的心头像塞了块石头一样难受起来。

"你……你怎么这么傻！"他爱怜地责备着还嘤嘤抽泣的杨柳，同时又递过一包纸巾。

"你就只知道递纸巾，就不能过来安慰安慰我。"杨柳开始撒娇。

张志军不大情愿地起身，走到杨柳背后，杨柳一转身扑到他怀里就大哭起来。

张志军扶也不是，不扶也不是，一时间两只手不知该放在哪："这几年你……你都是一个人过？"

杨柳在他怀里点点头表示作答。

"那……那个林忠杰呢？"

"哦，你说的那个同事啊。他……他确实一直对我有意，但我还没答应他。"

哦，原来是这样！

看着怀中楚楚可人的初恋情人，张志军还是情不自禁地抱紧了她。

"那个产品退回了吗？"张志军最后还是忍不住问道。

稽查四组办公室。

马小晶将复印好的几张纸放到了张志军面前。

"这是什么？"张志军询问道。

"达康公司近来的购销记录。"马小晶回答道，"最近的购销品种和数量都有些不正常，能不能下手段？"

张志军拿起几页纸张看了看："行。你和大有负责布控暗查；刘勇，我们准备一下，可能还要到中心医院去一下。"

吴涛拿着几页打印纸冲了进来："张组！你在就好！昨天查了一下，网上有这么几张宣传资料与你提供的宣传单相似，我怀疑有可能其中就有他们。"

张志军仔细看了看，兴奋地握住了吴涛的手："太谢谢吴科长了！"

达康医药公司质管部。

马小晶拿着举报件在质管部副总方琼的面前一放，当然，上面是匿名的："方总，请支持一下我们的工作如何？"

方琼看清了举报内容："马科长说哪里话。您是我们的领导，我们当然配合。不知道马科长今天来查什么药呢？"

"谢谢方总。请先打印出最近一周的这几种药品的购销记录；另外，相关经手人也请方总通知他们过来，我们有问题要了解。"

"好的，好的。我这就去办。可业务员都属于销售部，大多出差了，我不一定调得动他们哦。"

"那你能把销售部经理也一并通知来吗？"

"当然能，正好销售副总在。"

第十章
莫道不销魂，人比黄花瘦

原来是你！

当李群出现在马小晶面前时，两人几乎同时发出惊呼。

这也是他们自毕业后第一次近距离接触，也是两人第一次这么近地看清楚对方的面容。站在一旁的方琼略为惊讶："你……你们认识？"

两人都没有回答，只是互相凝视着。还是李群率先打破了沉默："马科长找我？现在你可是我的领导了哦！"

"你就是销售副总？！我哪算什么领导哟！都是打工的，只不过你是为自己打工，我是为人民打工。"马小晶也从回忆中走出来，"以前在公司怎么没见到你呢？"

"我也是刚进这个公司不久，还没怎么熟悉公司情况哩！不过，马科长刚才说你找我了解购销方面的情况，这个我倒是能效劳。不知具体想了解哪方面的？"

方琼发现两人还一直站着在说话，怕怠慢了贵客，借质管员送上打印清单的机会道："两位还是坐着说话方便。"

马小晶有些不好意思，接过清单先坐了下来。

"我应该叫你李总是吧！李总，这些药品购销都是你的业务吧？"

李群接过清单也看了看，点点头："是的。最近这些药品

155

的市场供销好像特别旺，使用量也突然大了起来，所以就……马科长认为有什么问题吗？"

"公司购销什么药本来我们是不能插手的，可是这些药在这个阶段出现如此大的交易量就显得有些不太正常。李总难道没看到药监局的相关规定？"

李群一脸迷茫，不像是装出来的："规定？什么规定？确实不知道。马科长你就教教我，违法的事我可不敢做哦！"

马小晶温柔地盯了李群一眼，提醒道："买卖这些药品本身并不违法，但有些不法分子利用这些药品成分提取麻黄碱就不仅仅只是违法的问题了。相信中医大的学生不会连这是什么都不知道吧！"

当听到"提取麻黄碱"时，李群脸上还是不自觉地流露出了紧张的神态，与刚才谈笑自若大相径庭。马小晶看在了眼里，低下头沉思起来。

李群怔了一怔，马上换上一副笑脸："马科长说的是。我们怎么可能做违法犯罪的事呢！马科长不是怀疑我们在制毒吧？"

马小晶抬起头来，一副公事公办的样子："只要你们能够说清这些产品的来源去向就没什么事了。我们是要对企业负责，不能给不法分子可乘之机啊！李总，现在你能不能配合我们做个调查？"

李群似乎不经意间抬起右手摸了摸额头，刚才的紧张已让他浸出了一点汗珠。

"当然可以！配合调查也是作为一名公民的义务啊！"

省中心医院设备处。

苏美华极不情愿地将张志军和刘勇迎进屋："张队长，不是和你们说清楚了吗？设备已经不在我院了！有什么问题你们可以找厂家去！你们这样三天两头地跑医院，对我们医院的业务可是大有影响的。"

张志军不急不躁地开了口："苏处长，还是多多包涵一下吧。我们也是职责在身，要不然，没病没灾的你以为我们愿意跑医院来？"顿了顿，张志军又道，"我们去厂家了，他们说没有退是怎么回事呢？"

"没有退？"苏美华退后了一步，"那，那会不会是还在运输途中？退货时不是我经手的……"

张志军向前逼视一步："那是谁经手的？有没有相关货票？"

"这个……我要问问。是尹……尹院长直接经手的，要不，你们直接找尹院长？"

"苏处长，我看你还是和我们说实话吧！要不，我们再去手术室看看？"张志军说完，迅速向刘勇使了个出门的眼色。

苏美华赶紧上前挡住两人："张队长，上次手术室不是看了吗。再说手术室正在消毒，不能进人的。"

"你怎么知道现在在消毒？谁告诉你的。你一而再再而三地阻挡我们进手术室，莫非那台设备还在手术室？"

"手术室消毒……消毒是我们每天都要做的，你这个时间去如果没有手术肯定就是在消毒。"苏美华辩解着。

"你们的消毒时间不是在手术前或者是在上班前吗？你们的消毒时间表我都看过，别再绕圈子了。是不是手术室里藏着些不可告人的东西？"

"真的没有啊！真的！"苏美华几乎要哭出声来。

"那你为什么一定要挡着我们去手术室看看呢？"

"这……"眼看再没什么理由了，苏美华只得无奈地让开道，"好，好吧，请。"

一行人走到手术室门口，果然手术室门正大开着，也不见"正在手术，请勿打扰"字样。而那台曾经贴过封条的设备像等待着心上人一样还静静地立在原处，只是没有了封条。

郊区小院。

李群余悸未消。

眼看着用不了几天就可以大功告成，药监局怎么这么快就盯上了？

下午接受调查时，他差点就崩溃了：执法人员似乎了解到了一些情况，句句问话都让他如坐针毡！他们怎么就那么肯定这些药会用来提取麻黄碱？应该说这件事目前为止只有他自己知道，也没有与谁合谋过。幸亏他早预留一手，账面做得很成功，并没有露出什么太大的破绽，才得以蒙混过去。

可如果他们要继续追查呢？李群不禁有些后怕。

看来最近又得收敛一下了，只是这个马小晶该怎么办？

对了，马小晶！在当初第一次见到她时自己便留了个心眼，也打听到她刚刚失恋，这小丫头以前对自己也有过那个意思，要不……

李群脸上突然露出一丝诡异的笑来，他主意已定，站起身来走向放在一角的那些设备，又开始了新一轮的提取工作。

江城市中心公园。

夜幕下，公园游人已经十分稀少，偶尔能够看到几对年轻恋人在灯影里时隐时现。

刘勇和女朋友张丹青正偎依在一条长椅上，两颗年轻的心紧紧靠在一起。张丹青从刘勇怀里抬起头来，质疑着刘勇："我们虽说都在一个城市，可你咋看起来比我还忙？真有这么忙吗？"

刘勇点点头。

"那你们都忙些什么呢？总有那么多班加，又没有加班费。这个班有什么加的？"张丹青对刘勇的应付很不满意，嘟囔着。

"没办法啊！谁叫咱吃的是这碗饭呢！假药贩子们可不管你是工作还是休息，他不让你休息怎么办呢！我们的手机可是24小时不能关机的，药品安全责任重大啊！"

"得……得……什么安全责任重大！就你们那几个人就能保证不出问题？"张丹青话语里有些不屑。

"当然不能百分之百地保证，可至少能够做到减少危害吧！"刘勇继续做着解释工作，"要不然，假药多了，老百姓就会骂我们不作为的。"

"哼！怎么我看看，假药是越打越多呢？"张丹青有些不依不饶。

刘勇一时间也被问得哑口无言了。

看到男友发着呆，张丹青不禁"扑哧"一下笑出声来："我没说错吧！再别跟我说你没时间哦，老老实实做我的忠实仆人。你不是总说你就是'人民公仆'吗！我就是'人民'，你当我的'人民公仆'。以后约会可不许迟到哦。刘勇同志，能做到吗？"

"我……我……只能保证尽量做到！"刘勇给自己找了一个好像不是理由的理由，"正因为有假药，所以我们才会这么忙。要是没有假药了，我们可就都失业了！"

张丹青不高兴了："什么尽量做到？不行，一定要做到。做不到就是对人民不负责！"

"你这帽子也扣得太大了吧！好，好。我争取做到可以不？"

"也行，不许反悔！"张丹青再没有苦苦相逼，突然一本正经道，"这个周六，到我家吃饭，不许有事哦！"

"啊？！"刘勇一时没有反应过来，"我……我？"

"我什么我！是吃饭的事大还是工作事大？"

"好。保证完成任务！"

"这才像话嘛！"说完，张丹青给了刘勇一个深情的吻。路灯里，两个身影慢慢靠在了一起。

稽查四组办公室。

省中心医院的苏美华处长已经没有那么盛气凌人了，很老实地坐在一旁，执法人员问什么答什么，看起来十分配合。

当刘勇问到那台设备是如何进到医院时，苏美华沉默了。

作为设备处长，每台医疗设备的进出自己都应该是一清二楚的。可唯独这台设备，自己不能说不知道，但也不能说全知道。是把知道的全说了，还是什么也不说。苏美华还在犹豫着。

"你究竟知不知道？"刘勇进一步追问。

"知……知道一些！"苏美华还在想着如何措词，欲言又止，"是这样的，这台设备嘛！本来……本来医院是准备采购一套同类设备，也已经付好了款，但……但……"

"但什么！不要吞吞吐吐了。有什么说什么。"

"是，是。这台设备是我们的一个分管副院长临时推荐使用的。因为是副院长打过招呼，所以我们没注意审核，这才……这才……"苏美华声音越说越小，感觉已经有些虚脱了。

"你知不知道这叫失职！说重一点也是渎职。"刘勇突然有些出离气愤了，"仅凭副院长一个招呼，你们就放弃了原则！你知不知道如果这个产品是无证的，就让你们这么随便地施加在患者身上，出了事故谁来承担？那是犯罪，知不知道？"

"是！是。刘科长教训的是。我们工作没做好，给领导添麻烦了。"苏美华忙着点头哈腰。

"工作没做好！说得轻巧。你们这是在拿生命当儿戏。"刘勇还是有些余怒未息。但看着苏美华一副诚惶诚恐的模样，他没有再继续批判下去。

"你说，该对医院怎么进行处罚？"

"怎么处罚都行！"

"那好，你再把知道的其他情况说一下。"

马小晶坐在一旁转动着手中的笔已有好长一段时间了，不知道她在想着什么。

一大早她的手机就收到了一条短信：早上好！我是李群。希望和你交个朋友，可以吗？

李群？马小晶很是愣了半天才想起这个师兄。在大学里，应该说她对这个李群是有一定好感的。不仅仅是他在学校风头正劲，而且因为他还是马小晶进入大学后的学习榜样。马小晶后来的成就也是与李群潜移默化地感染密不可分的。

但当她读到大二，也慢慢进入学生会时，李群已经毕业了！而且听说很快就找了一家很不错的企业，马小晶就将这段还未来得及展开的初恋情结悄悄地扼杀了。当自己毕业参加工作后，马小晶甚至没想过还会碰上李群！所以当初相见时，她很是措手不及。莫非就是因为自己的措手不及让李群产生了这个想法？

这个李群也太直接了吧？刚认识还不到几天，连留下的电话号码都还没来得及输进手机，他就开门见山。

直接拒绝？少女脸皮薄，不好意思说出口；答应他，又似乎操之过急。何况刚结束了一段恋情，就……

而这个事又找不到一个可以商量的人。还真是！这个李群！也有点太欺负人了吧。马小晶心里恨恨地想。人家只是对你有点好感，还不至于这么快就想了解你吧。

可李群有错吗？人家只是大胆地表白了，总不能因为这而拒人于千里之外吧！

可不拒绝就得同意，这……这可怎么办呢？要不，先试着接触接触吧，说不定能从他那儿打开突破口，得到一些线索哩。

马小晶突然高兴起来，似乎没有受到自己刚才功利想法的影响。于是，她回复了一条短信：师兄，我们本来就是朋友啊！

张志军和陈大有匆匆从外面进来，从他们脸上的表情看似乎是一无所获。

一大早他们就拿着文书包去大海捞针，去寻找那几家似是而非的医疗机构，跑了大半个上午，几家要么关门，要么根本就不存在。这让他们不得不佩服：这帮家伙，做广告做得很到家啊！按图索骥都查不到。

"刘勇，省中心医院的人来了没有？"屁股一落地，张志军就急着问道。

"刚做完笔录，字已经都签了。"刘勇说着，拿起刚整理好的文书走了过来，"对了，张组，刚才你爱人打你电话说你关机，后来打到办公室来了。你赶紧给她回个电话，她好像很急的样子。"

"哦。"张志军掏出手机，原来是没电了。

他拿起桌上的电话，拨通了妻子的手机。

"喂！国英吧，我张志军。手机没电了。同事说你刚才打来电话了？"

"啊？难怪关机了。孩子今天出院你都忘了吧？"

"啊？哦。那我马上过来。"

"不用来了，已经到家了。"

"到家？这么快？"张志军有些不相信。家离医院没有直达车，而且分别在城市两边，办完出院手续再出医院这时是无论如何到不了家的，除非打车。

"是打车回家的吧？没事，回家我给你报销。"张志军怕妻子心疼打车费，安慰道。

"不是打的回的。是你……你的一个朋友送我们回的。"

张志军心头一凛，自己并没有通知哪个朋友接孩子出院啊。妻子已经在那头催着要挂电话了，"好了好了，不跟你说了，我要给儿子做饭，回家再给你说。"

"好吧。"张志军有些不舍地放下电话，仍是一脸困惑。

朋友！会是哪个朋友呢？

马小晶走了过来，请示道："张组，目前从购销记录里还没发现大的问题，我们还需不需要继续查下去？"

张志军缓过神来，反问道："哦，那你认为有没有查的必要呢？"

马小晶侧侧头："虽然近来的该类药品进出手续是齐备的，但不能说明就是合法的。结合目前市场上已经出现过几起麻黄碱事件来看，达康医药公司最近大量的购销活动就很值得怀疑。我总觉得他们的账做得太完美了，这就是问题。"

"你的意思还是有问题，那就继续追踪。"张志军做着安排。

马小晶走进商场七楼的咖啡屋，李群正悠闲地通过玻璃墙看着窗外的高楼。

此时正是傍晚时分，商场里人潮汹涌，而在这个喧嚣的大楼里却有着这么一间精致的咖啡屋，马小晶真是不由得生出些许感慨来：这老板真会做生意。

看看店里生意，虽然也是人头攒动，但似乎并不显嘈杂。食客们三三两两独居一方，虽觥筹交错，也只是浅尝辄止，很是有些文化氛围。怪不得李群会把地方选在这，情侣们互相调笑也都能恰到好处，互不干扰。

可能是从玻璃窗上看到了马小晶的身影，李群回过头来，很绅士地站起身："请坐！"

马小晶看了看腕上的手表："不好意思，迟到了几分钟！"

"没事的，我也刚到。"李群毫不介意道，"你今天能赏光便是我三生有幸了。今天请你吃饭不算腐蚀国家干部吧？"

马小晶脸上又泛起红晕，仔细打量着这个几年未见的师兄。或许是由于营养不良的关系，李群在灯光下竟然显得如此单薄，身材修长却似乎缺少一点玉树临风的气质，语言风趣却少了许多天真，更多的是故作成熟。只是眼镜后面一双眼睛依然炯炯有神。

李群忙活着张罗饮食，马小晶也乐于坐在一边等待。直到饭菜齐毕，两人便一边喝着可口饮料一边进入主题。

关于麻黄碱的事，他一定知道些什么！从两人谈话间，李群有意无意避开麻黄碱的话题开始，马小晶就已经略有所悟。只是今天的氛围不适宜深谈，马小晶也几次主动住口，为的是不让他有所察觉。

可能是由于红酒的作用，两人从最初的相敬如宾已到相谈甚欢了，两张红红的笑脸互为酬答，并不时为共同的主题举杯相庆。

经过李群的精心设计，李群把自己变成了一个怀才不遇的人，现在栖身于达康公司也是迫不得已的。他是一个有着远大抱负的人，希望把自己毕生所学奉献给社会，但他觉得自己也是一个快被社会抛弃的人，所以终日郁郁寡欢。他像盼星星盼月亮一样盼着东山再起，大干一番事业。他现在就一直在等待时机，所以也就错过了许多次成家立业的机会。这次老天有缘把师妹马小晶送到他面前，他认为这也是天意，他不想再错过，便义无反顾地学飞蛾扑起火来。

一席话说得马小晶好不动容。因为李群说到动情处时，自己都被自己感动了。

至少，两颗年轻的心还是撞出了一点火花。他们来自同一所学校，同一个专业，同样的卓尔不群，同样的情窦初开。只是，两人刚开始时都是各有保留的，互相防备着对方，又互相吸引。

马小晶是被李群亲自送上公共汽车的，汽车开动后，李群还在车下恋恋不舍地向车上挥手，满脸笑意。马小晶坐在靠窗处，也同时向下挥挥手，直到看不到人影了才收回目光。

可当她一抬头，眼睛突然就像定住了一般看着车载 LED 广告，半天未曾眨眼。最后，她拿出手机打开了摄像功能，对准了 LED……

第十一章
直道相思了无益，未妨惆怅是清狂

张志军一回到家，家里饭菜已经热气腾腾摆上了桌。儿子在一边收着作业本，妻子还在厨房里做着收尾工作。

家里玄关间，多了两大包礼品，包装盒上印着韩文，看起来像是化妆品之类的东西。

张志军脱下皮鞋，弯着腰换上拖鞋，大喊大叫着："老婆，儿子，我回来了！"

爱人王国英头也不回地吩咐道："赶紧带儿子洗洗手，准备开饭了！"儿子倒是雀跃着跑过来亲了亲张志军的脸颊，一边还亲热地叫着爸爸。

张志军领着儿子到洗脸间，边洗着儿子的小手边问道："谁送你们回来的呀？"

儿子做了个鬼脸："叔叔不让告诉你！"

"是个叔叔，对吧？认识吗？"

儿子摇摇头。

一家人高兴地吃着饭。张志军还是忍不住问王国英："儿子说是一个叔叔送你们回来的，是不是啊？"

王国英扑哧一笑："怎么，你吃醋了？"

张志军有些不好意思起来："别打哑谜了，快告诉我是谁啊？"

"不认识，说是你的朋友。"王国英不紧不慢地说道。

"不认识，你也敢上他的车啊？你这……这胆也太大了吧？"张志军有些紧张，"你不怕被别人拐跑了？"

"得了吧，像我这样人老珠黄的难道人家拐去当妈。"王国英难得开了一个玩笑，看来今天的心情一直不坏，"人家都知道你在哪儿工作，也熟悉你的手机号，要我不信也不行啊，谁叫你手机一直关机呢？说不定拐跑了正是你所希望的哩！"

"你就别挖苦我了，不就是忘了充电嘛！好了好了，他没做什么吧？"

"他能做什么，你希望他做什么？"王国英有些不依不饶了。

张志军扭头看看门口放的两提礼品："这又是哪来的？医院发的？"

"你想的美！那个人送的！"

张志军跳起来："什么？送的？你怎么能收呢？还不赶紧给人家送回去？"

王国英眼泪突然就出来了，她着实被吓了一跳，从来没见张志军这么凶过，今天……

"你这么凶地看着我干什么！又不是我非要收的，是他放在地上就跑了，你要我上哪还他去？这东西不都还在，我又没动过。知道你们不收任何礼品，所以就放在门口等你回来作证，你……你怎么这么不识好歹！"说着说着，想着这几年的委屈，王国英突然放声大哭起来。

张志军这才知道自己错怪了妻子，赶紧离开餐桌过来安慰着王国英。

"对不起，对不起！是我不问青红皂白冤枉了你。我……我有罪，我有罪，可你这让我怎么办呢？又不知道是谁送的，怎么还给人家呢？"

又拉过一旁不知所措的儿子："儿子，今天爸爸冤枉了妈妈，今天就罚爸爸睡沙发，你同意不？"

儿子破涕为笑了，推了推还在抽泣着的妈妈："妈妈，妈妈，爸爸知错了，你就原谅爸爸啦！好不好啊？"

王国英停止了哭泣，抬起头瞪着张志军："你想的美，你想霸着电视，没门儿。今晚你睡床，我和儿子睡沙发。"

稽查四组办公室。

马小晶将手机上的影音文件复制到电脑上，然后对着宣传单仔细地核对着。突然，她兴奋地大叫起来："你们都快过来看，这两份广告会不会是出自同一个人之手？"

果然，在经过文风、语法、修辞等方面的对比后，宣传单上的广告与公交车 LED 上的广告内容基本相同，只是电话和联系人有所差异，基本上可以确定是同一家公司所为。

张志军狠狠地拍了一下自己的大腿："原来他们都已经转移到公交车上了，难怪这么长时间啥也没找着。这回还是露出狐狸尾巴了吧。我们可不能再让他溜了。"

几个人都在摩拳擦掌。张志军又附在马小晶耳边说着什么，马小晶拿起电话："喂！艾美医院，请找于教授。"

看到马小晶电话里已经找到于教授，正在激动地商量着，张志军又拉过刘勇："对了，你通知一下孙经理，告诉他，省里已经受理了他的申请资料，让他做好迎检准备。"然后又像突然想起了什么，在陈大有耳边说了几句。

陈大有重重地点点头。

张志军这才如释重负地拎着一大早从家里带到单位来的两

提化妆品向局长办公室走去。

陈大有出了办公室，走到大街上一公用电话亭，拿起话筒并掏出一张 201 卡插了进去。

"你好，是江先生吗？我姓陈，昨天从公共汽车上看到你们说能治癫痫，不知道是真是假？"

"是从公交车上看到的？"对方十分警惕。

陈大有赶紧道："是的，是的。我家小孩八岁，治了几年都没断根，看到你们说能治愈，所以就……"陈大有故意顿了一顿。

果然，对方说话开始不再冰冷，"是啊，是啊。癫痫治疗是个世界难题，很难治愈的。不过，我院研制的抗癫痫新药获得过'国际金奖'和'国家专利'，能够完全治愈癫痫病，你就放心好了。"

"是不是真的啊？那太好了。"陈大有装出一副喜出望外的语气，"是什么药？我想买点试试。"

"不用试。包你两个疗程药到病除。"对方很肯定地做着承诺。

"那……那怎么才能拿到药呢？"

"我给你个卡号，你将两包药的款打在上面，到账了我们就给你邮寄过去，你看行不行？"

"这……我怎么相信你呢？"陈大有犹豫着说，"能不能不邮寄，我就在江城，我带孩子先去看病买药不行吗？"

对方沉默了一下："也行，不过我要先预约专家。你就先等我的电话吧。"

"好啊！什么时候能给我回话？"陈大有又装出一种迫不

及待的语气。

"这个不好说！专家们都很忙。全国到处都有出诊。你还是等我的电话通知吧！"说完话，对方就断然挂断了电话。

省中心医院。

行政楼五楼王副院长办公室。

设备处长苏美华正在向其倒着苦水，不时流露出些许为难神色。王副院长看在眼里，不置可否地听完汇报，拿起桌上一包烟，先递给苏美华一根，被苏美华笑着拒绝了，便自己点着烟抽了起来。

烟雾中，王副院长脸色逐渐阴沉下来："你说药监局一定要处罚，还要通报？"

苏美华点点头："王院长，你说该怎么办？"

王院长向空中吐了一个很漂亮的烟圈，说道："处罚倒没什么，反正设备又不是我们注册，羊毛出在羊身上。"

苏美华似乎若有所悟："您是说……"

王院长点点头："只是通报对医院打击太大，能不能不让他们通报？"

"这个！恐怕不容易！"

"你说这个案子是张志军在负责是吧？"王副院长突然问道。

苏美华有些不解："是啊，怎么了？"

王副院长终于摁下了还剩半截的香烟，故弄玄虚道："那就好办了！你就等着看好戏吧。"

等苏美华走出门，王副院长起身将办公室房门反锁了起来，打开了电脑，点开新建文档，一会儿，屏幕上出现了"举报信"

三个字。

李群和马小晶双方都几乎忘记了当初交往的初衷。

吃过几次饭，也压过数次马路，两颗年轻的心已经擦出了爱的火花。从马小晶身上，李群似乎看到了自己的影子：不甘与倔强。小师妹不仅聪颖明慧，比一般女孩更有主见，常常让李群哑口无言。但她更善解人意，如果不是顾虑到双方的身份和自己目前还有着不可告人的事情，李群真的就不顾一切了；而在马小晶眼里，李群除了在住所方面还有些神秘之外，知识渊博，有上进心，而且语言风趣，这都是马小晶十分欣赏的。

两人都有种相见恨晚的感慨。

而让马小晶一直耿耿于怀的是，李群从来就不带她去他的住所，哪怕是偶有提及，李群也总能以种种理由回避。这是为什么呢？

虽然还未正式公布恋情，但两颗心却早已紧紧连在一起了。可他为什么不提及他的租住地，甚至连坐落在哪个区都不明示。难道他真有迫不得已的苦衷。

马小晶没有追问，到时候总会水落石出的。

离交货的限定时间越来越近了，李群有如热锅上的蚂蚁。

近来与马小晶的频繁接触虽然是他主动而为，但没想到假戏变成真唱了。马小晶的善良与正直常让李群感到莫名羞愧，而对金钱的追逐和对"人上人"虚名的渴望更使他时常经受着炼狱般的煎熬。

药监局对麻黄碱成分药的严格控制以及对马小晶的情不自禁都使他放缓了提炼的脚步，甚至他不时还会产生一种"壮士断腕"的冲动。但对春节"衣锦还乡"的憧憬让他仍欲罢不能。

现在离目标愈来愈近了，就再坚持几天吧！他不断地给自己打着气，在提炼药物的那段时间里他甚至都不敢直面马小晶明亮的眼眸，他怕被她看穿，更怕一不小心失去了她。

可纸终究是包不住火的，他现在做的是见不得光的事，以后可怎么面对这么一个眼睛里揉不得沙子的善良姑娘？

如今箭在弦上，只能走一步看一步了。他只得自己安慰着自己。

奇怪？当初说好马上给联系专家，两天了都没动静，莫非对方有所察觉？陈大有把当天电话交谈的记录重新在心里缕了缕，好像又没发现有什么破绽！

他又重新拨打了一次那个号码，显示的却是"您拨打的号码已关机"！

正当他百思不得其解时，张志军走了过来："怎么？打不通了？"

陈大有点点头。

张志军拍拍陈大有的肩，给他鼓了鼓气："没事！像缠'贺普丁'时那样缠着总会有收获的。"

张志军又看了看各忙其事的其他同事，高声问道："你们昨天都没有给手机充值吧？"

大家都满脸疑惑地看过来，同时都摇了摇头。

马小晶半是认真道："怎么了，张组？是不是准备给我们提高话费福利了？"

"我也想哩！"张志军先是笑着给予了否定，并拿出手机又仔细地看了看，"那，奇怪了！我的手机上昨天怎么多出了

1000 元钱的话费？谁充的呢？"

大家一窝蜂似的围了过来，果然张志军的手机上有一条充值短信，显示昨日 19 点 35 分已成功充值 1000 元整！

"是不是充错了？"陈大有问道。

"我当时也是这样想的。可如果充错了，应该有人来电话的，可直到现在我都没接到过一个电话。我还以为是你们哪个昨天充错了哩！现在看来真的不是你们。"

马小晶马上回敬了一句："你这才是真的想得美哩！我们充费可从来就没有这么大的额度，就是想拍你马屁也拍不起哦。"

刘勇提出了几个想法："会不会是你家里哪个亲戚？或者中了什么奖？"

"我家里的亲戚比我还穷，更舍不得一下子给我充这么多的。中奖？中奖说不定有可能，中个 50 元、100 元的还说得通，中 1000 元？那不跟中 500 万的概率差不多了。"

"那……"

一时间，大家都沉默不语了。

"会不会是……"马小晶欲言又止。

"是什么？"

"管它是什么！天上掉馅饼了，吃呗！"刘勇说话居然有些玩世不恭起来，"反正咱就没这个命，能碰上别人给充个 50 元都难啊！"

"呸！"马小晶瞪了刘勇一眼，"让相对人给你充 100 元，你敢收吗？"

张志军眼睛一亮："你是说会不会是哪个相对人给充的？但我的手机号好像很少给相对人啊！"

马小晶突然很认真地说道："很少不等于没给过！张组，

赶紧想想，就是给得少才好想起来，要是像别人那样手机号满天飞的那还真得大海捞针。"说完用眼角有意地瞟了一下陈大有。

陈大有听出话外音来，也回瞪了一下马小晶："什么满天飞！手机号不告诉别人要手机干吗？"

那会是哪个呢？张志军当真冥思苦想起来，可想了半天还是茫无头绪。最后，他决定，从工资卡里取出 1000 元现金放在科室里，由马小晶代为保管，到时如果想起来是谁或者有人承认再做退还处理。

可工资卡在王国英手中，要取出钱还得过她这一关。昨晚刚得罪了她，给她说这事她会信吗？张志军突然踌躇起来。

刘勇第一次以准女婿的身份走进了张丹青的家，当然手上拎着大包小包的礼品和水果。

张丹青父母开门时并没有立即请客人进门的意思，而是站在门口上下左右地对刘勇进行了一次全面"相检"，急得张丹青大叫："爸、妈，你们能不能先让人家进来喝口茶再看呢？"

二老这才猛醒，忙不迭侧身后退。不过，脸上已经笑容可掬了。

看来初审合格！

刘勇看到二老已不再那么严肃，也便不再局促地喊了声"伯父、伯母"，进门时偷偷向张丹青做了个鬼脸，似乎在炫耀着大功告成。张丹青顺手接过刘勇手中的礼品放在了厨房，回头趁大家不注意的时候掐了一下刘勇，小声道："别得意太早。早就跟你说过，我父母非常严厉的，主戏还没开始哩。"

一席话说得刘勇刚落肚的心又提上了云端。

不过，或许是刘勇的准备工作做得十分全面，又或许是刘勇的亮相已经让二老十分满意，总之接下来的考查似乎顺风顺水，并没有像张丹青说得那般艰难。二老也只是简单地询问了一下刘勇家里的情况和工作，就乐呵呵地到厨房准备晚饭去了。客厅里只留下一对小情人对向而视。

刘勇一下子竟然没敢放松下来，满是疑问地看着张丹青。张丹青似乎也没有看懂二老的态度如何，向刘勇做了个无可奉告的姿势："得，得！别想太多了，先看看电视吧！"

饭菜确实可口，使得平时经常在外简单吃点盒饭、难得在家与家人共进晚餐的刘勇胃口大开，一转眼风卷残云般消灭了一半菜肴，看得二老目瞪口呆，但却是满心欢喜；惊得张丹青眼色使尽，最终不得不在桌下猛施杀手，重重地在刘勇兴奋过头的脚上踩了一下，方才令刘勇停箸。

刘勇放下碗筷，不好意思地对着三人笑了一下。二老还是一个劲儿地催促："多吃点，多吃点。伢正长身体哩！"

别在腰间的手机在此时却突兀地放起了音乐，刘勇打开一看，是一条短信："速到解放大街民主巷 18 号等我，张志军。"

刘勇将短信给张丹青看了一下，同时满带歉意地对二老道："真不好意思，伯父伯母，突然有任务了，今天不能陪您二老把饭吃完。"

张丹青看完短信，脸色略有不悦，但又不好当面发作，只好默默地将手机放还桌上，扭头进了闺房，并重重地关上房门。

刘勇收起手机，愕然地看着这一切，诚惶诚恐地把脸转向张丹青的父母，一脸无辜。

张丹青的父亲很果断地对着刘勇保证道："孩子，你有公事就先去忙吧，青青的工作我们来做！"

刘勇感激地给二老鞠了个躬，拿起随身衣物便匆匆出了门。

解放大街民主巷 18 号是个独门院落，在高楼林立的城市中心独辟蹊径，新中国成立前是一家大资本家的私有财产，后被没收，因其建筑系某外国传教士所建，被当地列为世界遗产予以保护。后来，虽对外公租，但一般人连进去都不容易，更何谈一睹芳容了。

难道那个研究院就藏身于此？

张志军、刘勇、陈大有三人站在门前的树影下，远远地看着那道虚掩的铁门。

"你确定他说的是这个地方？"张志军不敢相信地看着陈大有，陈大有给了一个肯定的答复。

陈大有是在吃着饭的时候接到对方电话的，手机号码果然换了新的。但那个人的声音陈大有还是第一时间听了出来。

他只是简单地通知陈大有现在就来这个地方应诊后便匆匆挂断了电话。

独门院落在夜幕下显得有些狰狞，如果院落里没有灯光的话，远远看去就像传说中的欧洲城堡。

几名执法人员躲在黑暗里已经有半个钟头了，居然没有看到一个人进出。张志军犹豫着是否直接闯入。恰在此时，从院里走出一个人来，在门口张望了一下，好像有所失望地又折了回去。

张志军突然将陈大有叫到身边："你要不先进去，然后……"

陈大有点点头，从黑暗中走出来，有些步履蹒跚地向院门走过去。

门打开了一条缝，刚才出现过的那张年轻的脸再一次探出头来："您找谁？"

"对不起，对不起，出门晚了，又碰上了堵车，所以……"陈大有赶紧上前道着歉。

"哦，你是我电话通知过来看专家的？"那名年轻人似乎想起来了。

陈大有赶紧道："是啊是啊。"

那人探出大半个身子四周看了看，满脸狐疑："你不是说给你孩子看病吗？孩子怎么没来？"

"孩子正培优哩，我先过来看看，反正他那病发作时都一样，就让专家开几服药回去先吃着也是一样的。"陈大有十分镇定地回答。

"哦，原来这样！"那人反身打开小门，"那你就进来吧！专家都等了好久了。"

陈大有上前一步跨进门内。半小时后，他手上拎着几包药被那个人热情地送了出来。

车内，刘勇将黑塑料袋里的药品倒在了后座上，果然全都是"克癫净"和"癫复康胶囊"。刘勇又将包装盒翻来覆去反复琢磨了一下："张组，这些药品都没有批准文号，也没有效期，典型的'三无'产品！"

"再看看有没有厂家？"张志军皱起眉头。

"只在包装盒下方印制有'江城市疑难病研究总院'字样，但没有地址和电话。"

张志军又转向陈大有："里面是什么情况？"

陈大有似乎还在兴奋中："张组，里面目前有四五个人，还有个孩子，看起来好像是一个大家庭，仅专家医生就有两个。像是坐堂行医的。"

"哦？坐堂行医？"张志军低头想了想，"那你再说说，具体是怎么样的一个格局？"

"刚才进去时，正对门就是一幢两层的洋楼，他们都在一楼坐诊。一楼就像个客厅，却摆着两张桌子，放着听诊器及压舌片等物件，但总体看起来很简陋，如果不是医生穿着白大褂的话，初看起来都不像是行医堂。"

张志军插了一句："墙上应该没有挂执业证照等物件吧？"

"确实！坐下前我仔细看了一下，不仅没有看到相关证照，就连平时诊所里张贴的宣传图片也没有贴一张，墙上很干净。那名老医生也只是简单地问了一下咱'孩子'的病情，就让刚才带我进去的那个人到旁边去拿了这几服药过来。"

"你是说，药是从旁边拿过来的？哪个旁边？"

"右手边的一个房间里，拿出来的时间很快，似乎早就准备好了。不过，我发现那个房间并不像是仓库。"

"哦？"张志军陷入了沉思。

刘勇突然问道："对了，你出门的时候看过两边有没有车库？"

陈大有想了想："好像有，不过看起来不像是车库。一边有一个对称的单体建筑，不太高，如果停小车进去都够呛，更别说停货车了。"

陈大有再次看了看独自沉思的张志军，询问道："张组，今天行动不行动？"

张志军抬起头："先不要打草惊蛇。如果他们没有执业证，

就不是我们一个部门的事了。今天大家先回家。我们明天再拿
个具体方案！"

张志军一上班就被徐继贤叫到了办公室。张志军正准备在
沙发上坐下，徐继贤做了个先别坐的手势："你等一下再坐！
先告诉我你是不是有个叫'杨柳'的大学同学？"

张志军大吃一惊："是……是啊，徐局怎么知道的？"

"你先别管我是怎么知道的，那个叫'杨柳'的是不是你
的初恋？"徐继贤继续追问道。

张志军心头更是一震，不禁暗暗思忖：这么秘密的事是谁
告诉领导的呢？自己自进入药监局以来，从来就没有对任何人
提起过那段忧怨的往事，包括自己的妻子！尽管不久前他得知
杨柳已经回到了这个城市，而且也见过两次面，那也是单纯为
了工作接触，他们见面的时间和地点都是经过周密安排的，虽
然谈话多少不免带了些私人情分，但尚未失体，更未有什么影
响单位和个人形象的事发生。领导是怎么知道他们曾经是一对
恋人的呢？徐局突然问这些还有什么深意吗？

徐继贤打断了他的思考，给他作着提示："你们最近是不
是还见过面？那台眼科内窥镜是不是杨柳公司生产的？"

"这……"张志军不禁打了一个寒噤，"这？徐局怎么知
道得这么清楚？"

"我知道的还远远不止这些！"徐继贤眼神突然变得严厉
起来，"好啊！张志军！我真是看走眼了！你可是老稽查了，
怎么还犯这种办人情案的错误？你……你可真长本事了！"徐
继贤激动得有些说不下去了。

"徐局，您这是说的些什么话？办人情案？从我张志军搞

稽查开始，我就不知道人情案是怎么办的！徐局，当初我爱人医院出的那个事，我是不是主动申请回避了？为此，我爱人还跟我闹过离婚，这些您又不是不知道？我会办人情案、关系案吗？"张志军很是委屈。

"别提那些以前的事了，人都是会变的！人家已经告到市纪检委了，说你张志军为了保护初恋情人，擅自对行政相对人进行打击报复，不惜加重处罚。这些……你，你怎么给我解释？"徐继贤看来真的动怒了。

原来是这样！张志军眼前浮现出苏美华那略有不甘的脸。肯定是苏美华！想到这里，张志军反而放下心来："徐局，是不是加重处罚！这个还需要我解释吗？把文书给您审阅一遍不就一目了然了！至于我和杨柳的事，是这样的……"

徐继贤耐心听他说完了和杨柳的那些事，悬了半天的心终于放了下来。

张志军又道："这回您相信我了吧！"

"说得轻巧！你当初怎么不告诉我你和杨柳的情况。现在人家可就抓着这个把柄了！"徐继贤语气有所缓和，"你以为我不知道你的为人？我现在相信你，可纪检办相信你吗？从今天开始，你先配合人家调查，组里的事先交给朱文刚代管吧。"

张志军着急道："那……那刚上手的案子怎么办？"

"先放着！等你的问题查清楚了再说！"徐继贤有些恨铁不成钢地说，"你可给我记好了，好好配合调查，不要有什么抵触情绪。赶紧回组里安排一下吧，回头我和你一起去见纪检组的同志。"

为避免不必要的误会，张志军回组后只是简单地说明了一下自己要出差两三天，这几天的工作由一组的朱组长统一负责；

同时要求大家要服从组织安排，做好本职工作！

有点骚动是免不了的！张志军看着大伙儿关切的眼神，几次欲言又止。最后还是一转身低着头走出了办公室。

大伙儿都茫然不解地看着张志军出了办公室，立在原地不动。于教授恰在这时喜气洋洋地走了进来，面对大家惊愕的表情，吓得半天都没敢出声。

还是马小晶首先看到了："哦，于教授？您老怎么来了？"

于教授回过神来，关切地询问道："你们……你们这是？"

"哦！没什么。张组长可能要调走了，大家都有些舍不得。"马小晶岔开话题，"于教授今天来是有什么高兴的事吧！"

看到大家都坐回原位，于教授这才开口道："真的是好消息。就是有关我那台产品的事有个好消息要告诉你们。"

马小晶这才想起来，前几天才通知过于教授去省里递资料，想不到今天就有结果了："是不是可以注册了？"

于教授终于抑制不住兴奋的心情："已经受理注册了。真的是太谢谢你们啦！"说着，从衣兜里拿出四张购物卡放在桌上，"没有你们，也就没有我的今天。这也是医院和我个人的一点心意，请你们一定要收下！"

马小晶像触电般地蹦了起来，一把拿起购物卡就往于教授手里塞："这怎么行？这不是让我们犯错误吗？绝对不能收的！你们的心意我们心领了，还是把卡拿回去吧！"

于教授看到推脱不了，接过了购物卡，一时显得也很为难："这……这我回去怎么向医院交代呢？你们还是收下吧。要不，也给你们手机充点值？要不然我内心可不安啊！"

手机充值？马小晶想起了张志军手机无缘无故充了 1000 元钱的事："您老是不是前几天给我们张组长充过 1000 元钱？"

于教授很不自然地笑了笑，不置可否。

马小晶打开抽屉锁，拿出上次张志军暂存的 1000 元现金递到了于教授面前："如果那个话费是您充的，请您先收下这 1000 元现金。这是我们张组长特别交代的。为这事他可没少伤神，几天都吃不好睡不好。您老这样做不是感激他，而是在害他哩！"

"啊！？"于教授听完马小晶的数落，脸色也渐渐泛起红光，他说话开始变得小心谨慎起来，"我！我不知道这些，不好意思，有没有给他带来其他麻烦啊？你刚才说张组长可能要调走不会是因为这个吧！"

马小晶摇摇头："那倒不是！我也不知道。您就先好好准备注册的事吧。下不为例哦！"

"下不为例！"于教授悻悻地拿着卡和钱出了门。

第十二章
欲寄彩笺兼尺素，山长水阔知何处

下午，达康医药公司。二楼。

马小晶和刘勇在查阅着公司的电脑，质管副总方琼小心地站在一旁。马小晶指着屏幕突然问："方总，你看前天好像又购进了一大批'泰诺'，怎么当天就全部卖完了，你不觉得奇怪吗？"

方琼凑上前："是的，但公司进出多少货物一向都是营销部在负责，我们质管部只负责抽检药品。这个你还是得问李总了！"

"是吗？他人呢？"

"哦，李总昨天就请假了，说是家里有事，今天都没见他过来。打手机也关机了！"方琼解释道。

关机？是啊。马小晶突然想到自己也有两天没有李群的消息了。没有紧要的事，马小晶一般不会主动打电话给李群，每次约会也全都是李群电话相邀，而且都是李群定好的地点。

这方面，马小晶向来很被动。

他会不会出什么事了？马小晶突然被自己的想法吓了一跳，又摇了摇头，应该不会的！那他这两天又做什么去了？她抓起桌上的电话，向方琼煞有介事地问道："李总手机号多少？"

电话果然仍处于关机状态！

而在李群租住的房屋内，机器正在轰鸣。大把大把的药片倒入粉碎机被搅拌着,然后通过几条细细的管道分解,最后烘干,李群正满头大汗地进行着最后包装。

今天就是交货的最后日期,他必须赶在太阳下山前提取足够的量。他看了看表,离太阳下山应该还有一个多小时,最后几包眼看即将完工,他不禁深深地松了一口气。

交完货,他就要离开这个城市了,当然要带着大把的钞票。可是马小晶呢!他不能不对她有所交代吧!自与马小晶交往后,他不止一次地想象着他们一起走上红地毯的情景,这些钱不就是为了成家准备的吗?可是,他能给她这个家吗?

为了今天交货,前天他就请好了假,通过关系最后一次购进了相关批量的药,并顺利导出。后来,为怕打扰,他关掉了手机,一个人在黑房里进行着提取工作。两天来,他日以继夜地紧张操作着,每天饿了就吃泡面,渴了就喝点纯净水,与外界几乎完全失去了联系。

包完最后一包,他站起身来,伸了伸懒腰,拉开窗帘向外面望了望。然后将包好的产品小心地装进纸箱中,并封好口。一切就绪后,他又将几只纸箱分别放进不同的房间,这才开始打扫起最后的战场来。

等到清理好房间,他方才打开了手机,手机上显示了几个未接来电,似乎没有马小晶的电话。他有些失望地放下手机,就在这时,手机响了。

电话里传来一个男人十分粗鲁的声音:"李群,你到底怎么了!交不出货了吧?你要知道后果!别怪我没告诉你,关手机也没用。今天你必须按时交货,否则吃不了兜着走!"语气里尽是恐吓。

李群似乎并不以为意，只是淡淡地说了一句：等半小时就可以来提货了。便挂断了电话。

门口突然响起了敲门声！很轻。他下意识地看了看两个关得死死的房门，思忖着：他们不会这么快就来了吧？但还是走上前去拉开了大门。

门口站着一脸惊愕的马小晶。

其实马小晶早就知道他有这么个地方的。

并不是马小晶有意跟踪他，只不过是在一次执行任务时，马小晶来到过这个小镇。而恰恰就在返城的时候，马小晶在车里看到过李群的身影走进这个院落。当时马小晶有点不太敢相信自己的眼睛，直到李群进门时回头看了看四周她才醒悟过来：原来李群一直就住在这里！

可他为什么不告诉自己呢？怕她瞧不起他，还是他在做一件十分隐秘的事？

但当时马小晶并没有时间下车去刨根问底，后来接触时也没有刻意去追问，故此，李群一直蒙在鼓里。

当今天下午马小晶去达康公司调查时意外发现李群请假且手机已关机了两天，而且公司账目上"泰诺"的购销存在着很大疑问时，马小晶脑海里一下子蹦出了这么一个地方：他会不会就在那里？

下班后，她决定去看个究竟！

到了小镇，她几乎迷失了方向。那个院落并不临街而且还很偏僻，上次偶然看到时只是一种无意邂逅，她并没有刻意记住是哪个路口，没有地址也无从打听。走了几个路口后她开始找着了一点记忆，于是毅然地钻了进去，一直就走到了那个院落的门前。

　　敲开大门，李群憔悴的脸让她一时有些心疼，几乎有些把持不住地想扑到他怀里。然而，当她看到屋里的设备和一些零散的"泰诺"包装盒时，一切她都明白了："你……你在制毒？"

　　李群镇定地而且是非常坚决地摇摇头："没有。只是在提取麻黄碱，这和制毒是有区别的！"

　　"提取麻黄碱不就是在参与制毒吗？为什么你要这么做？"马小晶心已经碎了，她一直担心的事终于还是发生了，她有些接受不了这个现实，"告诉我，为什么你要这么做？"

　　看到心爱的人如此悲痛欲绝，李群一时也黯然神伤起来。

　　听完李群简明扼要的叙述，马小晶用纸巾揩掉眼角的余泪："你难道不知道这和制毒是同一种性质？当初你为什么不主动自首，如果那样的话，你也许就不会越陷越深了！"

　　这个善良的女孩竟然为一名罪犯深深地担心起来。

　　李群突然想起马上就有人要来取货，如果被那些人看到还有别人在场，很可能对马小晶十分不利。于是他有些后怕地站起身来："今天是最后一次，做完这一笔就远走高飞了。你要不先到卫生间躲躲，他们马上就到了，有些事我们回头再说。"

　　马小晶"蹭"地一下站了起来："你还要交货？你就不怕不能回头了！以后一辈子就这样东躲西藏的。就算你不为我着想，也得为你家里年迈的双亲想想吧！"

　　李群被说得低下了头。

　　马小晶继续说道："你还是主动自首吧。你现在的量还不算大，还能够争取宽大处理。如果你今天交货了，就连痛改前非的机会都没有了。"

　　李群终于有些心动了，他抬起头，不自信地看着马小晶："我还有这个机会吗？你……你会不会离开我？"

"当然有！只要你悬崖勒马。"马小晶斩钉截铁地说，"而且，我会等你！"

不知什么时候，两个人从门口冲进来。

"李群，东西都准备好了吧？快交给我们？咦，怎么又多了一个人？"说话的那个人突然目露凶光，逼视着马小晶。

马小晶毫不示弱，迎上前去："这屋里已没有什么你们要的东西！"

那人似乎被马小晶的气势所惊，退了一步说道："李群，你不会是在耍老子吧？"说着从腰间掏出一把寒光闪闪的匕首，"快，别耽误工夫！否则对你不客气！"

李群一把将马小晶拉回自己身后，向来人请求道："货……货还没有全部制完，要不，要不你们再宽限两天……"

不待李群的话说完，马小晶又冲了上来："别跟他们废话了。要东西没有，要命有两条。"

"咦！"那个拿匕首的人扬了扬手中的武器，盯着李群，"快说，货在哪？钱可早就打进了你账上，想还都没门儿。老子今天来必须把货拿走，否则……"

"否则什么！我们早就报警了，识相的话，赶紧滚出这个大门！"马小晶指了指门口。

听到报警，进来的两个人神色出现了一丝恐慌。还是拿着匕首的那个人强作镇定，继续威胁道："报警？报警你也跑不了！别骗我了。李群，今天你是交也得交，不交也得交，别逼我，我这刀可没长眼，要是给她脸上破个相……"

"呸！"马小晶朝那张张狂的脸上啐了一口，"你做梦！你扎一刀试试！"

小镇外隐隐约约传来警笛声，持匕首男子脸色一变："哼，我看你们是铁了心不交是不是？老子没拿到货回去也不能交差，只能带点血回去了。"说完，他扬起匕首，对着马小晶作势就扎了过去。

"小晶，让开！"李群大喊了一声，见马小晶没有躲避，一纵身奋力撞开马小晶，匕首不偏不倚地扎进了他的胸口，他惨笑着倒了下去。

那两人见真的闹出了人命，丢下凶器，慌不择路地窜出大门。

中医院门诊大楼，晚上 19 点 40 分。

救护车拉着刺耳的警报声呼啸而至。从门诊楼里首先冲出了几名医护人员，后面跟着一台担架车。救护车停下后，厢式后门从里面撞开，马小晶跳了下来。随后几名医护人员迅速将浑身是血的病人抬下，搬上担架车，一行人急匆匆地推着担架车进了门诊大楼，马小晶也一脸焦急地随着人流冲了进去。

手术室门口，透着光的手术室门被撞开，医护人员与手术车一同钻进了手术室。马小晶也想冲进去，但被一名护士给拦在了门外。

手术室的门冷冰冰地在马小晶面前合拢。马小晶只得无奈地走到旁边的休息区坐下，两眼紧盯着手术室门口，一刻也不敢眨眼睛。

刘勇和陈大有从楼下冲了上来，陈大有一把拉住马小晶："怎么回事？你没事吧？他……怎么样了？"

马小晶摇摇头，眼泪忍不住又流了下来。

刘勇用嘴努了努手术室问道："进去多长时间了？人是昏迷着进来的吧？"

马小晶点点头又摇摇头，李群的生死未卜让她有些身心俱疲。还是刘勇突然想起一件事来："这恐怕得办住院了。对了，出门走得急，大家都带了多少钱？看够不够交住院费的。要是不行，我得赶紧去取！"

马小晶感激地看了刘勇一眼，从身上掏出钱包："我出门时没带多少钱，不过卡在身上，可以先去取出来，不知道够不够？"

刘勇一把推开马小晶的手，满怀爱护地责备道："你一个人出去这么危险，怎么不先通知我们？要是出了什么事我们还真不好交代！再说，你参加工作时间不长，能有多少积蓄。这次就用我们的。大有，我看靠我们现在身上的钱肯定是不够的，你先在这儿陪着小晶，我出去在自动取款机里先取一部分再说。"

陈大有赶紧上前拦住刘勇："那怎么行！你那钱是准备结婚用的，这一下小晶还不知到时还不还得上，耽误了结婚可不是小事。我看，还是我去取，反正我一时又不用钱。"说完不待刘勇同意，就丢下两人径自下了楼。

手术进行了两个多小时，胸口上缠满绷带的李群被推出手术室。

三个人赶紧冲了上去，一名主治医生伸手摘下口罩对马小晶道："还好。手术很成功，他算是已经脱离危险了，不过，还要住院观察几天，先去办住院手续吧。"

刘勇与陈大有会心地对视了一眼，陈大有就拿出刚取出的一叠现金到住院部。办完手续回到病房，李群还在昏迷中，马小晶坐在床头看着李群熟睡的脸，不时地抹着眼泪，刘勇则坐在另一边无所事事地翻阅着一份当天的晚报。

"到底是怎么一回事搞成这样？谢天谢地，都没出事就好！"陈大有肚里装不得陈货，冲着马小晶大声问道。

马小晶看了看病人，见他似乎没有被声音惊醒，站起来向陈大有做了个小声的手势，三个人在病房的另一边坐了下来。

马小晶向二人小声地述说着这个夜晚刚发生的惊险一幕，听得两人好一阵唏嘘。

"原来他就是李群！难怪我们一直找不到他，哪知道他就在我们身边！这可真是应了那句话：最危险的地方也是最安全的地方了。"听到最后，刘勇不无感慨道。

由于失血过多，李群直到第二天凌晨才醒过来。此时偌大的病房里只有马小晶一个人趴在床沿，似乎刚进入梦乡。

李群慢慢睁开双眼，病房里漆黑一片。胸口还是一阵一阵钻心的疼，不过他意识到自己并没有死，可这是哪儿呢？

眼睛终于适应了窗帘外渗进来的微弱光线，看到天花顶上用来钩挂输液的滑槽，而且病房里还充满了药水的味道，他明白了自己现在置身于医院。他也终于想起来自己是被人刺中了胸口，只是不知道是谁把他送到医院里来的。这是哪个医院？谁发现的他？他的麻黄碱怎么样了？还有马小晶呢，她会不会出事了？有没有受伤？

他的躁动惊醒了马小晶，她惊喜地打开了床头灯，一时适应不了强光的李群立时紧闭了双眼，但嘴唇一直在翕动。

马小晶拿过一杯温水，用吸管引到李群嘴里，一边轻轻地在李群耳边呢喃着："还疼吗？好好休息，医生说没事了。"

李群倏地睁开双眼，侧头向着马小晶，眼泪冲出了眼眶："你……你还好吧！都是我害了你。我……我……"他哽咽着说不下去了。

马小晶赶紧用纸巾帮他擦着脸上的泪水："怎么是你害了我呢！看你瞎说什么，是你救了我哩。对了，医生说，你还不能太激动，以免引起伤口发炎。现在好了，你就好好养伤吧，其他的事就别管了，有我哩！"

"我……我真的对不起你。我……不该把你牵进来，差点害得你……"

马小晶赶紧用手去堵住李群的嘴，爱怜地嗔怪道："再不许你瞎说了，你看我这不是好好的嘛！要不是你，现在躺在这儿的应该是我。真的好险哩，要是刀子再刺正一点，可能就刺破大动脉了，你说，你的命是不是还挺大？"

马小晶的玩笑让李群嘴角露出了一点笑意，他真的放心了。不过，胸口的又一次疼痛让他回到了现实，该如何面对法律无情的制裁？他知道，尽管没有卖出最后一批货，但提取麻黄碱终究也是触犯了国家相关法律，等待他的也一定是法律的制裁，虽然他早有心理准备，判多少年哪怕是死刑他都认，可是，正如马小晶所说，如果就这么走了，怎么对得起年迈的双亲，又怎么对得起对他一往情深的马小晶呢？想到这，伤口又是一阵疼痛，竟冒出一身冷汗来，他不由自主地抽泣了起来。

马小晶还以为他是为了工作丢了的事伤心，赶忙为他擦着泪水，不断安慰道："不是和你说了吗，不要激动，安静养伤。出院后再做打算，不是还有我嘛！堂堂的名牌大学出身还怕没有工作来找你。"

李群终于止住了泪水，"谢谢你！谢谢！"

"看你说的，我有什么谢的！"马小晶再一次嗔怪道，同时又递上吸管，"医生说，少说话。你现在就什么都不要想了，已经深夜了，好好休息！明天再说好吗？"

马小晶温柔地哄着李群入睡，看看时间已经凌晨2点了，尽管病房开着空调，但冬天的夜晚多少还是有些凉意，于是，她站起来走出了病房，在静静的过道里走来走去，以驱散后半夜越来越重的寒气。

稽查四组。

刘勇和陈大有围在一脸憔悴的马小晶跟前关切地询问着，这时，张志军气冲冲地走了进来。

想着刚才在徐局办公室里的一场争吵，张志军仍余怒未息——凭什么呀！就凭一张匿名举报信就要写检查？那检查可多了去了。身正不怕影子斜，还要内部先停我的职？等认识深刻了，上面通过了才能回来上班。说得不好听点，那不就是降职呗，我张志军还丢不起那个人。年年工作先进说调岗就调岗学习？我还真没那个闲工夫。

这些话都憋在心里很长时间了，张志军几次都想发作，可迎着徐继贤有些为难的目光，他说不出口。可这检查究竟怎么写？张志军倒一时一筹莫展起来。

不管了！正好趁这个时候休整休整。管那么多干吗！张志军突然有种破罐子破摔的想法。可徐继贤的一席话又让他心情沉重起来。

"张志军，你给我听好了，这是组织上的决定，你得无条件执行！检查得写，工作还得照做。你不是说自己行得正走得直吗？那你就拿出真本事来证明自己。"

怎么证明呢？自己和杨柳确实有过一段关系，自己在办理这个案件中究竟有没有藏点私心还真不好下结论，人家调查也是很正常的。难道心里没鬼还怕调查吗？可想到这条举报说什么公报私仇，这心里咋就这么堵得慌呢！

"检查得写，工作还得做！"徐继贤的话又在耳边回响。对啊，工作还得做，说明自己并没有被调离岗位，只不过得换一种形式工作了，起码得对上面有所交代。要证明自己，把这几个案子破了不就是最好的证明？清者自清，面对这个无头公案，只有靠时间去证明了。看来徐局是话里有话了。

想到这里，张志军苦闷的心情终于烟消云散了。他坐下来，才发现几名同事都莫名其妙地看着自己，马小晶脸上还挂着泪痕。

"马小晶，谁欺负你了？"他一下子又跳了起来，"跟我说说，看我怎么收拾他。"说着很是恶狠狠地扫了其他两人一眼。

"没有啊！没有人欺负我！"马小晶赶紧解释。

"那你这是？"张志军一指她的脸，"这是干吗呢？眼睛哭肿了！"

听完刘勇的讲述，张志军才恍然大悟，不禁恨恨地骂道："这帮畜生！"

"张组，现在李群提取的那些麻黄碱还锁在房间内，怎么办？当时忙着救人也没顾上！"马小晶着急地请示道。

"哦！现在李群在医院怎么样？"

"幸亏昨天送得及时，暂时没有生命危险，不过等伤口好可能还得一阵儿。"

"那李群现在医院由谁照看？"

"已经报案，由于牵涉到毒品集团，案子已经移交缉毒大队，目前李群在公安人员的保护下养伤，应该没什么问题了。"

"那些麻黄碱你没有告诉缉毒人员？"

马小晶有些迟疑："还没有，我怕……怕会加重李群的罪，所以就……还没来得及告诉他们。"

"那可不行，我们现在就得将那些危险药品转移出来，以免给坏人可乘之机。回来后赶紧办移交手续，越快越好。至于李群，先走一步看一步吧。如果数量不大，他不是还有戴罪立功的表现吗，我想法官定会酌情考虑的。大家就先赶紧行动吧！"

等三个人急匆匆出了门，张志军像想起了什么，拿起办公桌上的电话："喂！请找朱文刚。"

"我就是！"

"我是张志军。有事相商！"

市中医院特护病房，两名便衣警察坐在门口。

马小晶拎着一大袋水果走了过来，向两名公安便衣说了些什么，便径直走进了病房。李群正坐在床上看着一份当日的报纸。

自从伤口不再那么疼痛，马小晶也一日多没有过来探望，他便隐隐知道发生什么事了。尽管还有人管着一日三餐，甚至比马小晶照顾时还更多些无微不至，上卫生间时还有人在身后陪同，他就知道自己已经被监视住院了。

好在经过精心护理，加上年轻，伤口恢复得很快。医生早上查房时甚至很惊喜地告诉了他，两日后便可以出院了。他竟莫名生出一份惆怅：出院？出院后会到哪呢？监狱，还是拘留所？马小晶还会来看他吗？

尽管他并没抱有太大奢望，因为他多少还是知道些自己所犯的罪行轻重的。假如当初他真的投案自首，或者他当初没把马小晶当盾牌，而是悬崖勒马，那会是现在这样吗？可惜生活中并没有那么多假如。他的命运，他今后的人生，即使留下一条命，可能也只能在监狱里苦熬时光了。

马小晶还会等他吗？这是不可能的。即使她愿意，他也不愿意，凭什么还要再害人家！他不禁为自己的决定而骄傲了一下，可是出院的生活又让他立时显得颓废起来。

马小晶走了进来，他还停留在对未来不可知命运的沉思中，眼睛看着报纸却并没看清报纸上的任何一个文字。直到马小晶喊了一声"李群"，他才如同从梦中惊醒。

"你来了？！"他似乎盼望马小晶的到来但又不敢相信自己的眼睛。

"怎么，你不希望我来？"马小晶放下水果，很随意地反问了一句。

"我……医生说，后天就可以出院了，我……"李群不敢看着马小晶的眼睛，对着空空的墙壁说。

马小晶似乎并不在意："那好啊！身体终于恢复了。恭喜你！"

"有什么可恭喜的。出院后还不是得进另一个'医院'。我知道，我当初要是听了你的话，可能就不至于搞成现在这样了。"李群还是回过头来，很愧疚地看着马小晶，狠下心来，"我真的对不起你，你……我……我们以后还是不要再见面了！"说完两滴泪水不争气地滑出眼眶。

马小晶心中一震："你是说，我们……分手？"

"不分手又能怎么样！我现在犯了大罪，即使侥幸保住了一条命，还不是得在监狱里过完余生，我不能害你……"李群真的再也说不下去了。

"你瞎说什么，那只是最坏的结果。"马小晶嗔怪道，"你的那批药品我们已经移交，而且公安局已经根据你提供的线索迅速捣毁了贩毒集团，虽然我并不太懂法律，不知道最后会怎么判决，但我知道你有自首情节，而且还见义勇为，法院一定会考虑这些的。法律也是治病救人的，不是吗？"

"真的吗？我还有宽大的机会吗？"

"当然有！"马小晶说得斩钉截铁，"亏你还是学院的高材生！你就不要再想那么多了。这不是还没有判决吗？即使入刑，进去后也要好好改造，争取早日减刑，我们……我们还有机会在……一起的。"说到这儿，马小晶红着脸一头扎在了床上。

"哎哟！"李群突然十分痛苦地大叫了一声。

慌得马小晶赶紧抬起头来，掀开床被："怎么啦？怎么啦？压到伤口了？"

看着马小晶一脸急迫，李群不禁开心地笑了起来。

"好啊！你骗我？看我怎么收拾你！"马小晶羞恼地用双手搔着李群的双腿。

走到病房门口的陈大有刚好看到这一幕，他神色黯然地转身离去。

解放大道民主街 18 号大院。张志军拿着一瓶纯净水斜靠在一棵枝叶繁茂的大树上已经几个小时了，不时从茂密的树叶间探出头来观察一下大院的动静。但奇怪的是，大院倒是总有人进出，却没见着一辆货车驶进。

张志军又喝了一大口水，看看瓶底，水几乎见底了。他无意识地摇了摇水瓶，拿出手机，看了看早就打好了准备群发的短信进行了确认，按下保存键，突然在此时，耳边传来了汽车的轰鸣声。

张志军欣喜地探出头，果然，一辆无牌照的小型货车慢慢驶进了院子里，货厢遮得严严实实。院门也在随后迅疾地关上了。

院里传来一阵嘈杂的人声和脚步声，如此静谧的环境一时显得热闹起来。

张志军紧盯着关闭的大门，按下了群发键。

不多久，院内安静了下来。恰在此时，数台车辆也从外鱼贯而入，直抵院门。其中有一辆警车。

张志军轻巧地起身，走了过去。

警车里走出曾与药监局合作过多次的李磊警官和他的两个同事。由于并不陌生，张志军便一一上前与他们紧紧地握过手后，又走向从其他车辆上走下来的同事们，与笑着走过来的朱文刚紧紧地抱在了一起。

短暂寒暄过后，张志军向李警官和朱文刚介绍着院落里的情况。大家简单地做了一个分工，便迅速在院落门口各自站好位置。

李警官叩开了院门，一行人在开门人的惊愕里冲进了院内。

刚才开进去的货车此时还停在院内，有两个年轻人正在忙着关上货厢门，司机却已不在车上。

陈大有带着一名警官和几名同事向上次装病拿药的正堂走了过去，推开大门，上次看病的老中医模样的人还正襟危坐地坐在正堂，不过已是满脸惊慌；另外房间里还有三人，包括刚进来的那名司机，手上还攥着一沓钱和一份合同。

一名药监执法人员迅速冲上去夺下了那份合同，看了看，最上面是一张复写的送货清单，上面标明了药品名称、规格和数量，以及送货和收货人的姓名签字。

而在院内，另一批执法人员已经找到了刚刚送进来的那批货，整整上百件"克癫净""癫复康胶囊"和"天麻蜜环菌胶囊"。刘勇从文书包中掏出举报传单对了一下，兴奋地对张志军说道：

"张组，这就是那批假药！"

大家欢呼着击掌相庆，正堂口，几名嫌疑人全部耷拉着脸，在执法人员的护送下走了出来。

稽查四组。

张志军已经回到了组里。市里和局里通过一段时间的调查后，没有证据表明张志军有徇私枉法的情况，局里临时决定，暂时恢复张志军的工作，同时继续接受调查。

"同志们，昨天我们与一组的同志们打了一场漂亮的胜仗，不仅全部抓获了犯罪嫌疑人，而且还现场缴获了大量假药。这次缴获假药的量听说还是我局建局以来最大的一次。加之刚刚配合破获的一起贩毒案。局里决定，给我们和一组各记大功一次，并通报嘉奖！"张志军一进门就兴奋地宣布着。

全组一时间掌声四起，欢呼胜利！

张志军也自豪地摸了摸胸口，和大家一起沉浸在欢乐的海洋里。

省中心医院王副院长满面春风地走下了小车，他是去北京参加完一场学术报告会后被医院里的电话催促回的。不过，在这次会上他又谈妥了一笔大生意，只待医院签字确认后，他的个人银行账户上将又会多上一笔五位数的收入。

是不是医院也有些迫不及待了？会议期间，他曾主动向主管院长汇报了这次学术会上的意外收获，主管院长也是满心欢喜，并许诺回来一定给他庆功。

莫非这次催着他提前回院就是为了早日签订相关协议？人逢喜事精神爽！上楼梯的时候，王副院长嘴里还不自觉地哼起了小调。

直到走到办公室门口，他掏出钥匙正准备打开房门时，身后响起一声冷冰冰的称呼："你好，是王院长吗？"

他蓦然回头，站在面前的是两张陌生的面孔，不过，眼光却都是十分犀利地直视着他的眼睛，而在两名陌生人身后，还站着一脸严肃的主管院长。

他的眼里终于还是掠过一丝惊慌："你……你们是？"

主管院长正要开口，陌生人中的其中一人阻止了他，并从随身的公文包里掏出一份证件和一张印有大红公章的公文书朝他面前一亮："你好！我们是省纪检委工作人员。请你现在就跟我们走一趟！"

"啊！"王副院长心里一下子崩溃了，身子一斜，几乎瘫在了门框上，面如死色。

徐继贤办公室。

张志军不安地坐在办公桌对面，眼睛一眨也不眨地盯着桌子上的一只茶杯。

尽管恢复了工作，但随时还要接受组织上的调查，还不得有半点抵触情绪，张志军都不知道何时是个头，心情郁闷到了极点。

一大早，徐局的电话就打到了科室里。又是什么事呢？

徐继贤看到张志军一副无精打采的样子，不由得哈哈大笑，笑得张志军更是一头雾水："徐局，您这是……"

徐继贤决定不再和他打哑谜了，自己的部下自己清楚，平时大大咧咧，天不怕地不怕的家伙这一次看来是真的被折磨得够呛，瞧那张饱经风霜的脸和因睡眠不足而深凹的眼眶，似乎全然换了一个人。除了目光还依然有些咄咄逼人之外。

徐继贤起身给张志军倒上一杯水，张志军忙条件反射地站了起来："徐局，我来！我来！"

"你来什么！先给我坐下。"徐继贤爱惜地把张志军又按回椅子上，"这段时间让你受委屈了！"

张志军又受宠若惊地站了起来："徐局，没什么。别说是捕风捉影，就算是真的把我关起来我也能承受！"回头又追问了一句，"是不是我的调查有新进展了？"

"不错！张志军同志。"徐继贤终于忍不住激动的心情，"这段时间你们大家都受了委屈，特别是你。不过，这件案子到今天也终于水落石出了。恭喜你经受住了考验！"

说完上前紧紧地握住了张志军的双手，张志军一时间备受鼓舞。

待张志军心情渐渐平复下来，徐继贤继续道："这次正是山重水复疑无路时，一封检举某医院院长在招投标过程里涉嫌受贿的举报信送到了省纪检委的案头，从此才得以揭开迷雾。该院长已经全部交代，并承认举报你的那封举报信是他所为，目的就是要搅乱执法人员视线，好金蝉脱壳。"

"好惊险啊！"张志军不由得感慨道。

"是的，好在你这次挺了过来。真替你高兴！回头我再在大会上宣布这个喜讯！不过。今后可得吃一堑长一智，工作中一定要注意自己的一言一行。"徐继贤又有意无意地提醒了一句。

张志军被说得不好意思地低下了头。

徐继贤又从桌下的抽屉中抽出一封信递给张志军："这是随举报信一起寄出的，市纪检办转过来的。给你的，拿回去好好看看！"

信封封皮上仅写着"请转交张志军亲启"几个大字，但张志军还是一眼就认出是杨柳的字迹。

亲爱的军：

你好！

请原谅我还是如此称呼你，这也许是我最后一次这样称呼你了。

真没想到这次回家会给你带来这么大的麻烦。如果事先知道，我想我是不会回到这里的。原以为我早已经把你忘了，就像当初远嫁他乡一样。可是，为什么再见时还是如情窦初开时那般冲动。我真的不是故意的，你相信我好吗？

看到你生活幸福，其实我已经很满足了。你有一个美满的家庭，妻贤儿孝，我是不该再来打扰你的幸福生活的。本来就没有再打算相见，可是命运为什么总是那么捉弄人呢？让我们在这里又一次相见，而且是在一个那么特殊的场合。

当初将那个设备带回国内，只是因为亡夫死后并没有给我留下一子半嗣，而那台设备正是亡夫生前一直倾心未竟的事业痕迹，所以就想尽快地实现这个嘱托，以给亡夫一个告慰。当研制成功那一刻已经了却心愿了，没想到还没来得及推向市场就面临夭折。出于报批资金的原因，所以就找关系进了医院进行临床，当初在给了王副院长不菲的好处费后才得以进军中医院，本想在全市这么有名的医院开展临床可能会很快进入注册环节，却没想到他们未经我的同意就擅自将它用于手术治疗，几次注册均宣告失败。本来想要回设备，可医院出尔反尔，以违约相要挟而不还仪器。我真的，真的是有些走投无路了。

但当听说是你在经手这个案子时，我还是存有一点私心的，想着能不能通过你将我的设备拿回来。可我又不能见你，便先托了个同事投石问路。实话说，这么多年再一次见到你时，我还是不由自主地陷了进来。真想再躺在你温暖的怀抱里，那该有多好，即使没有了那台设备。

可你当时就拒绝了我，让我感到莫名羞愧；而你们秉公忘私的执法态度更是令我钦佩，使我觉醒。我终于知道了，你是注定不属于我的，我也是注定要离开这个城市的。而当后来，纪检组找我调查时我才得知因为我的事而让你遭受不白之冤，我真的很后悔与你见面。

请再次原谅我的不辞而别！我该回到我应该去的地方了。

亲爱的军，我还是喜欢这样称呼你！你放心，我不会就此消失的。只是生活给了我许多休息的理由，为生活努力打拼，我已经有些厌倦了，当初为父母我放弃了你，现在为了我自己又不得不再次放弃你，原谅我的自私好吗？

我是真的再也不敢面对你了，更怕无法把持自己！所以我只能选择离开。

感谢你给我人生中那段刻骨铭心的美好时光！我一定会珍藏在心底。

再见！也许不再见！

祝你家庭幸福！工作顺利！

杨柳亲笔

信上并没有留下落款日期。

张志军看完信，双眼里已是满含泪水，他知道，这一次杨柳算是真正地又一次离开了他的生活。

第十三章
曾经沧海难为水，除却巫山不是云

一排排老式住宅楼群耸立在执法人员面前，楼房普遍是清一色的三层结构，掩映在苍杉翠柳间。

低头沿着老式园林拱门进入，两栋楼房之间视野开阔，道路两旁的水泥花坛，其表面水磨石虽已剥落殆尽，但其间树木却仍郁郁葱葱。虽是严冬将至，但由于每两栋楼房之间均用花园围墙高高地圈起，再凛冽的北风恐也只能望墙生叹了。

三三两两的居民互相寒暄着不断地从身前走过。离春节还有几周的时间，但小区的居民仍保持着"腊月大过年"的风俗，不仅脸角眉间满含笑意，即使见到陌生人也是热情有礼，点头问好。

张志军在不间断的招呼声中慢慢地走到了小区的另一头出口，依然是一道圆形拱门，门外却是一座看起来有些荒废了的公园。

公园看起来很小，但却精致。公园的对面就是张志军的大学母校。

想当初青春年少风华正茂时，他和杨柳几乎形影不离地在这座公园里玩闹嬉戏。如今物是人非，一个人回到初恋的地方，心头俨然多出了许多怅惘。

当真是造化弄人！

张志军今天到这里来只是出于巧合——举报人举报的地点竟然是这里！看着公园里一草一木似乎并没有多大变化，就不禁先睹物思人起来。

举报电话是下午转过来的，也是匿名。

举报件上也只是简单地注明：在江城大学附近靠近钢城小区的一个公园里，经常能看到一些收药贩子的身影。他们或举着高价回收药品的招牌，或者直接向居家老人打听家里有无存放没用完的贵重药品。由于他们行踪不定，不仅严重打扰了小区居民的正常生活秩序，也给药品的正常使用埋下极大的隐患，请药监部门给予严重打击……

在领导批转一栏里，徐继贤局长亲自批阅："近几年一直都在关注这种现象，非法收药不但扰乱了药品市场秩序，还让一些来源不明的药品流入市场，给人民群众生命安全带来极大隐患。由四组牵头组织成立专班，顺藤摸瓜，一定要赶在春节前打掉这个团伙，还老百姓一个祥和安宁的春节。"

正如徐局批阅里所说，以前只限于高价回收礼品烟酒之类的活动现在已经渗入了药品行业，散发的大小广告宣传单不仅仅在医疗机构才能看到，电线杆上、卫生间里、楼道门上、电梯口，甚至马路地砖上，各种高价收药的广告铺天盖地。

在这些非法回收的药品中，贵重药品占了八成，且一部分是过期或者没有生产批号的药品，经过更换新包装后，又重新流回市场。经过几次加工的药品，大部分却卖给了缺乏用药常识的农民工兄弟和久病在床的市民。而这些不法药贩子为了从中获取更大利润，根本就不在乎这些药品是否会危害到人们的身体健康，有部分病人或死于这种假药泛滥。应该说，非法回收药品给人民群众的用药安全造成了严重影响，也一直是药监部门打击的重点。但由于药贩子的隐蔽性和流动性强，给药品稽查工作带来很大的困难，这也是这种现象一直未能根除的主要原因。

刚刚办完"胶囊假药大案"的稽查四组这次又临危受命，而这次的办案时间似乎更短。

好在张志军所住地方离公园并不远，所以吃过晚饭，他便一个人先溜达了进来。

他决定先实地观察观察再制定打击方案。

在小公园的一角，一根"探身出海"的树枝上醒目地挂着一块"高价收药"的纸牌，在四个大字下面还标注了一个手机号码。

张志军停下了脚步。

他装作小腿发痒蹲下身来，一边龇牙咧嘴地配合着挠痒动作，一边迅速地用余光扫视了一下周围。

吊牌右边是一片不大的竹林，看来有好几年都疏于打理了，虽然仍是碧绿，但色彩零乱，疏密无序，整片竹林均显得无精打采。一条人工小道斜入竹间，消失在林海深处。左手边则是高高的围墙，再往前则是公园的后门了。

难道他们收药真的就在这条路上进行？应该没有这么明目张胆吧！那他们会在哪里进行呢？张志军站起身来，用手机记下了电话号码。当时就有一种冲动，差点就把电话拨出去了。

他忍了忍，向着竹林里的那条小道走了进去。

原来里面别有洞天 —— 隐藏在林海深处的位于竹林中间的地方凭空多出了一块足够四五个人站立或躺卧的空间，地上光秃秃的，几乎寸草不生。周围拔地而起的空竹都似乎被人为弯曲变形，形成了一道别苑的风景。从里面可以看到竹林外面的一草一木，而不怕被外面看到——这难道不是一个极佳的地下交易市场吗？

张志军几乎可以肯定这就是他要找的地方。

空地再往前却分成了三四条小道，都是竹林间人为踩出的印痕，放眼望去，却不知伸向何方。

张志军似乎并没有一探究竟的意思，他只是随意地瞅了瞅，就顺原路走了出来。

对这条竹林他可比任何人都熟悉不过了，他和杨柳，也曾在这里山盟海誓过。只不过那时的空地没有现在这么大，道路也没有现在这么多条而已。

但纵有再多的出路，出口也只能有一条。

他已经在心里充分酝酿出了一个方案。

隆冬季节，天却很少见地下起阵雨来，朦朦胧胧的，伴随着温度的下降，北风却突然停止了呼啸。

专班就由四组的所有成员组成。此时四个人都换上了便装——羽绒服，看似有意无意地分别把守着公园竹林处的几个出入路口。

那张吊牌仍若无其事的摇摆着。张志军就站在牌下，掏出手机。

"喂，你这是收购药品的电话吗？"

接电话的是一名年轻男子："是的，你有药想卖吗？"

"对，我这有几种药，你看看收不收？"

"都是什么药？我只收贵药，不收对药。"年轻男子在这一带似乎混得挺熟络，边接电话还边开起了玩笑。

"有'贺普丁'，有'斯皮仁诺'。还有些治胃的'吗丁啉'，你看要不要？"

"要！有多大量呢？"

"几十盒吧！"张志军不敢贸然贪多，以免打草惊蛇。要是对方突然问他这么多药是从哪里来的呢，他还真没想到如何回答。

好在对方并没有对数量进行刨根问底，只是轻"哦"了一声。

"那你一盒能给多少钱啊？"

"一般都是半价。你等一下，我得查查现在的价格表，然后才能告诉你。"

"那你什么时候给我回话？你现在不能过来吗？"

"我现在在江北提货哩，要不中午再给你打电话，你送来或我去取都可以。"

"那你的地方在哪儿？"

对方突然警惕起来："你问这干什么？"

张志军急中生智："你不是说我可以送去吗？"

"你现在在哪？是不是在公园里？"

"是啊！"

"那就行了，就送到公园，我们在那儿碰头。这样，你等我电话吧。"

不待张志军说再见，对方手机已挂机。

看来出师不利啊！是继续等还是先回去再说？

"我看就在这儿等吧！回去再过来也耽误时间，再说，要是他提前过来了呢？"刘勇首先提出了自己的看法。

陈大有也随声附和："是啊，要是这条鱼漏网了那才掉得大。"

马小晶没有当场表明意见，但她明显是支持蹲守的。

"那行！就这儿等。对了，你们两个，能不能到附近药店买几盒药。"张志军一边蹲下身来，一边嘱咐着刘勇和陈大有。

中午，雨下得零星了些许。

几个人从街面上的一个饮食摊点走出来，他们刚刚在路边小食摊上胡乱地扒了几口饭，看看已到 1 点了，该来的电话却一直没来。

公园里似乎没有什么两样，依然不见人影，竹林里偶尔还传来沙沙的滴雨声。

走在最前面的张志军突然感到腰间有振动，他向同伴示意静声后，方打开手机盖，按下接听键。

打来电话的果然是那名药贩子。

"我就是收药的那个人。今天可能没时间过来了，要不明天我再给你电话？"

"什么？你这不是耍我吗！算了，我不卖你了，直接找别人去。"张志军装作恼怒的样子。

"啊？！"对方似乎没料到这一着，沉吟了一小会儿，"那，你先等等，看我能赶到不！"

"那你可要快点。2 点钟一过我可就不恭候大驾了。"张志军也不等对方回答就挂断了电话。

果然，对方先沉不住气了，2 点钟不到，电话就又打过来了。

"你现在还在公园吗？我不能过去，要不你现在送过来？"

"那也行。你现在在哪呢？"

收药人犹豫了一下说："我……就在火车站附近，你到了再给我打电话吧。"

"火车站地方那么大，我上哪去找你？"

"那就在时代广场东门见吧。我穿一件蓝色西服，手里拎着一个黑袋。" 对方回答得很快，语气里还透着一些不耐烦。

半个小时后，张志军一行出现在了火车站广场西。

几个人下车后，迅速散开，但仍保持着不远不近的距离。陈大有手中拎着不久前刚刚买来的十几盒药品，急步向时代广场东门走去。

东门口拐角处，一名穿着蓝色西装，手里也拎着一个黑袋的年轻男子正在东张西望。陈大有略微巡视了一下，便迅速迎上前去："不好意思，我那个老乡临时有点事，托我过来。请问你就是那个收药人？"

年轻男子似不以为意，全然毫无防备的样子："我就是。药带来了没有？"

确定目标后，陈大有故意低着头，装作打开"手提袋"，好从里面掏药出来验货，可能袋口系得过死，解了半天也没能解开。

收药人突然有些着急了："你能不能快些，这里交易很危险的。"

陈大有装作恍然大悟般："是的，是的。那我们先到那边去。"一边说一边看看四周，向张志军他们隐藏之处指了指。

收药人犹豫了一下，也感觉到在大庭广众之下验货有些不妥，便同意了陈大有的建议。

两人来到更为僻静的一个角落。

看看包围袋口还未全部收拢，陈大有一边继续解着袋结，一边与收药人攀谈起来："听口音，老弟不是本地人吧？"

"你问这干什么？"

"你放心，我和你做这个生意就不会去举报你的。我也知道这是违法的。这些药放在家里又太可惜了，换些钱用不是很好吗？再说，你们卖给需要用药的人也是做了一件好事嘛！医院里的药确实太贵了。"

一席"知心话"居然说得两个人一下子拉近了不少距离："是啊，有你们理解就好。我们大老远跑这来干这么冒险的营生也是不容易的哦。"

袋口终于在陈大有的蛮力下解开了，陈大有掏出几盒"斯皮仁诺"和"吗叮琳"："你看，这些药咋收？"

收药人仔细看了看："成色还行。一共有多少？"

"这里只有十几盒，"陈大有拍了拍袋子，很大方地说，"你看，能给多少是多少吧。"

在收药人低头看药品时，陈大有使了个眼色，其他的几名执法人员迅速围了上来。

金杯执法车上，张志军对收药人进行了突击问讯。

"姓名？"

"李鹏飞。"

"年龄？"

"二十八。"

"哪儿的人？"

"安徽合肥。"

"来江城多久了？"

收药人惊慌失措地回答："还……还没来几天，就听人家说干这玩意儿来钱快，挣钱多，所以我就也跟着……出来了。"

"有多少人？现在都在哪？"

收药人低着头不做声了。

"别以为你不说我们就不知道。让你自己说出来是给你一个自首的台阶，你应该知道你现在干的可都是违法的事，你只有好好配合我们才能救自己。"张志军仍不忘给他讲政策。

收药人欲言又止，似乎有所忌惮。

"你现在不说也可以，等把你送到公安局，你再说可就晚了。"

"我……"收药人耷拉着脑袋，半天还是没有吐出一个字。

张志军向刘勇使了个眼色。刘勇向师傅肖天说了声："肖师傅，直接开到公安局！"

收药人脸上露出惊恐的神色："别……别，我说，我说，我现在就带你们去。"

在江城几乎随处可见的城中村里，一处三层民房内。顺着昏暗窄小的楼梯爬上顶层，迎面就是一个堆满各种杂物的天台，上面另违建了一层阁楼。

李鹏飞颤抖地掏出钥匙打开房门，三张双人床挤满了整个空间。早上出去时还没来得及整理的被褥和行李箱很是零乱地摆放在床上和地上，窗台边还随意地放置些洗漱洁具及毛巾，看成色都已经有些年头了。

李鹏飞率先走了进去，从床头一角翻出一小件药品放在执法人员面前。

"就这些？"张志军有些不相信自己的眼睛。

李鹏飞点点头："其他的都已经处理了，现在就这些了！"

其他执法人员低下身子查看了床下，一无所获。

看着三张床铺，张志军突然问道："你一个人睡三张床？"

李鹏飞不假思索地点点头，但看到张志军略显嘲讽的嘴角，他心虚地又摇了摇头。

"你很不老实哦！"张志军再次仔细巡视了一下这个房间，看看确实再无隐藏之处，但又有所不甘，便无话找话地问道：

"你们一共有几个人？"

"三……三个！"

"不止吧。这床上的被子可不止三床！"

"原来是四个，有一个人半个月前先回家了。行李等着我们帮他带回去。所以……现在只有三个人。"李鹏飞现在倒是回答得十分老实，不知道是否觉得现在已经石头落地了，回答的语气也相对轻松起来。

就那一件药，估计量刑也不会太大吧。他怀着十分侥幸的心理暗自庆幸着，想着想着，眼睛就不自觉地向门外紧张地张望了一眼。

这一眼，没有逃过张志军的捕捉：奇怪，门外并没有什么可以让他突然分心的东西出现，他为什么会紧张？

张志军走出门外，李鹏飞却马上跟了出来。

门外只是一个大大的露台，在没堆杂物的地方倒也平坦开阔。不知哪家已经开始提前做起了晚饭，炊烟袅袅，空气中开始弥漫着饭香。淅淅沥沥的雨也已经停了，天边露出一点晚霞，涂抹于城市的屋檐，黄昏马上就要降临了。

是不是那两个人快要回来了？张志军突然警觉起来。像现在这样大张旗鼓岂不早就走漏了风声？

唉 —— 自己怎么又大意起来？张志军暗自自责着。他回头狠狠地看了李鹏飞一眼："他们是不是快回来了？"

李鹏飞似乎没想到张志军会有此一问，惊讶得不知道如何作答。直到张志军再重复了一遍问题，方才惊魂未定地说道："哦，他们今天都不会回来了。"

"为什么？"

"因为我们各有分工，各负责一片，互不干扰。他们今天都出远门了，最早也得两天后才回来。"

听到这里，张志军才松了一口气。可他还是不明白，李鹏飞刚才紧张的是什么呢？

张志军将目光从天边拉回，才发现脚下站立处并非平地，如果一不小心再前进一步便会有"失足"的危险 —— 原来露台上到违建房间还有两步台阶，虽说是事后修建，但显然是因为违建房地势较高所致，使得原本平整的天台变得有些凹凸不平。但如果不从近处看也是不容易发现的。

看到张志军一直注视着脚下，站在旁边的李鹏飞更是变得十分紧张了，略微打战的双腿不自觉地抖动使得张志军也有些站立不稳。

莫非脚下这块板有问题！

不待李鹏飞反应，张志军果断跳上露台，刚才脚下站立的预制板下果然有几条鼓鼓囊囊的蛇皮袋露出一角。张志军拉出其中一袋迅速打开，里面装的全都是药品。

看到蛇皮袋的一刹那，一直强作镇定的李鹏飞终于支撑不住了，背靠着墙突然矮了下来 —— 要不是刘勇上前扶了他一把，他几乎已经站不直身子了。

靠着守株待兔，另外两名同伙也于第二天下午归案。

李鹏飞的心理防线已经彻底崩溃，他向执法人员全盘交代了违法事实，以争取宽大处理。

经清点战果，共查获各类药品近两百种，还有中药饮片几十包，只是不知道产地，另有部分十分明显的假药材充斥其中。

这些假药材一下子引起了学中药学的刘勇的注意。他清出部分标称为红花的药材放在桌面上仔细研究起来，神情十分专注，就连马小晶走过来请他在文书上签字都是连喊了两遍他才回过神来。

本来嘛，在收药人那儿收到的药不可能全都是真的，往往鱼目混珠，真假难辨。出了假药材并不值得过多伤脑筋，顶多作假药一并处理。至于查清来源，则是难上加难。也难怪马小晶对他的突然热衷颇生微词了："不就是一堆并不值钱的废品吗？难道你还能'变废为宝'不成？"

刘勇对马小晶的抱怨只是抱以歉意的微笑，并没有解释什么。

刘勇突然对红花的过度关注确实是有原因的。

早在查获"江城市疑难病研究总院"的案子后，刘勇就对从该研究所搜出的那些中药材产生了兴趣，不仅仅因为他是学中药学的，更主要的是有大部分中药材他还真一时叫不上名字，这对于向来以中药专才自诩的他来说不啻于一次严重的心理打击。于是他暗暗发誓：一定要继续巩固专业学习成果。

于是，他挑拣出部分药材做成标本放在自己单设的瓶瓶罐罐中，时不时地拿出来琢磨。

这不，趁这会儿刚歇下来，他又拿出这次缴获来的红花开始研究。初看看不出啥区别，只是觉得这个红色似乎太深了，而且手上还沾染了些红粉，看来是假的无疑。他不禁想起来前两天与女友张丹青交谈时，张丹青曾无意中提到过，该院中药房里最近好像也发现了一批颜色鲜艳的红花，医院不敢使用，也不敢送检，就那么束之高阁，如同鸡肋。

为什么不敢送检？初听到时刘勇不禁心生疑惑，难道医院里本来就知道这批药材有问题？但他当时并不好意思质询女友。

这批红花和一医院里的红花是不是同一种，难道医院的那批货也来源不明？此时的刘勇胸中有一股凛然正气激荡着，不自觉地握紧右拳擂了下桌子。"哎哟！"他痛得大叫一声。

"怎么啦？"陈大有关切地冲了过来，不小心碰翻了桌子上的一杯茶水，正好全部泼在了平摊的红花药材上。

"血！"马小晶突然惊叫一声，再一看，果然一摊鲜红的"血水"在桌上流淌，而漂浮如一座孤岛的红花却瞬时红色褪尽，露出了红花残渣，几乎没有一片有药用价值。

大家都被眼前的变化惊呆了，刘勇甚至都忘记了自己右手的疼痛。

知道是假的！却没有想到会这么假！

第十四章
此时凝睇，谁会凭栏意

　　三人向随后走进来的张志军做了汇报，刘勇更是特别提到在市一医院也有类似的红花药材，并且强调，假红花的使用，不仅仅只是延误病情那么简单，有时甚至是致命的。

　　张志军一时间也惊住了。

　　这帮可恶的家伙！良心都被狗吃了。张志军在心里狠狠地骂了一句脏话。

　　但是愤怒和发泄解决不了问题，眼前该怎么继续处理这些假药，还有一医院的红花药材？

　　张志军思考了一会儿，迅速作出决定。

　　"刘勇、大有，你们俩先去一医院调查一下那批有问题的红花，特别是来源和流向。如果有售出的货，先要求医院召回，并配合医院做好患者的安抚工作；小晶，我们现在再在登记保存资料里重新核实一下这批红花的票据存根。掌握证据后我好向局里汇报。"

　　马小晶拿出一小叠纸片有些为难地说："张组，就这些，你认为还有必要细查吗？"

　　"啊？！就这些？"张志军有些不太相信。

　　"这种收药都是现金交易，一个收药人可能会收集票证给自己留后患？"

"说的也是！对了，再看看有没有账簿、日记本之类的东西，说不定那里就藏着我们需要的线索。"

马小晶眼前一亮，当初自己顺手在现场的一只抽屉中翻出的两个日记本丢在了登记保存箱里，这两天只顾着抓获嫌疑人，都差点把那事给忘了。张志军这一提醒倒让她想起来了，不过，她并不抱太大希望。

果然，在两本日记本中并没有发现有价值的东西。而三名犯罪嫌疑人已经移交，看来再从他们身上打开缺口已经不太现实了。张志军不由懊恼地拍拍头，都怪自己太心急了，以为只要抓住了收药人就万事大吉，根本没想到还有这一出。

张志军的前额又开始隐隐作痛，他只希望在市一医院能有所收获。

市一医院。

刘勇和陈大有的调查从一开始便进展得不顺利。

好不容易找到了中药房，药房主任杨霞却不在，说是休假回老家了，两天后才能回来，电话关机；药房里的两名工作人员一个是刚毕业的实习生，一个又刚调到药房不到两天，库房里中药柜上摆放的红花显然不是执法人员需要看到的，但问到那批有问题的红花时她们也是十分茫然。

张丹青也只是道听途说，这事更不能问她。

找相关院长可能更会打草惊蛇，刘勇为难了：那批药会藏到哪呢？

找遍中药房的每个角落也没找到，看来可能会空手而归，两人的心情都降到了冰点。

交代了两名药房工作人员，待主任上班后立即通知他们，两个人才闷闷不乐地走出了中药房。

穿过医院大厅熙熙攘攘的人流，好不容易走出大门，刘勇被院门口台阶上的一张小型字牌广告吸引住了。

"回收药品，高价收药"，夸张的红色字体下面另留有一个联系方式。刘勇看得两眼冒火：这些家伙还不死心！这也太嚣张了吧！

看到刘勇恨不得用脚将广告牌踢飞，陈大有忙不迭地捅了捅刘勇的后背："走吧，那有什么好看的。"

刘勇掏出手机，很不甘地记下号码：说不定哪天我骚扰骚扰你！

张志军已盯着桌子上的一张纸片研究了很长一段时间了。

那是从日记本里掉出来的一张A4的白纸，除了一面密密麻麻写满了收购药品的名称和价格外，在另一面，写着一个人的名字：周大龙。

这个名字好像在哪儿见过！张志军迅速在脑海里搜索，但却始终想不起来。

陈大有走上前："咦？周大龙！这不是那个一直在几家批发公司搞中药饮片承包经营的周老板吗？你找他有事？"

一语惊醒梦中人。想不到冥思苦想了大半天，却得来全不费工夫。张志军兴奋地大叫了一声："对了，就是他了！"

马小晶走了过来："他是谁呀？看把你激动的！"

张志军还沉浸在兴奋中："他啊，老熟人了。看来只要找到他这案子可就又有救了！"

"怪不得哩，原来你一直还在耿耿于怀。这下可是陈大有救了你哦！"马小晶也感染了他的兴奋，半开着玩笑道。

"要不是他我还真想不起来。既然这个人大有这么熟悉，那现在就派你个活儿，尽快把他找出来可以吧，他可能是个关键人物。"

"得！我这不是给自己找事吗！早知道我就不先提了。"话虽这样说，但看不出来陈大有有什么不满的意思。

唯有刘勇事不关己似的走到自己的座位上一言不发。

"和女朋友吵架了？"张志军关切地问。

刘勇摇摇头，欲言又止。还是陈大有抢先道："今天现场看不到那批红花，只有药房负责人才知道那个事，但她回乡探亲去了。现在还不知道那批药材医院会不会已经处理了。他着急着哩。对了，张组，我们出来时在院大门又发现高价回收药品的广告了，能不能上手查一下？"

张志军想了想："本来这个案子才刚有个眉目，如果再同时上另一个案子，我怕大家精力顾不过来。不过，既然他们敢这么明目张胆，不接受这个挑战似乎也说不过去了。怎么说我们也要有所作为一下，你们说是不是？"

"那当然了。他们这就是公然挑衅嘛！不给点颜色岂不显得我们太无能。"刘勇终于开腔了。

"示威也好，挑衅也好，我们应战就是。要不现在我们就来商量个方案！"

陈大有和马小晶匆匆出门，张志军也被一个电话喊出了办公室，室内只剩下了刘勇一个人，整个办公室倒显得颇为宁静。

刘勇几次拿起了话筒又放下，最终还是掏出了手机，寻找到在一医院大门口记下的号码并拨打了出去。

铃声响了三声后，手机那头传来一名中年妇女的声音："找哪个？"

"您好！请问你是在那个一医院门口收药的吗？"尽管办公室再无他人，但刘勇依然压低着声音。

对方一下子变热情了："是的，是的。你家有药？"

"有部分药，不知道是什么价钱。"见对方这么容易上钩，问都没问就直奔主题，刘勇反倒不紧不慢起来，又补充道，"家里病人用剩下的，丢了又可惜！"

"是啊！价钱好商量的。一般我们也都是收的这些药，不能再用的药放在家里也是个不大不小的负担，还不如换些钱，一方面改善一下生活，一方面这些药还可以让更多的病人受益，您说是不是呢？"电话里，收药人很是热心地反替他考虑起来，夹杂着几句方言。

"我也是这样想的。"刘勇也就顺着她的话往下接，"当初买这些药时花了不少钱，可病人没用多少就走了，医院又不回收……"

"是癌症病人吧？"对方突然抢过话题，同时似乎也在为自己的准确判断而沾沾自喜，竟然不顾病人家属的实际感受了，"这样的病人太多了，终身服药，往往走后也会留下很多药品的。这些药又贵，平时也不好买。正好您现在用不着了，卖给我，我再卖给需要的病人，从中赚点差价，也可养活一大家人，您说是不是？"

要不是任务在身，刘勇几乎会忍不住指责她几句，幸亏自己家并没有这样的病人。他强压下愤怒，按部就班地又问了一句："现在还能卖多少钱呢？"

"这个就不是一下子能说清楚的。但我能保证不让您吃亏的，包装完整的药可以卖到原价的80%以上。"

"哦，"刘勇装作动心了，"那我再好好回家看一下再和你联系可以吗？对了，你贵姓？"

"免贵姓王。"

"那好吧。如果找着了在哪交货呢？"

"到时再电话联系吧！我给你个地方或者到你家里也行！"

张志军看着晚报上的一条医疗机构广告，眉头又皱了起来。

那则广告只占了整个版面的八分之一，是市内一家刚申请通过执业的专科美容医院打的宣传，这样的广告几乎每天在报纸上都有，与其他广告并列起来也并不突出，不知道张志军怎么就突然关注了。

越看，张志军的眉头越是紧锁，眉毛都快拧成个倒"八"字，眼看着就解不开了。

马小晶走了过来："张组，啥事这么专心哩？"

张志军抬起头，指了指那则广告："我咋觉得这里有些问题呢？可半天还没看出来问题出在哪里。"

马小晶很快地扫了一眼："你是说那台做广告的激光设备有问题？"

张志军突然一拍大腿："对了，就是这个！小晶，你能帮我找一下我们曾处理过的一起无证医疗美容激光机的文书吗？我记得上次处理时谭老板曾说过，目前国内好像还没有一台激光美容设备拿到过注册证书，难怪看了半天就没看到广告里出现过注册证号哩！"

马小晶有些疑惑地问："现在就要？那材料好像已经归档了！"

"对，现在就要。得辛苦你再跑一趟文书档案室了。"

"没事,我现在就去吧。"马小晶二话没说,转身就走,由于行动过疾,在门口几与刚回来的陈大有迎面相撞,马小晶一个急刹,身子还是禁不住猛地晃了一下,摇摇欲坠。幸亏陈大有关切地冲上来扶了一把,她才不至于跌倒。

马小晶冲陈大有感激地一笑,并没言语,又急匆匆地扭身就走,直看得陈大有一头雾水,不过心头倒是掠过一丝温暖。

这一幕小插曲张志军似乎全没看到,他还在盯着报纸沉思着,直到陈大有坐回到自己的板凳上而发出的吱呀声才惊动了他。

看到陈大有一言不发,张志军还以为他在外面受了很大的委屈:"怎么啦?企业不配合?"

陈大有摇摇头,叹了口气才说出了真相:"没有,可……可周大龙失踪了!"

"失踪了?"张志军也大吃一惊,"怎么个失踪法?"

"问了几家,都说周大龙半年前就已经单方终止了合同,手机也换号了,他们现在也无法找到他,而他带来的那几批客户也一同消失了。"

"你是说那些公司现在也找不到他了?"

"是啊!他们之间还有些往来账目没有结清哩,你说怪不怪。不找他的时候他经常在你面前晃,这次要找他吧倒找不着了。"

"算了,没多大个事,不要总苦着个脸了。"张志军安慰着陈大有,"马上就有新案子了,我们先放下周大龙的事,等等看吧。只要他还在世上,就应该会出现的。"

听说有新案子,陈大有突然又振奋起来:"是吧,什么案子啊?"

"先别急，等马小晶拿来文书我们再来研究一下。"

看完马小晶带来的文书，张志军显然有主意了。

"我们还是去一趟医院吧！"

顺子羞花激光美容机构坐落于江城繁华的步行街旁。

一间两层楼的洋房外墙上贴满了"韩式切眉、割双眼皮、祛眼袋、隆鼻，共振吸脂术，隆乳术，祛除腋臭"等广告喷绘画，一个个袒胸露乳的妙龄美女就立在画上，在步行大道边搔首弄姿，挤眉弄眼。

推开写着"外婆进羞花，出来一枝花"的大门，迎面两名穿着干净整洁护士装的年轻漂亮女子就走了过来，热情洋溢地做着迎宾姿态，弯腰鞠躬，笑容可掬。

"您好！请进。请问有什么需要帮助的吗？"

陈大有一时有些受宠若惊，花没看到，倒把脸给羞了个大红，有些不好意思地揉了揉眼睛。马小晶似有意无意地看在眼里，但脸上并没有任何表情。

张志军倒是镇定自若，一边回打着招呼，一边伸过去一张执法证："您好。我们是药监局执法人员，今天来有些事打扰了。想请问一下，你们老板现在在吗？我们有件重要的事需要调查一下。"

"啊？！那你们请先坐，我们联系一下好吗？"

待张志军等三人坐定，那名女子才拿起了前台的电话，拨了总机，似乎是无人接听，那名女子又重拨了两次，放下电话，满怀歉意地走了过来。

"真是不好意思，让你们久等了。孙经理现在不在，你们有什么事我可以转告吗？"

"不在？！啊，是这样的，我们办理的一件案子牵涉到你们机构，所以我们必须到现场来核实一下。至于核实什么，我们现在也不方便告诉你，请你原谅。孙经理不在，还有没有其他负责人呢？"

"这个……应该是有的。一般孙经理不在会交给王主任负责，不巧的是，王主任刚刚才出去办事，说是上午回不来。要不，您留个名片，他一回来我就让他打电话找您？"

看她回话时气定神闲，并没有丝毫慌乱，不像是有意要隐瞒什么。

张志军想了想："要不这样，既然负责人都不在，我们本来也可以就此走人了。但事关重大，我们既然来了，还是要看一下现场。麻烦你能再给你们孙总打个电话，看他能不能赶回来，另外找个人带我们看看现场，就现场走走应该没什么问题吧，我们边看边等！"

那名女子起初有些为难，看到张志军十分坚决的态度，没再敢拒绝，一边安排另一名女子带他们上楼，一边与老板紧张地联系着。

整个二楼倒也十分开阔，并排摆放着十几张治疗床。也许是才开张不久，生意并没有想象中那么兴隆，仅有三张床上有病人在进行着治疗，看到有陌生男人进场，一名护士赶紧拉住用于每张病床间封闭隔开的拉帘。与治疗床相对的一边，整齐地设有四五间科室或治疗间，张志军看似随便走走，其实是在寻找那台做广告的设备可能会放在哪个房间。

在最靠里面的一间房间里，静静地停放有一台设备，不过，整台设备用一块浅色蓝布罩着，看不出全貌。张志军还是走了进去，掀开了蓝布一角。

果然，那台设备和印在报纸广告上的一模一样。

张志军压抑住内心的躁动，不动声色地回头向店内那名陪同导医问道："这是你们的一个新产品吧，做什么手术用的呢？"

那名导医可能确实不太熟悉，张口半天也未能说出一个字来。

张志军也觉得自己刚才的问话过于严肃，缓和了一下语气："哦，能问一下，这台设备的相关资料放在哪了吗？能不能拿给我们看看？"

那名年轻导医正准备回答，外面突然传来一阵急促的上楼脚步声。张志军探头出去，发现是刚才打电话的那名女子气喘吁吁地跑了过来。

"别急别急，注意安全！电话打通了吧？"看着她急匆匆有些狼狈的样子，张志军边说边迎上前去。

"打……打通了。可我们老板现在在外地，一时半刻还赶不回来。您看这？"

"哦！赶不回来没关系。不过，刚才看到你们这儿有一台设备，我们想了解一下，你应该可以告诉我们答案吧！"

那名女子这才看了看那台已经掀开了盖头的设备，点了点头："要不，到办公室去吧，您看这里多不方便。"

待马小晶照完相，一行人便随同那两名导医去了办公室。

四组办公室。

刘勇坐在桌旁想着心事，放在桌子上的手机突然响了。

"您好，您是家里有药要卖的那个人吧？"对方没有自报家门，一口浓重的地方口音让刘勇想起了此人。

"你是王女士吧？"

"是的是的。是您说有药要卖的吧，找到药没有，要不要我过来？"

刘勇没想到她收药会这么急迫，药品还没有准备哩。他不得不撒了个谎："哦，对不起，我现在在外地出差，等我回来再给你打电话行不？"

"也行啊！哦，忘了问您贵姓了，方便不方便告诉我啊？"

"我姓刘。"

"那刘先生先再见哦，回来记得给我打电话哩。"说完，对方像突然来电时一样又突然挂断了电话。

而刘勇此时才松了一口气。看来自己的弦还没有绷紧，刚才要不是情急生智，可能就会打草惊蛇的。他不禁为自己最近的工作状态而自责起来。

曾经在四组做过一段时间的罗汉此时也出现在办公室门口，看到刘勇一副闷闷不乐的神态，打趣道："咋了，又和老婆吵架了？"

"去去去。就没一个新鲜的话由？心情不好就是和老婆吵架？哪有那么多架可吵。看你小子也没结婚，怎么总是一副过来人的模样？"刘勇反击道。

"那你小子咋闷闷不乐呢？"

"哎，差一点就把鱼放跑了呗。"

"鱼大不？要不要我帮你一起钓？"罗汉一时来了兴趣。

"得了吧。你的好意我心领了，你不会是没事找事吧？你愿意，你们组长未必会同意！"对于罗汉的加入，刘勇不是没有想过，可这已经牵涉两个组的问题，程序上他不愿意省略，可他作为一个科员又哪有权利申请要人呢！

谁知罗汉一屁股坐在了对面的椅子上："我这几天还真没事。组里放假了，我被放鸽子了。"

刘勇几乎不敢相信："真的假的？其他人呢？"

"出差了，我现在是一名留守科员。这回你总该相信了吧。还是先来说说这条鱼吧，看怎么个钓法！"

两人正商量着，桌上的电话又响了："你好，请问是药监局的刘科长吗？我是一医院药房杨霞。"

张志军、陈大有和马小晶每人都拿着一叠资料兴冲冲地进了办公室，却发现刘勇不在。

马小晶眼尖，看到张志军桌子上用胶水瓶压着一张纸条，赶紧走了过去，原来是刘勇留下的。

"张组，刘勇去了一医院，说是红花的事！"马小晶转述了纸条上的意思，张志军点点头。

"好吧！你们先赶紧看资料，我先去局长那儿。"

刘勇和罗汉两人急匆匆地走进了一医院来到了中药房门口，透过玻璃看到几名医护人员都在忙着为病人抓药，没有人注意到他俩的到来。

刘勇用手轻轻敲了敲玻璃："请问，杨主任在吗？"

一名正在称重的妇女抬起头，看到两人胸前挂着的执法证，问道："你是刘科长吗？"

刘勇点点头："我是，请问您就是杨霞杨主任？"

那名妇女点点头，回头看了看几名忙碌着的同事，说："小王，帮我配一下药，我陪陪药监局的几名领导。"

杨主任将两人带离中药房，来到离药房不远的另一处似乎是间储藏室的房间，房间里塞满了纸箱和药瓶，仅留下靠里间临窗的一个不足 2 平方米的空间。窗台下放置一张旧沙发。杨主任请两人坐下后，不知从哪儿又拿出两瓶矿泉水递了过来，同时满怀歉意道："委屈两位领导了！实在是不好意思，你们上次来时我刚好回家了。听说你们是来调查那批红花的事，当时收进来时我也怀疑有问题……"

"有问题你也敢验收？你就不怕背责任？"罗汉也是个急性子，打断她的话责备道。

"这……唉，不敢瞒两位领导，当时这批货是由院里的一个领导批转进来的，我们也不好拒收，反正钱都已经付过了，所以就先收进来了……这是我们工作的失职和不负责任，我们承认。但一直不敢用出去，怕出事。"

"你是说你们没有发给患者使用？"

"没有。当初进来时我们就把它放在了你们现在坐的地方，也不好追问来源。可是我回来时却发现那批红花已经不见了，问同事也没人知道，你们说奇怪不奇怪？"

"不见了？那这个房间有哪些人有钥匙呢？平时都不上锁吗？"

"你们也看到了，这是个杂物间，连门都这样破旧，哪里会上锁。但这批红花知道的人并不多，所以我……"杨霞欲言又止。

"你是说医院里有内鬼？"罗汉道。

"只能这么想。那批红花不能就这么不明不白地失踪了，到时医院里账目都对不上怎么办？我……我可赔不起。"

刘勇有些哭笑不得，原来她把药监局当成了公安局，今天是来报案的。不过，那批红花的突然失踪确实很令人怀疑，医院里还有没有那批实物呢？

"杨主任，你刚才说的情况我们可能也帮不上太多忙，查内鬼要么是医院保卫科的事，要么是公安刑侦的事，我们爱莫能助啊。要不这样，我们既然已经介入了，你还是说说那批药材有些什么问题吧，到时我们也好替你减责吧。"

杨主任脸上掠过一阵失望，不过，很快又恢复了常态："哦，那谢谢你们了。那批药材……药材就是颜色太鲜艳了，感觉是后期染色上去的。对了，当初我留了几株样本，我这就去拿给你们看。"

在杨主任拿过来的一个玻璃瓶中，果然放着几株红花，不过，原本鲜艳夺目的红色花瓣已形近枯萎，显出暗灰的底色。刘勇拿出一株放在窗台，朝上倒了一点点矿泉水，不一会儿，窗台上浸渗出血红的颜料来。

"啊？"杨霞惊叫了一声，"果然是染色的，我一直没来得及比对，幸亏当时多留了心，要不然我……"她一时害怕得说不出话来。

"这就是那批红花？"尽管早有思想准备，可医院里出现如此明显的假药，刘勇还是有些吃惊，"当时一共有多大量？"

"大概有四五千克的样子，没细称，送货单上就这么写的。"杨霞似乎还心有余悸。

"那送货单在哪呢？"罗汉提醒了一句。

待杨霞出门寻找送货单的时候，两人互相交换了一下意见。

看来这个红花的事已不是当初想象得那么简单了。

医院里无缘无故出现了这么多假药，而且是走关系进来的，几乎一路绿灯放行。按常理，发现假药应第一时间上报相关部门组织侦查，可医院不仅隐匿瞒报，而且，发现有危险时还铤而走险消灭了证据，这样的医院还是治病救人的场所吗？病人的生命健康谁又来保障？刘勇此时不禁深深地为在医院上班的女友张丹青担心起来。

刘志军手上拿着刘勇刚从一医院复印回来的一张送货单，刘勇一边给他叙述了一遍在一医院刚发生的那件怪事。

"你说这事是不是挺怪的！这不是做贼心虚吗？如果一医院没问题，怎么迟不见早不见，偏偏我们开始调查了这红花就不见了呢？这一医院也太牛了吧！"说完医院的怪事，刘勇仍愤愤不平。

"我也觉着这里面有问题，但一定要有证据，是吧，靠推想是站不住脚的。"张志军安慰道，"这几天你多盯着点，尽快找出重要的证据。对了，听说你和罗汉一起去的？"

"是啊！"刘勇像突然想起了什么，拉过张志军在他耳边嘀咕了几句，张志军频频点头。

"行！找个合适的时间见见面，是蛇总要出洞的！"张志军接着又强调了几句要求，拿着送货单便上楼汇报去了。

陈大有在桌面上翻阅着一大堆从顺子羞花美容机构拿回来的资料，不时停下来思索着。

"忙什么哩！又有'咸鱼'？"刘勇打趣道，对张志军同意了他的方案还正在兴头上哩。

"是不是'咸鱼'不知道，现在只能肯定是一条鱼，也许大得你很难拉起来，也许小得都不够一筷子的。呵呵！"不知是不是受到了什么刺激，陈大有回答得有些漫不经心，多少还带些自嘲情绪。

刘勇倒一时似乎忘了自己该做什么了，关切地问道："这个案子很难啃？"

"那倒不是，只是还没个头绪，正在找相关法律依据哩。"陈大有停顿了一下，问道："正好，你现在有时间吗？帮我看看这个案由适不适合？想了半天也拿不定主意。"

刘勇大致浏览了一下："我个人觉得啊，还是有些牵强了。要不，再看看还有没有其他的情节？"

"那行啊，那就拜托你了咧。"

"现在？"看到陈大有期待的眼神，刘勇突然有些着急，"现在好像不行，我这还两个案子刚上手，正愁怎么突破哩。要不，晚上我再看看？"

"那也行啊！到底是好兄弟。"陈大有兴奋地跳了起来，很夸张地与刘勇来了一次激情拥抱。刘勇几乎被搂得有些喘不过气了："得了得了，看你搞的个酸样，快放开吧！"

"对了，怎么没看到马小晶？"

刚才还一脸激动表情的陈大有神情刹那间暗淡了下来："她⋯⋯她去看守所了。"

看守所？刘勇一下子想起来了，李群还一直被关在那里，听说过一段时间就要宣判了，到时还不知结果如何，年轻的马小晶能承受得住吗？

第十五章
两情若是久长时，又岂在朝朝暮暮

　　看守所坐落在城市的边沿，穿过一条林荫路就可以看到一对厚重的铁门横亘在眼前。

　　马小晶孤零零地走在那条林荫小道上，脸色如天气般阴沉。

　　一路上，她一直在想着自己与李群有限的几次接触，不知为什么，在学校里尚未碰撞出的火花，却在短短的几次接触里被点燃，交集的命运竟然能一下子捏住两颗年轻的心。这十几天来发生的事仿佛就是一个传奇，而自己就莫名其妙地成了主角。想到李群的卓尔不群，又想到他的误入歧途，心头不免总多出些怜悯。她知道，这是李群最不愿意看到的。再想到他当时的奋不顾身，她的心头又掠过丝丝甜意，总算他良心未泯，及时悬崖勒马，自己的话没白说，要不然，罪上加罪，估计他下半辈子就得与这些铁窗铁门为伴了。

　　法律是公平的，也是无情的。自己犯的错也只有自己去修正，自己的路也得自己走。经过几次打听，她得知李群的案件即将宣判了，今天便约了当初聘好的律师一道来这儿看看李群，顺便来告诉他这个消息。

　　李群在看守所里的日子也可能就此结束了！她这样安慰着自己的心，同时也是在为李群祈祷。想到马上就要见到他了，她陡然加快了脚步。

看守所门房里，王律师已经先期赶到，正和门房人员聊天哩。

马小晶递上了自己的工作证，在王律师的指导下很快地做完了登记，大铁门旁的一个小门在面前打开，王律师和马小晶抬脚走了进去，小门在他们身后很快又关上了。

门后右手边是一条长长的走廊，两边也都有铁丝网缠绕着。他们被一名警察引领着一直来到探视室，比刚出院时脸色好了许多的李群正在玻璃后面正襟危坐地等着她哩。

她一个箭步跑了上去，隔着玻璃叫道："你……李群，你还好吗？"

王律师也赶紧跑了上来，一边轻拍了一下马小晶的肩头，一边指了指探视室墙上的"肃静"标识，示意她安静下来。两人分别坐了下来。

李群点点头，曾经意气风发的脸颊明显瘦了许多，刚见到马小晶时他也是一阵惊喜，可一看到玻璃门对面那些无处不在的穿着制服的人在走来走去，他陡然而生的兴奋之情一下子又如同掉进了冰窖。

他低着头，再也不敢看马小晶。而马小晶一时间也不知道说什么好了。来时想好了的千言万语竟在两人见面后不知该说什么了。

沉默了好一会儿，还是王律师打破了寂静，声音淡淡的："李群，马小晶来看你了！"

李群再次抬起头，嘴角勉强挤出一丝微笑，语气却很低沉："你……你好。谢谢你！"

说完，他又重新低下头去。面对可能即将开始的牢狱生活，他似乎已经有了心理准备，只是不知道自己到底还要在这儿待多长时间。

看着他满脸憔悴的模样，马小晶十分心疼，但又无能为力，两颗泪珠再也忍不住滑落到腮边。

还是王律师给她提了个醒："小马，时间很紧，你把对他说的话赶紧说出来，要不然来不及了。"

马小晶用纸巾揩去脸上的泪花："李群，你能看着我吗？"

李群经过一番剧烈的内心搏斗终于还是抬起头来，直直地看着马小晶，说："小晶，让你受苦了，我……我不值得你这样的……"话未说完，脸上也已经泪雨滂沱。

"值不值得我心里知道，你……你的事就快有眉目了，希望你不要沉沦下去了。这是王律师，他为你的案子可没少操心，马上你的案子就要正式宣判，无论什么样的结果，我答应过你我都会等你出来的。只要你自己不放弃。"马小晶几乎像背书一样说完这段话，尽量保持心态平稳，可不争气的眼泪再一次流了出来。

李群眼里闪出感激的泪光说："真的，马上就要宣判？会……会判多少年呢？"

王律师仍是淡淡地点点头，肯定地说："这两三天就要宣判了。因为你只是制毒，并未参与实际贩毒活动，而且还有立功表现，法律是会给你一次重新开始的机会的，你也要相信我们的努力不会付诸东流。"

听到这里，李群再也抑制不住激动的心情站了起来，说话都有些语无伦次："谢谢！谢谢你……小晶。谢谢你们！我……我……"

"谢谢什么。当初要不是你舍命把我推开，现在我就不能站在这边了。我还一直没有机会感谢你哩！"马小晶嗔怪道，"等你开庭的时候，我还会再来看你的。"

自从上次被安排第一次认过门之后，虽说最后不太圆满，但经过张丹青父母的从中斡旋，俩人最后还是重归于好，不仅如此，感情上似乎更前进了一大步。

这不，最近半个月，两人一有空就忙着到处看房子，从江南看到江北，从商品房看到经济房，全市只要有新的房源消息，他们便马不停蹄地忙东忙西，且乐此不疲。

可是结果总是不尽如人意，要么地理位置偏僻，人烟寥寥；要么产权不明。当然，中意的好房子也不少，但初算下来几乎连首付都付不起，又何谈贷款？看来看去，直看得两人徒呼奈何。

悲呼归悲呼，房子还不得不买。眼看着市区的房价如雨后春笋般还一个劲儿地向上长，现在比最初看房时的房价整整提高了两倍有余，并有不可阻挡之势。两人工资的增幅离市区房价的飞跃距离已渐离渐远，唯有再次调整定位，不得不将目光投向郊区，那些曾经不屑一顾的原野，只求先有一处立身之地然后再做打算了。

公交车背向城市拐上了一条待建公路，路两旁像列队士兵一样整齐划一的巨幅广告牌跃入眼帘。抬眼望去，隐隐约约的城市花园楼盘轮廓开始撞入视线，背景是偌大的天幕，辽阔宽广，加之天色灰蒙，恍若江南塞外。公路倒也平坦，只是人车稀少，刘勇和张丹青就在这辆已经开始加速的公交上憧憬着未来家的模样，这次应该不会又乘兴而来败兴而归吧！

沿途有部分零散工地正在施工，土路与灰尘给两人的心里也蒙上了一层灰暗。但愈接近楼盘，两人却愈有些欢呼雀跃了。下了车，迎面的售楼部气派辉煌，虽然仍有许多森然的脚手架还未来得及拆除，但小区的整个容貌已初现端倪。整个小区建筑风格采用的是小镇式的有机布局，草原风格理念，使整个社区看上去少了传统社区的拥挤和压抑感，大大增加了公共活动空间和绿化园林用地，而这一点恰恰是两人所共同心仪的。

见过样品间的气派，再加上售楼小姐的热情介绍，特别是对本地区已经纳入城市规划建设蓝图的设计吸引，两人已经不再是怦然心动了，要不是鉴于还未开盘，两人恨不得现在就倾其所有了。

这一次很快便交了订金，填写了相关表格并留下了联系方式，两人终于气定神闲地坐上了返程的公交车。车上，张丹青一脸幸福地靠在刘勇的肩头，刘勇则挺直腰背一丝不苟。

刘勇附在张丹青耳边说着什么，张丹青初始有些为难，后又终于答应下来。

刘勇如释重负，突然将张丹青紧紧拥在了怀中并偷吻了一下那张还洋溢着快乐的脸庞，张丹青略为挣扎一下后便不再反抗，只是俏丽的脸蛋红成了苹果。

在顺子羞花美容的那堆资料中，刘勇终于发现了一个疑点。他指了指其中的一份资料："你看，这个证极有可能是假的。不仅网上查不到，国内根本就没有厂家生产过这类产品。"

陈大有点点头，由衷道："还是你小子专业，我查这些破绽还真是盲人摸象般，没想到你一语点破，不服不行啊！"

"哪里哪里，机缘凑巧而已。"刘勇还在谦虚着，张志军耷拉着脸走了进来，一屁股就坐下了，椅子有些承受不住如此突如其来的重量，摇摇欲坠地吱扭着。

两人交换了一下眼神，刘勇率先走了过去："又怎么了张组，挨老婆批评了？"

"要是挨老婆批评就好喽。咦，怎么你们都会了这句话？"张志军脸色有些缓和，但也只是阴转多云。

"还不是和你学的，这句话可是我们四组的语录。呵呵。"刘勇继续开着玩笑，"有什么事比挨老婆批评还厉害啊，可得给我们这些'催婚族'好好上上课哩！"

"唉！别提了，就……就大有手上的那个案子突然不让查了，还说什么影响投资环境，这哪跟哪的事啊！"张志军这次看来是真的生气了，平时在对案子的处理过程中几乎不露声色的他此时却没能压住怒火，越说越气，"查案子就影响到投资环境，那还要我们执法做什么呢，难道说还要警察和罪犯做朋友？"

"这个案子不做了？"刚刚有所斩获的陈大有一下子跳了起来，"凭什么？我们辛辛苦苦没白天没黑夜地出出进进，哪能说不做就不做了！这也太……太打击人了吧！"陈大有好不容易才忍住没把脏话说出口。

还是刘勇表现得较为冷静："维护投资环境和打假罚劣并不矛盾啊，张组，是不是上面有什么压力？"

"这还用问？问题是我查我的案，他创他的环境，为什么非要我们停下来？"

"连徐局都顶不住？"

"能顶住不就没这事了！"张志军也显得无可奈何，"没办法，领导指示我们照办。对了，大有，看出什么毛病了没有？如果确实没什么大的问题，那咱们就把资料给人家还回去吧。"

"正说这事哩！还是刘勇看出来的，你看……"陈大有将那叠有疑问的资料放在张志军面前，并指点着可疑之处不断解释，刘勇也时不时插上几句。

"那还真的不能放过。我就说嘛，这么一个司空见惯的案子怎么还惊动了上层人物，原来确实有鬼。既然有问题，我们还是查我们的。"

"那……那上面怪罪下来？"刘勇提出了顾虑。

"徐局那我去说，我就不相信他真的也被'和谐'了！你们做你们的，多讲究些策略，不要大张旗鼓就行。"

看到两人各坐回自己的座位，张志军才想起了一件事："刘勇，你说的那个事能定吗？"

刘勇抬起头，坚定地道："绝对没问题，我这就电话联系，争取来个瓮中捉鳖。"

张丹青家中，此时已近黄昏。

门口靠墙放着一个鼓鼓囊囊的蛇皮袋，刘勇和张丹青紧张地注视着门口，而二老都在若无其事地忙着准备晚饭。

收药人说好6点30分过来，眼看6点45分都已经过了，还没听到门铃声。刘勇几次拿出手机想拨个电话，都被张丹青无声地制止了。看来，等待的事刘勇确实不如张丹青有耐心。

快到7点时，门铃终于响了。又是张丹青按住了应声而起的刘勇，同时向他做了一个稍安毋躁的手势，很是沉稳地问道："谁啊？"

门口停顿了一下，似乎是在判断有没有走错人家，随后一个女声传了进来："是刘先生家吗？我和他联系过的。"

"是来买药的吧？"

"是啊是啊。"

张丹青这才起身上前开门，门口站着"城中村"打扮的一位中年妇女，脸上堆满了阿谀的笑容。

"那请你进来吧！"张丹青不紧不慢地张罗着，同时指了指门口放着的蛇皮袋，"药都给你准备好了，你看看吧？"刘勇此时发出了一条信息，并迅速站在了门口。

那名妇女只顾着查看蛇皮袋里的药品，对刘勇的举动看在了眼里却并不以为然，还很热情地打着招呼："您就是刘先生吧！"

刘勇点点头，生怕她再多说什么癌症的事，赶紧催促她："你先看看那些药值多少钱吧！"

楼梯口出现了张志军、陈大有和身着制服的李磊警官三个身影，他们在刘勇的示意下迅速冲了上来。

已经清点好药品的中年妇女抬起头，正待和女主人再杀杀价，却发现不知什么时候，拥挤的楼道间多出了几个人，其中还有一名警察，惊吓之下，脸色煞白，竟晕倒在了门边。还是张丹青上前掐了几下人中，才让她悠悠转醒。

事不宜迟，张志军现场简单地做了布置：刘勇、陈大有就地对该妇女进行现场调查笔录，而李警官不时插上问话，力争在最短的时间内一网打尽，而张丹青呢，此时就像是一个客串的医生，随时注意着该中年妇女的身体变化。

张志军走到二老面前，两位老人好像似乎对刚刚发生的事已经习以为常，并没有表现出过分的惊慌失措，只是在刚才张丹青抢救的过程中略微受到一点惊吓。

张志军满怀歉意地向二老先鞠了一个躬："实在不好意思，打扰了二老的正常吃饭和休息。我代表市药监局全体稽查队员向二老表示真挚的感谢！不过，我们还得在现场做份调查，得借贵地耽搁一点时间，还望二老不要介意才是啊！"

两位老人此时十分通情达理，二话没说，端着已经做好的饭菜径直走进房间，还不忘关上了房门。

张志军看着二老的背影，内心里对二老的感激又平添了几分，回头对正做着笔录的刘勇感慨道："你小子真有福气啊！"

做完笔录，张志军匆匆向张丹青及二老道别，再次向两位老人提供的方便表达了深深的谢意。还是张母笑着揭开了谜底："孩子，你们就好好地去吧。这有什么，想当初孩子的爸做'地下工作'时可比这危险多了。"

张丹青也是一脸茫然地看着父母，怪不得他们是如此镇定自若哩！

虽然说破了"收药"案，但也仅是添上了一笔记录。好在当初并没有希望从中能收获一些线索，所以失望倒也不算太大。

周大龙依然销声匿迹，"红花"调查进展依然不太顺利，能够称得上忙的看来只剩下"顺子羞花"了。

自从上次发现证照可能涉嫌造假后，刘勇又通过其他的关系确认了该证照系伪造，于是，陈大有通知了"顺子羞花"的机构负责人。

此时，坐在办公桌一侧有些拘谨的年轻美貌女子就是"顺子羞花美容机构"的法人俞志梅女士。年约三十，脸若桃花，眉目含笑，身着一袭裘衣，在冬日里显得明艳照人。怪不得会是"羞花"的掌门人，其自身就是一个活广告，怪不得有些眼熟，原来她就是那墙体上广告里的佳人。

陈大有也只是多看了几眼，并没有忘记自己的职责。他轻咳两声，努力收回打量的视线，手里拿着俞志梅刚递上来的身份证进行着比对，一边问道："请问，你就是俞志梅女士，'顺子羞花'的法人？"

俞志梅还是没有动身，只是略微点点头。

"那好，能说说你们医院进的那台设备的情况吗？"

俞志梅这才抬起了头，说道："科……科长，我真的不知道，我知道的不都和您说了吗？那设备真的不是我进的，是别人……别人订的货，放……放我那儿的。"

"那么多地方不能放，却偏偏要放你那儿？"陈大有不无讽刺，"你打广告倒是把它当成自己的宝贝了。"

俞志梅又低下头，咬着下唇，轮廓分明的漂亮脸蛋因紧张而略有变形，从侧面看去倒另有一番醉人的味道。

"还是老实说出来吧，不是你的责任我们也不会强加给你的。"陈大有较为宽容地说，以缓解她的紧张心理，但她仍是一言不发。

"那这样好了，你先回去想好了，明天再来说明可以吗？"看看调查实在无法进行下去了，陈大有站起身，"记住哦，一定要想好了再说，并带上你公司的执业证。"

看到俞志梅战战兢兢地出了门，陈大有方呼出了一口长气。

马小晶调侃道："漂亮吧，是不是生了恻隐之心啊！"

陈大有像抓住了救命稻草："确实，我认为以后做调查的事，我们男的做男相对人的调查，像马小晶就应该做女相对人的调查，这样更能提高工作效率，你说我这个建议好不好？"边说着边向刘勇做着暗示。

刘勇笑而不言，张志军未置可否。

陈大有赶紧补充："根据沉默代表不反对原则，现在三比一，小晶同志，下次她来就由你接待如何？"

马小晶倒是十分爽快："行！不过，你们不带这样欺负人的吧，三个大男人。哼！"

张志军无奈地笑了笑，却并未辩驳。

第十六章
明枪易躲，暗箭难防

把"羞花案"顺利移交后，陈大有的全部思想和精力就转向了周大龙。周大龙，你到底在哪里？他心里每天都在问着自己。偶有反馈却总是雾里看花。

而一医院"红花"依然下落不明，倒是张丹青的工作终于有了意外调动，刘勇也是喜出望外，只是不知道这个"意外"是如何发生的。

稽查四组今天难得地出现了无所事事的工作状态，张志军一上班就被徐继贤喊走，而车辆因维修保养未归，也没有举报案件上门，几个人大眼瞪小眼地看着彼此，平时颇为热闹的办公室里不时传出了几声会意的浅笑，但如今电话铃声也能把大家吓一大跳。

刘勇最终判断出铃声来自于自己的桌上，他小心翼翼地拿起了话筒。

"喂，是市稽查局吗？我有个情况向你们报告！"不仅电话来得突兀，对方说话听来也是不着边际，说话的是一个陌生男子，不会是一场恶作剧吧。

刘勇正待挂断电话，突然想起目前正在全局系统中推行的微笑服务和首问负责制，他又重新将话筒放在了耳边："您好，这里是药监稽查局，我姓刘。请问您有什么需要帮助的吗？"

对方对刘勇的态度瞬间转变毫不知情，仍是自顾自地继续说道："今晚6点请到东方大酒店10038室，有重要情报给你！"

"什么情报？你不能向举报中心投诉？或者你告诉我们到哪儿找你，干吗搞得这么神秘。"刘勇尽管大惑不解，还是耐心地解释着。

这样的举报还真是第一次碰上。

对方不作任何回答，只是又提醒了一句："记着，10038室，不见不散。不要打听我是谁，来了就知道了！反正有你们想要的东西。"

"那你总得说说是什么方面的吧？"刘勇仍坚持着。

"这样吧，你们不是急于想知道'红花'的去向吗？电话里不方便多说，我就点到为止了，来不来就看你的了。对了，只能你一个人来。"说完，不给刘勇反应时间，电话就断了。

奇怪！对方连问都没问自己是谁，却点名只要自己一个人去？刘勇呆呆地看着已经出现电话忙音的话筒，半天都没放回到电话机上。

到底去不去？他内心开始激烈地斗争着，但想到对方对红花动向的了解，最后他还是决定按对方的要求自己一个人去，这么大的酒店应该不会有什么危险吧，何况是在市中心？虽然说自做稽查以来，受到行政相对人的威胁不在少数，甚至有几次还受过轻伤，但这次见的应该不是打击报复的人吧，要设陷阱也不至于这样"明目张胆"吧……既然已经作出了一个人去的决定，刘勇便不断地在心里安慰着自己。

与此同时，东方大酒店10038房间里却坐着两个绝色女人，其中之一就是"顺子羞花美容机构"的法人俞志梅。

房门紧闭，俞志梅却不时朝门口张望着，门外的一点点小动静都能让她心神不宁，直到动静消失她才放下心来，而另一名女子却只有二十出头，乍一看也能惊为天人，其美貌不在俞志梅之下，更何况她年轻了许多。

俞志梅一直在对该女子细心地交代着什么，那名女子频频点着头，并未有任何言语。交代完毕，俞志梅方如释重负地走出了房间，房门口，依然不甚放心地回头做了一番叮嘱，直到那名还在房中的女子给了她一个敬请放心的手势后才轻轻地带上房门。

　

刘勇好不容易打通了张丹青的电话，却发现接电话的并非张丹青本人。"她刚陪几名客人一起去吃饭了，手机忘在办公室，要不等她回来让她给你回电话？"

"好。那谢谢了！"刘勇挂断电话。这已经不是第一次了。自从张丹青调出住院部，却发现行政部忙起来更是有过之而无不及：经常地要陪客户吃饭，有时甚至还有唱歌娱乐活动，原以为两人会有更多的时间见面，却不想越近年关行政部倒是越忙，有时一周四五天都有应酬。刘勇对此显得已经有些麻木了。医院里的事他还真搞不懂，不过他也不想搞懂，自己现在的工作不也是一样的吗？人家张丹青不也没太多怨言，只要张丹青还爱着他，还爱着他们那个快要成形的家就行。

看看离约定的时间差不多了，刘勇收拾起办公桌来。他果真没有告诉任何人，不是他有意想这么做，毕竟对方已明确提出只要他一个人出场，加之"红花"的诱惑太大，即使再深的"虎穴"也得孤军深入一回吧 —— 说不定自己这次是撞上了一个大运呢？

那是个闹市里的一家准四星级酒店，应该不会有什么危险的。等事情办妥了回来再给他们一个惊喜岂不是更好？

17 点 45 分，刘勇准时出现在东方大酒店的大堂，坐在休闲区的一张单人沙发上装作浏览报纸，不时透过薄薄的报纸观察着进进出出的客人。

酒店大堂的钟已开始准点报时，刘勇将报纸放回报架，整理了一下衣角，便向着酒店里的电梯走去。

电梯里仅他一个人，看着宽大的梯厢，刘勇突然感到有些寒意袭来。可能是冰冷的电梯四壁传来的吧，刘勇拢了拢夹克，电梯停在了十楼。

走出电梯，刘勇看了看房间方向标识径直来到了 10038 房间门口。

他向两边看了看走廊，除了他之外没有其他人影，他才轻轻敲了敲房门。

"请进！"门居然没有关上，而房间里传出来的竟然是一名女子的声音，颇为甜美。

就在刘勇一愣神的当儿，房间里冲出一名女子一把将他拉了进去，房门也就在此时重重地锁上了。

刘勇被糊里糊涂地拽进了房间，好半天才回过神来。站立在面前的女子此时云鬓初散，酥胸半露，正两眼迷离地看着自己哩。刘勇吓得赶紧退后了两步："你……你是谁？"

那个貌美如花的女子也向前逼进了一步，娇笑着说道："我？我不就是你要找的'红花'吗？你是张组吗？"

红花？红花怎么变成了一个人？这是怎么回事？还有，对方显然认错人了，但电话里明明是对自己说的呀。

"我……我不是张组，你认错人了吧？"刘勇已经退无可退，背部已贴上墙壁。

"不是张组？"那名女子怔了一下，"那你是药监局的不？"

刘勇下意识地点了点头，又摇了摇头："我……我……"

那名女子又恢复到先前的妖艳状态，将衣服更是拉至腰间，"你别再骗我了，你就是张组！这春宵一刻值千金，你还等什么呢？"

刘勇大骇："不……不，我不是来……"

那名女子突然扑了上来，枉为刘勇一个七尺男儿，却一时挣脱不开，被那名女子死死压在了墙上，双手推这儿也不是，拉那儿更不合适，那名女子此时已经外衣全褪，刘勇更是不敢多有动作，怕一不小心沾上了她细嫩的皮肤，只能在那儿双手胡乱张扬着，似乎在与无形的空气做殊死一搏。

此时房间的门却突然被打开，刘勇以为来了救兵，顾不得其他，用力一推，将那名女子推倒在床上，却不想自己竟也一同被拉到了床上，身子紧紧地压在了那名女子身上，情状更是尴尬。

房间里有人拿出了相机一阵猛拍，那名女子似乎是强力挣扎滚到了床的另一端，抱着胸嘤嘤地哭了起来。

一时间刘勇不知所措，呆立在现场，直到有两个男人上来把他架出了房间。

刘勇是第二天上午才从派出所做完笔录回到办公室的，而此时，关于刘勇强奸未遂的传言已经传遍了整个药监局。

尽管张志军第一时间赶到了派出所，但深知总得有一个调查过程的他也是无能为力，他只是希望这件事不要再度无限扩散，可是，第二天，整个药监大楼里似乎全部都知道了这个仿如七级地震般的爆炸性消息，怀着各种目的前来打探的人络绎不绝，当然绝大多数是同情与关心的话语，让张志军承认也不是，不承认也不是。

好在派出所并没有调查出什么明证，在讯问结束后也就没有进行立案；同时，他们也对刘勇所受的委屈深表同情，明知其是受到了陷害但也是爱莫能助。不过好在他们并没有太过为难刘勇，例行公事般地让他在调查笔录上签了字后便通知药监局领人。

刘勇的精神此时已经接近崩溃，一夜未眠的他面容憔悴。看来还是被人暗算了！他不知道自己的女友是不是已经知道了这个新闻，在这个节骨眼上出了这样的事他都不知道该如何去面对她，尽管他是无辜的，可别人能相信吗？张志军过来时，他只是淡淡地点了点头算作礼貌，满脸木然地随着张志军走出派出所的大门。

刘勇一回到办公桌前便一声不吭地坐在自己的位置上，如老僧入定般不言不语，同事的嘘寒问暖也充耳不闻。张志军也不知道该如何劝解，一时间，办公室静寂得可怕，谁都不敢大声喧哗。

眼看刘勇如此萎靡，不得已，张志军只得将他先送回自己的家，请自己在家休息的爱人给他做做工作。整件事至今仍瞒着张丹青一家。

张丹青得知刘勇几天没上班时已经是事发第三天了，因为电话一直打不通，工作又脱不开身，张丹青还一直以为刘勇是在和自己耍恋人脾气哩！自己也是身不由己啊，这段时间医院搞各种评比检查、年终总结，行政部忙起来那真是没日没夜，早知道是这个结果，打死她也不会答应出住院部的。即使住院部再忙，也还只是按部就班的工作，哪像现在这样几乎就没休息了呢，连晚上的时间也都花在吃饭 K 歌上了，冷落了恋人她也感到深深不安了。

她总会给他一个说法的，就一如她当初责怪他总没有时间一样，但愿他也能像她当初理解他一样理解吧，再怎么生气也不能不接电话啊，她还是不禁在心头嗔怪起来。

今天电话又是关机，张丹青有些忐忑不安起来，她决定利用中午的休息时间去他单位好好问问。

刘勇的座位空着，而马小晶极不自然的躲闪目光让她更是心生疑窦：难道他出了什么事？好在张志军及时出现，要不然马小晶都要哭出声来。

张志军将张丹青拉进会议室，关好门，郑重地告诉了她这几天刘勇身上发生的一切,话未说完,张丹青已经号啕大哭起来。张志军赶紧抽出桌上的纸巾递了过去。

待张丹青好好地哭过一阵后，张志军才接着说道："我们全局都相信刘勇同志是清白的，我更以人格担保，刘勇同志是被人陷害了，也希望你能帮他鼓起信心。不知道你能否做到？要不然，还是先不见的好。"

张丹青揩干脸上最后一滴泪，语气十分坚定地说："我比你们更了解他，我也相信他不会做出这种事的。你们放心，我会用我全部的爱让他重新振作起来的。只是，他……他现在在哪里呢？"

"这个你放心，他不会丢的，这几天都在我家里，你嫂子一直在做他的工作。有你现在这句话，你嫂子一定会很高兴的。"

药害击

张志军如释重负，几天来郁闷的心情也突然好了起来，满以为要大费周章地劝导，没想到张丹青如此深明大义！真是一个好姑娘！

张志军心头感慨着，临她出门时还小声地开了一句玩笑："说实话，你嫂子这几天都有些快撑不住了，她说，比当初要我向她求婚都难哩。要解开他的这个心结还真不太容易，刘勇就是担心出了这个事你会怎么看他，看来，解铃终须系铃人啊！"

张丹青不由"扑哧"一声笑了出来。

李群的案子有了结果，法院在充分听取了检察院的公诉及辩护律师声情并茂的辩护词后，特别是当初行凶者的归案，又为李群的见义勇为加分，当场作出了一审判决决定：有期徒刑三年。李群当场表示不上诉。

走下被告席，李群的脸上露出久违的笑容。他向旁听席上望去，请假而来的马小晶眼里满含激动的泪水。看到李群脸上的笑容，她迫不及待地站起身，甚至都没来得及擦去脸上的泪花，在旁人诧异的目光中，迎着李群就扑了过去。

两人紧紧地抱在了一起。

"好好改造，争取早日出来！"马小晶在李群怀里嘱咐着。

李群重重地点了点头，很仔细地顺了顺马小晶的长发，看着马小晶的眼睛，一字一句地说道："我一定会的，谢谢你。出狱后我就来娶你，你愿意嫁给我吗？"

马小晶幸福地点点头："我愿意！"

一时间，审判庭掌声四起，所有人都被这场没有排练过的求婚场面感染着，自发地送上了他们衷心的祝福，不少人甚至流下了感动的泪水。

临上囚车了，李群才轻轻放开马小晶，再次为她擦去眼角的泪水："还哭什么呢！这个结果我已经很知足了。当初要不是你的出现，我的后半生可就全毁了。如果没有你也就没有我的今天，更没有我的明天。相信我，我会好好报答你的。"

"我不要你报答，只要你好好改造，争取早日减刑，还我一个帅气而又有才的师兄就行了！"

"对了，上次在拘留所你们有个同事来问过我一件事，我当时因为不知道判决的结果，所以不敢相告，现在我可以告诉你了。写有那个人地址的纸条我带在身上，你从我的右裤兜里拿出来吧。回头告诉你那个同事，让他可别怪我啊！"

在李群的裤兜里果然放有一张纸条，马小晶打开一看：周大龙，××镇××街红光三组107号。

马小晶不禁疑惑起来："你怎么会有他的地址？"

"别问了。他和我是同乡，也是铁哥们儿，以前也和我一样，现在听说好像和收假药的搞到一起去了，我也是想帮帮他，让他别走我的老路。详细的我就不多说了，到时写信给你吧！"

马小晶一直目送着囚车消失在视线里，心里五味杂陈。她不知道自己刚才油然而生的决定是对是错，但她相信李群一定会好好改造的。

她不禁为自己的想法而自得起来，想着刚才在那些素不相识的人面前表现出的勇敢和坚定，她的脸竟然一下子羞成了红苹果。

四组办公室。

好久没有露面的艾美眼科的于教授喜洋洋地走了进来，马小晶热情地迎上前去。

"于教授，今天是什么风把您老给吹来了啊！"

"春风春风啊！"于教授笑得合不拢嘴了，"上次那家企业生产我研制的那个产品，现在市场已经做到国外了。人家为扩大生产规模，准备把在国内的这家厂无偿让给我。我哪有这个能力哟，这不，又来麻烦你们了。"

"这确实是好事啊！喜事！怪不得于老看上去又年轻了十几岁哩！"张志军递上一杯茶，同时张罗着让于教授坐下。

于教授脸上还是洋溢着热情："确实是大喜事！但你们知道我这个人，搞搞研究在行，管企业可是外行。还是你们有能力啊，我把它也无偿转给你们，你看行不行！"

"这可不行，不要说公务员不能办企业，就是参股都是违规的。您老可别这么帮我们哟！"张志军赶紧推辞。

"啊？！是，是，光顾着高兴了，把这茬儿给忘了。对不起哟，对不起哟！"于教授不停地赔礼，一脸真诚得像一名顽童，把几个人都给逗笑了。

"要不我们再给您老留个心，看有没有企业愿意接手的，您看好不好？"

"好啊，好啊！"于教授又笑逐颜开了。

正说着，"顺子羞花"的俞志梅出现在门口，当她看到于教授时突然一脸惊喜。

"叔叔，您怎么也来了？"

叔叔？

四组的几个人都莫名诧异：难道他俩是亲戚？

于教授也回过头，仔细看了一下，兴奋地一把抱住俞志梅，老泪纵横道："是你呀！梅梅！你啥时回国的？这些年叔叔可想死你们一家了！"

张志军一看，果然是叔侄。他轻手轻脚地招呼大家先到别的办公室避避，最后轻轻地带上了房门，好让这一对久别重逢的叔侄好好叙叙旧。

办公室里，俞志梅向于教授述说着自己一家在国外打拼的艰辛，说得于教授不断地心酸掉泪，与刚进办公室时简直判若两人。说到最后，两人更是抱头痛哭。

哭过之后，于教授扳过俞志梅的肩，爱怜地为她拭去眼角的泪水："孩子，你们在外面受苦了。回来就好，回来就好！还是祖国好啊。你看，目前国内的经济飞跃发展，就连我这个糟老头子都活得有滋有味的，你们现在回来了就好。能说说现在在做些什么吗？"

俞志梅给他说了自己目前的生计，同时也就提到了那件设备被药监局调查的事。

于教授一听便有些生气了："傻孩子，你这么不懂事啊，没有证的产品怎么能带回国呢？"

"那人家国外怎么能用呢？"俞志梅争辩着。

"那是国外！"于教授恨铁不成钢地教训着，"不要硬撑着了，买个教训吧。赚那个昧心钱你就不怕鬼敲门？"

"叔叔，你像变了一个人。"

"是啊，要不是这些小伙子对我的教育，我哪有今天这样舒心的日子啊！发挥余热，还受人尊重。他们可都是好人啊！"于教授大发感慨道。

"是真的吗？叔叔，你说给我听听吧！"

"这是哪儿？回去再说吧。咦……他们人呢？"于教授这才发现，办公室只剩下他俩了。

俞志梅还想说什么，于教授打断了她的话："反正不许你害他们！"于教授最后又交代，"你把事情原原本本跟他们说了，争取宽大处理才是我的好侄女，要不然，我可不饶你。"

看着于教授严厉的眼神，俞志梅不禁从足底升起一股凉气，直凉到心尖。

"我们就不要过多地打扰人家工作了，你看看，为了我们叔侄好好叙旧，人家都特地躲开了，你看这里的孩子多好啊。做生意就要讲诚信，以心交心。"于教授还在不依不饶地教训着，直到张志军几人返回办公室。

"你看，我这个老家伙是不是蛮讨人嫌哟，把你们的工作都耽误了。你放心，我侄女的那个事包在我身上了，我让她原原本本地向你们交代，不欺骗你们，这也算给我这个老头子一个报答的机会吧！"

"于教授说哪里去了，难得于教授如此深明大义，您老也是我们学习的榜样啊！"张志军带头鼓起掌来。

张志军家。

刘勇百无聊赖地看着电视，心却已经飞到九霄云外去了。

经过几天的思想斗争，他心里已十分清楚，若自己再像这样颓废下去肯定就会毁了自己，可他就是过不了这道坎。

张丹青会怎么看待这件事？会给他机会解释吗？他又该怎么向她解释呢？她会相信吗？她还会爱他吗？

他可以想象到张丹青如果知道这个消息后的震惊，如果连自己的爱人都不相信自己，他活着还有什么意义。难道，他就真能放下心丢下她去死吗？

他自己都认为做不到。

他正在胡思乱想着，门铃突然响了。

他看了看墙上的挂钟，这个时间王国英应该不会提前到家，张志军更不可能一个人先回来，那会是谁呢？

他站起身来到门后，从猫眼里向外张望。

是张丹青！她怎么知道我在这里？

没等他巨震平息，张丹青已经急得在外面大叫了起来："刘勇，是我，张丹青。你快开门，快开门啊！"

刘勇颤抖着把门打开，张丹青一下子扑到他怀里，两人同时抱头大哭。站在门外的张志军默默地看着一对恋人如生死相逢一般哭得一塌糊涂，他深深地叹了口气，转身下了楼。

刘勇将这几天来强憋着的委屈泪水在张丹青怀里一泻千里，慢慢地就转为抽泣了，而张丹青似乎还没哭够，一边哭一边捶打着刘勇的肩膀："你……你怎么这么狠心！"

"我……我错了，我对不起你。"看到爱人伤心欲绝，刘勇不想为自己辩解。

"你没错啊。张组都和我说了，我们都相信你没做那样的事。我是说，你怎么不早些告诉我，让我……"说着说着，张丹青又是一阵痛哭。

关上大门，两人相拥着在沙发上又抱头痛哭一场，不过，此时的刘勇心里已平静了许多。他从张丹青怀里抬起头来，尽管仍是泪水汪汪，但双眼里却多出了许多坚毅。

"青，我绝对不会做出对不起你的事，你一定要相信我！我……我一定要查出是谁在陷害我，要不然我心不甘啊！"

张丹青捂着他的嘴巴阻止了他继续说下去，同时扑上来给他一个长长的深吻……

第二天,张丹青就请好假同刘勇一道去民政局领了结婚证,而酒席则订在了春节期间。

刘勇意气风发地回到了工作岗位,看到他重新容光焕发,所有人都打心眼儿里为他高兴,同时心里更加痛恨那个陷害他的人,恨不得现在就把他找出来还刘勇一个清白。

张志军致了简单而热情的欢迎辞:"欢迎刘勇同志重获新生!再次回到我们这个大家庭!希望刘勇同志一如既往地努力工作,再立新功!"

大家又是一阵热烈的掌声,经久不息!

往日的枣子镇幼儿园早已迁走,一栋旧式建筑和几排平房组成的院落内,现在已成为一家服装厂的厂址和一些建筑工人的临时住址。

此时是正午时分,虽然已近中冬,但午后的太阳依然刺眼。张志军戴着一副墨镜走在了几个人的最前面。得到马小晶的纸条后,为了摸清周大龙的去向,他不止一次来到这个地方。为了不打草惊蛇,每次他都精心化装。今天是他第一次以真面目出现在这家大院门前。

而当他推开其中一间平房的木门时,眼前的情景令见惯了假药的他们都是大吃一惊:20平方米的房间内,一台吊扇在"嘎吱嘎吱"地转着,脏兮兮的水泥地上、四周破落的墙壁上堆满了小山似的各种中药饮片,其中大部分已包装完毕,正在封箱,准备向外销售。

而在进门的一条狭小通道内,两名中年妇女正在用切片机将炮制好的药材切片、装袋。而在"车间"后墙的两个窗户已经被塑料纸和木条封死，门边的窗户玻璃多有脱落；房顶上，到处是厚厚的灰尘和黏黏的附着物。推开一间生锈的木门，数不尽的药材一层一层，令人目不暇接。空气中，各种药材散发出的刺鼻味道令人感到窒息。所有的药材均放在塑料袋上，袋口洞开，刘勇随手拿起一种叫"桔梗"的药材，竟看到药材中有很多小虫子在爬。其他药材已经包装完毕，准备上市转卖的药品袋内，也出现了大量虫子和霉变现象。大门边，一个破旧的保险箱内，一些较为贵重的成品药材如阿胶、龟胶、人参之类，则被统一塞在一起。由于地面潮湿、阴暗，这些药品表面都出现了霉点，塑料包装上也是沾满了油腻物。

假药材现场触目惊心！张志军不由倒吸了一口凉气。

整个房间内只有两名妇女，而周大龙却不知所踪。

刘勇遍地寻找"红花"未果，难道一医院那些红花并不是在这里生产的？

马小晶照完相，又走到一间看起来像是堆放杂物的储藏室门前，门并未上锁，马小晶轻轻一推便开了。

里间的空间倒与外面的拥挤状况格格不入，仅放有一张桌子，腾出来的空间足够站立四五个成人。

马小晶走了进去，在房间的一处角落，她终于发现了几个装得满满的编织袋，打开其中一个，鲜艳的红花滚落了出来。

"刘勇，这里有红花！"马小晶惊喜地大叫。

刘勇迅速走了进来，那些红花果然个个鲜艳欲滴。

搬开几大袋红花，墙上现出了一道暗门，打开一看，一条更加幽深的暗道出现在大家面前。

第十七章
不觉碧山暮，秋云暗几重

东方大酒店 10 楼里某一挂有 VIP 牌子的包间内，一男一女床上激战正酣。

……

完事后，男子起身上卫生间，女子则另想着心事。

待男子上完卫生间回来，床上的女子转过头来有些哀怨地问道："老肖，我现在该怎么办呢？"

"不是已经解决了吗？他们哪还有心思来查你的案子？"

"上次搞错了，不是张志军。"

"不是张志军，那是谁？"男子有些紧张了。

"是另外一个人，我也是事后才知道的，但也没有办法。现在人家还在查，怎么办？"

"都是成事不足，败事有余的家伙。"男子恶狠狠地骂着，已显得有些烦躁，"要不，我派人做了他？"

"那可不成。"女子装作很害怕的样子，"我可不想出人命。"

"你以为我想，其实也就吓唬吓唬他。再和他有仇我也不会拿我的命和他开玩笑的。"男子坐起身来，拿出一支烟放在嘴上，转眼间却被那名女子夺了下来。

"不准抽烟！"

"好好，不抽就不抽，我的小姑奶奶。让我再想想，还有什么方法可以制止他们查你。"

"那好，你到那边去想，没想好不准过来。"女子撒着娇，下起了逐客令。

男人见拗不过，只得悻悻地下了床，坐在了另一张床上。

几分钟后，男人似乎有了主意，他高兴地跑过来，在女子的耳边说着什么，女子频频点着头。

这名撒娇女子就是俞志梅——"羞花"掌门人！

经过突审，现场控制的那两名女子终于承认了那个中药材造假窝点就是周大龙的家，而当问到周大龙在哪里时，两人却都闭口不言，任你政策攻心，或是循循善诱，两名妇女就像商量好了一样，再也不说一句话。

不查出周大龙的下落，此案也只算是破了一半，眼看案子又要陷入僵局，张志军的头又开始隐隐作痛。

看到张志军开始用两个手指捏着太阳穴，马小晶关切地走过来，说："张组，要不你还是回去休息几天吧，这里的事交给我们就行了。你不为自己考虑考虑，也得为嫂子和孩子考虑考虑吧！"

马小晶说的对，可眼下离春节越来越近了，不赶紧结案岂不是留了一条难看的尾巴。自己确实早就有休息一段时间的打算了，不过，还是到春节时再说吧。

张志军婉转谢绝了马小晶的好意，苦涩地摇了摇头："还是再帮忙看看今年还有哪些案子需要结案的，我们再抓紧点。"

陈大有突然像发现新大陆似的跳起来："我找到了，找到了！"

　　大家都迅速地围了上去，陈大有依然在那里手舞足蹈。张志军捅了捅他的腰："有什么发现？"

　　看到大家好奇的眼神，陈大有十分来劲地卖了个关子："我找到周大龙了！"

　　"在哪里？"大家果然都来了兴趣，"你快说，快说，还装什么装！"

　　看到气氛已经调节得差不多了，陈大有才指了指手上的一本文书："在这里。"

　　原来只是一份有关周大龙的调查笔录而已，刘勇满脸写着失望："还以为你小子真有什么大发现，莫不是拿我们穷开心呢吧！"

　　看到大家不信任的眼神，陈大有终于有些急了："真的，周大龙就在这里。你们看，我在这份笔录里查到了上次记录的周大龙用于运输的工具 —— 面包车，大家还记得不？"

　　张志军点点头："确实有这么一件案子，可是？"

　　"我上次做笔录调查时顺手将他的车牌号记下来了，你们看，就在这儿……"

　　果然，调查笔录文书上记录了一个醒目的车牌号。

　　"你是说，通过车牌号找到周大龙？那他要是不用这辆车呢，说不定早换新车了。"刘勇还是提出了异议。

　　"这个就不好说了，我反正总觉得有一条线索总比盲人摸象好，不试试怎么知道有没有用呢？"

　　"陈大有这个建议不错，我看行！"张志军也觉得像现在这样似大海捞针看不见成效，还不如多探索一些新方法，即使失败了也不过是一次否定，至少证明还是有其他的方法，更可以避免从头再来。

　　俞志梅还躺在 10038 房间的床上，泪水却不知不觉流出了眼眶。

　　刚才的一阵颠鸾倒凤消耗了她太多的精力，而那个男人似乎也已经尽兴而去，她突然感觉到身心疲惫。

　　现在有钱有房子，还有了自己喜欢的事业，还有什么不满足的呢？这些不就是她一直努力想得到的吗？可这些都是自己想要的生活吗？她不禁有些怀疑起来。

　　有人说，为了爱跟着一个男人才是崇高的，但为了钱跟着一个男人就一定是卑鄙的吗？

　　叔叔当初不就是被一个女人骗了之后才幡然醒悟的吗？他现在怎么没有以前那么愤世嫉俗了呢？相反，对现在略显清贫的生活真能过出幸福的味道来，怎么会有如此强烈的反差呢？难道真的如叔叔所言，平凡的生活才是幸福的源泉？

　　最近，为什么自己内心总觉得空虚呢？

　　与肖仁民的相识是在一次美容推广会开幕式上，在某会客厅，主管医疗设备的副市长肖仁民接见了俞志梅等一些与会代表。当时俞志梅问："如果我们公司在贵市投资遇到困难，政府会支持我吗？"肖仁民当即表态："肯定会，不论你碰到什么困难，我都会帮助解决。"

　　果然，当俞志梅会后提出要开一家美容医疗机构时，肖仁民二话不说，立马给她批了一块步行街上较为繁华的地段作为门面。俞志梅以为肖仁民是看上了她的美貌才如此支持她，可肖仁民并没有提其他要求，连电话都很少打过。直到有一天，肖仁民的司机找到她栖身的地方，不声不响地把她带上车，在东方大酒店 10038 室，她才见到赤裸着的肖仁民……

　　在国外的那几年，她的父母因为一场突如其来的官司入狱，举目无亲的她只能拿着一本大学肄业证回到国内。本来是想投靠叔叔，可一想到叔叔刚经历过一次骗局，怕是再难承受哥哥一家的变故，于是她便没有回家乡。

经过几年的打拼，她从文员做到了主管。她的美貌曾令多少人垂涎，许多公子哥儿只能仰视而不得。在那个物欲横流的时代，能如此洁身自好该是何等难得的事，可她却做到了。

没想到，这次趁着公司拓展业务，顺带为自己打拼一点事业，居然还是逃不掉宿命，她的第一次就这么不明不白地毁于一个还没有感情基础的老男人身上，尽管她当初也曾有过以身相许的打算，但毕竟两人年龄悬殊，而且第一眼她便知道这个老男人不会给她任何承诺的。

没想到他会是一个如此强势的男人，今后，今后该怎么办？

看到刚刚得到的女子哭得如此伤心，肖仁民也觉得自己太过冲动了。平时干练果断的他一时间拿不定主意，是像以前一样得到了即是失去，还是对她负责到底？他得好好思忖思忖。

女人是祸水，这是他对所有女子的蔑称，包括他的老婆。也正因如此，尽管他猎艳无数，可大多数是蜻蜓点水式的接触，不留丝毫痕迹，从没在哪一个女人身上花太多精力和时间。可现在……他甚至有些不忍失去。

可留在身边，有可能就是一枚定时炸弹，随时会引爆他的仕途。

"我……我不知道你还是……我，我会对你负责，你放心吧！但我不能离婚娶你。"肖仁民无情地说着。

但俞志梅并没有给他太多的负担："我不要你负责，也不要求你离婚，只要你对我好就行了。"

肖仁民几乎不敢相信自己的耳朵："是……是真的吗？"

"当然是真的！"说完，俞志梅拉过被子挡住了羞红的脸，心头如有一只小鹿在乱撞。

事后，俞志梅确实并未再要求什么，如果不是这次产品出现问题，她也不会向肖仁民开口。

随着偷情时间的减少，一方面可能是肖仁民另有新欢，另一方面俞志梅还得处理公司那边的事，俞志梅竟常常无端生出许多惆怅来。

张志军走进徐继贤办公室时，徐继贤手里正拿着一纸公文。

"张志军，最近工作节奏慢下来些没有？"徐继贤破天荒地直呼其名。

"徐局，节奏降不下来啊。也不知怎么的，越到年关事还就越多。"张志军也不拐弯抹角，直接问："徐局找我来不仅仅是嘘寒问暖吧？"

"你小子是我肚里的蛔虫，怎么我肚里的事你都能猜到？"徐继贤开着玩笑，"那件美容机构的事处理得怎么样了？"

"徐局，按照您的指示已经处理完毕！"张志军小声道。

"什么我的指示！我可没下什么指示！"

"是，徐局没下指示。"

徐继贤又笑道："你小子还别跟我玩这套。好了，说正事了，局里最近准备组织一次党校学习，你小子这次又是榜上有名。"

"什么？学习？这个时候？"

"是的，后天就出发！"

"多长时间？"

"半个月。"

"这是怎么回事啊？"一般党校学习都是在年中，怎么年末还安排学习，这可是大姑娘上轿——头一回哩，张志军奇怪的是怎么偏偏是在这个时候，"徐局，您知道这段时间我脱不开身啊，要不换个人去，您看行不？"

"你以为这是菜市场买菜？这可是组织上的决定。你好好看看，市委的公文！"

回到四组，刘勇有点担心地突然问道："张组，现在派你出去是不是有什么猫腻？"

"我也这样想过，可市委的公函明明白白，我敢说有什么问题。再说了，局党组都已经同意了，不去还不行。"

"那……"刘勇指的是目前的几个案子。

张志军明白他的意思，语重心长道："你们各负责一个吧，你是四组的老同志了，我已经跟徐局提过，这段非常时间你就先带个头吧，如果局里另有安排，也希望你能顾全大局，好好配合工作，能做到吗？"

刘勇点点头，没再做声。

"张组，那'顺子'的事还查不查了？要不算了，今天就开始'盘存'得了。"陈大有似满腹牢骚，话语里带着不满与无奈。

"这样多好啊！肯定是因为'顺子'的事把你支开了，咱们组直接停业整顿得了，还搞什么学习！"马小晶想也没想，脱口而出。

对于是否因为"顺子"的事而安排的这次学习，张志军不是没有想过，他也曾几次想对局党组、想对徐继贤说明，可无凭无据怎么开口？如果真的如马小晶猜测，那"顺子"的事就不可能是小事了，市委都有人牵涉其中，至少在市局的上层还有人在呼应，不尽快找准突破点可能就会功亏一篑。

想到这儿，他更坚定了决心："同志们，不管这次学习是正常的还是非正常的，我们都不能对案子的进展不闻不问！特别是'顺子'的案子，我们可一直都是在'顶风作案'，要是再不出成绩，我们可没法交代了。半个月的时间可长可短，不是还有晚间和双休时间吗？我不在的这段时间，组里临时决定暂由刘勇同志履行一下职责，大家有没有意见？"

"没有！""没有！"

"那好，我后天就要报到，趁这两天时间我们再把'顺子'的案子缕缕，看还能有什么突破！"

张丹青突然发现陈副院长最近颇有些不同以往，有事无事就往行政部钻。本来陈副院长并不管行政，也只是偶尔在医院对外应酬时，因陈副院长酒量好而见过几次，其他的并无频繁交往的必要。

但陈副院长最近好像心事重重，隔三岔五就来行政部，对于张丹青礼貌的招呼刚开始还有所回应，可今天居然像没听到一样，径直去了主任办公室，然后反锁上房门，整个过程神神秘秘的。

张丹青也没把他的怠慢放在心上，领导嘛，事多心重，她早已见怪不怪了。可是随后主任室里竟传出来一阵激烈的争吵，尽管声音压得很低，但那种紧张的气氛似乎已夺门而出，连张丹青都能感到一丝丝寒意袭上心头，她既不能去偷听领导谈话，又不能塞着耳棉充耳不闻，一时间坐也不是，走也不是。

好在争吵的时间并不长，陈副院长气急败坏地打开主任室的门冲了出来，头也不回地出了行政部，身后跟着同样气急败坏的刘主任，胸口仍急剧地起伏着，双眼眼角还残留着泪水。

张丹青赶紧走上去扶住了刘主任，一直将她扶到办公桌旁坐下。因为不知道他们为什么争吵，所以也无法找出适当的话题，只是紧张地站在一旁，连水都忘了给刘主任拿。

刘主任静坐了一会儿，脸色方恢复正常。她看了看一旁不知所措的张丹青，关切地问道："吓着你了？"

张丹青先是点点头，又马上摇了摇头："领导批评您了？"

"对于我们搞行政的人来说，挨领导批评不就是家常便饭嘛！"看着张丹青确实有些吓得不轻，刘主任反过来安慰道："没事的，习惯了就好。你现在刚吃行政的饭，可能还不清楚，以后就多留心些。唉，行政饭表面上看风光无限，实际上……算了，不说了，我没事了，你还是去工作吧！"

张丹青这才感激地给刘主任续上了一杯热茶，然后忙自己的事去了。

晚上，在与刘勇的幽会中，张丹青将白天行政部发生的事也一并说与恋人听，想博得恋人对自己在行政部工作辛苦的同情，在说到刘主任的无限感慨后也同时提到了她还是在无意中听到了，他们是关于"红花"在争吵。

张志军正在清理着桌子上的物什，一名邮差走了进来："请问，哪位是张志军？"

张志军抬起头："我就是！"说着随即迎上前去。

"这有您的快件，麻烦您签个字！"

张志军接过快件，原来是国家局发来的。他看了看接收人和地址都没错，赶紧签完字，并顺手拆开快件，从中抽出一张公函，看了看内容后兴奋地大叫了一声："那台新产品果然没有注册！"

几个人立马围了过来，刘勇一把抢过公函，大声念了起来："经国家局器械司与注册司联合调查，我国目前在内地并未注册过一台'激光抽脂机'医疗器械，也未单独或一起注册过'抽脂针'或同类产品！"

"太好了，太好了！我们终于可以名正言顺地调查了，这回看他们还能怎么说！"一段时间的压抑心情得以放松，马小晶已顾不上什么淑女不淑女了，在办公室竟激动得蹦蹦跳跳起来。

"是啊，有了这个说明就不怕他们不认账了，张组，行动吧！"陈大有开始蠢蠢欲动，全忘了张志军将去党校学习这回事了。

还是刘勇稍许冷静："张组，既然这个案子柳暗花明了，你也可以不去党校学习了吧？和徐局说说，看能不能……他们不是一直说我们没有证据吗，现在有了，能不能先把案子处理了再……"

"你说的我不是没想过，不过，徐局当初基本上就没有什么商量的余地，再去说怕又是碰了一鼻子灰啊！"张志军不无担忧地说道。

马小晶也竭力鼓动着："去吧去吧，不去你怎么知道徐局不同意呢。要不我们一起去？"

张志军考虑了一下，看着大家期盼的眼神说："好！我再去试试。"

大家都兴奋地鼓起掌来。

徐继贤办公室。徐继贤一脸怒容。

"你……你让我说什么好。怎么了,稽查四组离了你张志军就转不开了?是的,那个案子是你发现的不假,没有功劳也有苦劳是吧。当初我怎么和你说来着,这个案子有重要的领导插手,是爱护你们才让你们不要调查。现在倒好,你们还上瘾了不是!"

"我们也知道局领导的良苦用心!不是我们不领情,可这……目前证明那台设备确实有问题了,再不查……怕是有人告我们不作为……"张志军不断地陪着小心,小声地争辩着。

徐继贤显然是动怒了:"张志军,你还有没有一点组织原则,我告诉你,这个案子你不管自然有人会管,说不作为也轮不到你顶缸,看来你真得好好学习学习党性了。今天下午你就给我报到去!"

张志军还想说什么,徐继贤大手一挥,做出一副不近人情的送客手势,张志军只得不声不响地走出办公室。

待张志军走出办公室,徐继贤颓然地坐在了办公椅上。

看着这些疾恶如仇的部下,徐继贤是既心疼又颇有些无奈。自己以前不也是这种牛犊之势,甚至比他们有过之而无不及,当了几年领导,难道就真的斗志全无,就真的修炼得百毒不侵了吗?如果真是这样,他还不如重回一线,这个局长谁愿意当谁当。可是,如果真的是其他人来当这个局长,他还真不放心这些手把手教出来的弟子们会惹出些什么风波来。

为这个抽脂机的案子,包括假药材"红花",他替他们扛着多大的责任他心里十分清楚,但他能告诉他们吗?这不正是他作为主管领导应该扛的吗?上面几乎天天都有人打招呼,局里面也时不时有人阴阳怪气，在他的职业生涯里几乎没有哪一件案子像这两件案子一样让整个系统气氛如此凝重过，什么讲政治、讲党性、顾全大局，好像都实实在在成了一句让你无从借力的海绵。作为一名多次出生入死的老党员，什么样的风浪没有经历过，可人家一句话"不要破坏经济软环境"就让你偃旗息鼓地说不出话来。

他也知道这次的党校培训来得突兀，可白纸黑字，还印有市委鲜红的公章，出师有名，你能怎么办？他也想再顶一下，可是能改变这个结果吗？

他从烟盒里抽出一支烟放在了嘴上，正待点火，突然像想起了什么，又将烟装回了烟盒，拿起桌上的电话机，拨通了四组的办公电话："张志军吗？再来我办公室一趟！"

刚从一医院看完牙齿的陈大有从诊室走出来，突然迷了路，不知不觉走到了后院停车场。停车场熙熙攘攘，各种车的喇叭声不绝于耳，门口的一名保安在试图拦住一辆准备进院的面包车，一个要强行进场，一个又因为没停车位而不能放行，双方都据理力争，一时间停车场内外堵得水泄不通。

陈大有看戏一般看着停车场门口的拉锯战，眼睛突然停在一辆面包车的车牌上，好半天才回过神来。他忙掏出手机，拨通了刘勇的电话："喂，我是大有。我发现了那辆车。对，我确定没看错。好，好，现在在一医院停车场。行，我等你们。"

那辆面包车好不容易脱身进了停车场，一名二十多岁的小个子男司机跳下车，关好车门，一转身，却突然发现面前出现了一名警察和两名陌生男女，他略微有些惊慌，准备从另一头溜掉，却发现另一头也站着一位块头十足的男子。

"你们……你们想干什么？不交停车费又不违法？"看势头有些不妙，小个子男人惊慌更甚。

陈大有和刘勇一边一个将他堵在了车门处，刘勇不紧不慢地说："你应该知道'红花'的事吧？"

小个子男子大吃一惊："什么……什么'红花'？我……我不知道。"

"那你见了我们跑什么，是不是做贼心虚了？"马小晶也上前逼视一步。

"我跑？我跑了吗？我……我这是要上厕所。"

"别再演戏了。和我们到药监局去一趟吧，保证你放下负担，一身轻松。"刘勇语带双关，一把拉开了面包车的车门，"请吧！"

四组办公室里，调查却已经进行不下去了。那名小个子男子除了提供了身份证外，两个小时里硬是一言不发。

下班时间早就已经过了，整个市局大楼只剩下四组办公室还亮着灯，而李磊警官也已经下班回家了。

陈大有从外面端来几盒盒饭放在铺着报纸的茶几上，热情地招呼着几位同仁："先休息一下，吃晚饭了。"又从中拿出一份放在小个子男人面前，"你也先吃着，不说话也很耗精力的，补充些能量好继续回忆。"

看大家都吃得比较香甜，小个子男子也拿起筷子。正在此时，办公室门口突然冲进了一群人，大呼大嚷着要找人，陈大有上前询问却被无礼地推开，其中一人看到正准备吃饭的小个子，上去一把就将他提了起来："你小子，怪不得找不着你，都等着你去喝酒，你却一个人跑这里来吃独食。赶紧走，酒还没喝完哩！"

一行人竟然来去如风，裹挟着小个子当事人呼啸着离开了办公室，惊得刘勇、陈大有和马小晶目瞪口呆，几乎怀疑是在梦中。

"什么？他们把行政相对人给抢跑了？"听完刘勇的汇报，电话里，徐继贤也认为自己是听错了，不太敢相信。

"确实！连来的是些什么人都没看清楚，一阵风的工夫就……唉，只怪我们无能，控制不住那么多人。"刘勇一边自责着一边有些委屈。

"他们也太……还好，你们之间没发生什么冲突吧，先保护好自己才是最好的处理措施。"徐继贤安慰着惊魂未定的刘勇，"你们先回家好好休息，明天上班后我来处理。记住，一定要好好休息！"临挂电话前，徐继贤还不忘语重心长地叮嘱道。

这一夜，徐继贤又一次失眠了！

当听到行政相对人被如此明目张胆地在执法人员眼皮底下抢走，而且还是在药监局大院里来去畅通无阻，要不是怕惊着生病的妻子，他几乎会把话筒狠狠地砸在地板上。

这些人也太猖狂了吧！自己一直以来隐忍的就是这么个结果。如果此事宣扬出去，法律的尊严何在，药监的执法威信何在？保障着全市几百万人民用药安全的执法者自身的人身安全都不能得到有效保障，还需要执法做什么。他已经忍无可忍了，他决定，明天一上班他就要上报到党组，请求彻查，不仅要查，更要一查到底，无论查到谁，哪怕查到他自己的头上，他也绝不妥协；而且还要把张志军给调回来，即使会受到更大的阻拦，他也不后悔，除非脱了他这身官衣。

果然，第二天李梅局长听了徐继贤的汇报后，也是出奇的震怒，好半天一言未发。最后，作出了重要批示："成立专班，彻查此事，还老百姓一个公道！还法律以尊严！"同时，同意让张志军回组，"市委的事还得我去解释协调，你们就放心地干吧！"

第十八章
醉里挑灯看剑，沙场秋点兵

自从专班成立后，一直主管着后勤、眼看也快到退休年龄的秦副局长这几天竟然坐立不安起来。

当了副局长也已经有七八年了，可看起来好像事事不顺。一直想分管稽查或者业务，可因为仅是个党校文凭而被人看低，分管了行政后勤这块吃力不讨好的差事，每次接待都得小心翼翼。指望自己这几年的辛劳有些回报，两年前，老局长退休，按资历和人望本来自己最有希望问鼎，结果却是请了个外来和尚，看来自己的官运已经走到头了，最多也就是在退休时给弄一顶巡视员的帽子。

在一次同学聚会时，他酒后发了点牢骚，不巧被他的大学同学，现在市政府任副市长的肖仁民给注意到了，当面还笑他远未看透红尘。而他，也只当肖仁民正春风得意说说场面话而已，并未计较。谁知道当晚肖仁民竟主动找到他促膝谈心，以同学而不是以一名副市长的身份，不仅给他讲了自己是如何一步步走上高位，而且推心置腹地大谈了一些人生的道理，说得他茅塞顿开，幡然醒悟。

自那以后，以前几乎很少来往的他们又重新走到了一起"同仇敌忾"，表面上看起来同学之情正浓。直到有一天，肖仁民似不经意地提到要开一家公司，做点生意。作为公务员，他不是不知道公务人员开公司做生意都是党纪国法所不允许的，但当肖仁民提到他们只参股，不参与实际经营，就像投资股票一样安全时，他动心了。

　　谁知等他一跳进去，才知道老同学是有预谋地拉他下水，肖仁民开的公司不仅与他的职业息息相关，而且还是要他以后多加关照的，他如果真投了钱进去，不仅钱到时一分都收不回，可能从此就会受制终生。但巨大的利益又让他割舍不下，最后，他想起了一个老乡 —— 周大龙，让周大龙以其名义参股其中，风险同担，利益分沾。

　　在肖仁民的操作下，公司头一年风调雨顺，财源滚滚，两人也分得较大的好处，可第二年受各地灾害频发的影响，他们的公司一夜间风雨飘摇，不仅第一年赚到的钱全部抵了亏空，眼看就要难以为继了，周大龙这时想到一个发财的主意：收购假药材及残渣，以次充好，以劣充优。当初，药监局长的职务让他有所警惕，可后来确实没有出现什么问题，他也就默许了并再次深陷其中。

　　那晚周大龙的一个兄弟被带进药监局，由于身份比较重要，他向周大龙通风报信，结果就出现了那晚惊心动魄的故事。事后周大龙还向他炫耀了一下自己的能力，在他听来却不啻于一声惊雷：这小子的胆是越来越大了。他当初确实是没有想到他们会做出这等事来，等他知道了为时已晚。

　　这次专班的成立显然是有备而来，说不定就是冲他来的，看来老话说的确实有一定道理：为人莫做亏心事！半夜敲门心不惊。

　　现在该怎么办？

　　他重新把这几天发生过的事在大脑里像过筛子似的过了一

遍，好像没有什么漏洞。不过毕竟做贼心虚，他紧张地向门口看了看，拿起桌上的手机进了办公室里面的休息室，并关上了房门。

房内，他很快拨出了一个电话，对方也很快就接通了。"喂，老陈，中午1点到老地方见！顺便通知一下周老板。"

张志军从党校脱岗回来，虽说仅仅离开了一天，但大家却像久别重逢一样欣喜。

从大家关心的眸子里，张志军更读出了一种责任，回想着这半个月来发生的事情，张志军终于深深体会到徐继贤在去党校接他回来时在车上说到的"任重道远"四个字的含义了。是啊，这次发生的两起案子看似各自独立，但仿佛总有一根无形的线联系着，而且非常坚挺。徐继贤交代的话如重锤在肩，声声震耳："这次能把你从党校借出来，局里可是下了大决心的！希望你们尽快拿下这两个案子，否则我们这些老家伙们都得给你们看大门去！"

看来这两起案子的确非同小可，要不然久经沙场的徐局不会如此慎重！

张志军坐回到自己的办公桌前，熟悉的环境一下子让他振奋起来："同志们，我们这次碰到的对手可能不仅仅是造假分子，如果只是造假分子，那还好对付一些，毕竟这世上假的就怕真的。相信大家通过最近发生的事件可以看出，我们的对手可能很强大，但再强大也邪不压正，大家有没有勇气战胜他们？"

"当然有。"憋着一口恶气的刘勇首先表态道，"再强大也是纸老虎，我们怕什么呢！"

其他人也表示了相同的应战决心。

"好！刘勇说的对，他们再强大也是纸老虎！不过，有一条，要首先学会保护自己，对方在暗处，我们也不能当明靶，现在他们已经有所暴露，要防止他们困兽犹斗，同志们一定要有所防备，说句不太恰当的比喻，狗急了也会反咬一口的，记住，局里给我们的任务是，在自身完好无损的情况下尽快揪出狐狸尾巴，大家有信心没有？"

"有！""有！"

中午，刘勇放在桌上的手机突然响了起来，而办公室只有马小晶和陈大有在。

看陈大有正忙着找什么东西没有听见手机铃声，马小晶走过去拿起了手机："您好，刘勇不在办公室，我是马小晶！"

电话里传来张丹青急促的声音："你告诉刘勇，陈院长中午匆匆出门了，好像是要到江城饭店去和什么人接头。"说完便匆匆挂断了电话。

陈院长？江城饭店？接头？谍战片里的情节！这么多刺激的字眼让马小晶有些云里雾里，好在她马上反应过来，可能是刘勇曾对张丹青有所要求，要她协助注意陈院长的行踪，这个刘勇，急着破案也不能把家属往危险路上带吧，马小晶不由暗暗为张丹青担心起来。看看遍寻刘勇不着，张丹青反映的事又很急迫，只能自己先去看看了。

她和陈大有匆匆打了声招呼，背着小坤包就出了门。

已经找到了所需东西的陈大有回应了一句，看了看两人的办公桌，也随后跟出了门。

江城饭店的大堂，马小晶匆匆走了进来。她先是向四周看了一眼，没有发现一个熟悉的身影，然后才走向服务台。

"你好，我是一医院陈院长约来的，请问他在几号房间？"马小晶故作风尘女子模样，向服务人员大模大样咨询着。

服务人员可能与陈院长十分熟识，更可能对陈院长在酒店开房见怪不怪了，所以对马小晶并未起疑心，只是用手指了指电梯处："他在六楼608。"

"哦，谢谢！"马小晶向服务小姐礼貌地笑了笑，并没有急着向电梯走去，而是从安全通道走了上去。

这一切，躲在大堂一座硕大花瓶后的陈大有都看在了眼里，他也悄悄跟了上去，不过，他是坐的电梯。

马小晶有些气喘吁吁地爬上六楼，可能是由于午后的原因，楼道里空荡荡的。马小晶蹑手蹑脚地找到608室，看看快到606了，心中正自窃喜，突然听到身后一阵脚步声传了过来。

她掉头往后一瞥，心差点都快从胸腔里蹦出来，身后怎么会跟着秦局？不过，好像秦局并没看到她，一边朝里走着一边低头想着心事。马小晶正犹豫着需不需要打声招呼，旁边突然伸出一只手来，将她迅速拉了进去，同时，一只手也捂住了她正待惊叫的嘴巴。

"别出声，我是陈大有！"

待秦副局长敲开608房间闪了进去之后，马小晶才长出了一口气，这才看清她所处身的地方是一间公共卫生间的洗漱池，男女便各居一侧。好在此时除了他俩并没有别人在旁，但马小晶还是羞红了脸。

陈大有没有解释什么，只是做了个不要说话的手势，两眼紧紧盯着 608 的房门。

半个小时后，608 房间再次打开，陈大有打开手机，启动了照相功能，同时关闭了闪光灯及声音。

首先走出来的是秦副局长，其次是一医院的陈院长，他们似乎做梦都想不到会有人盯梢，在走廊里非常自然地互道客气，分从两边下楼，马小晶正待跟出，608 房间又出来了一个人，探头探脑地晃了一下，一转身又缩了回去。

看到他，陈大有的心几乎快跳了出来：那个人居然就是他们一直苦苦寻找而没有找到的周大龙！

陈大有这次倒是表现出少有的镇定，心里默算着秦副局长和陈院长分手的时间，看看 608 的门还没有开，他向马小晶做了个手势，两人大摇大摆地从洗漱池里出来，肩并着肩走上了电梯，从背后看就像是一对情侣。

在电梯里，陈大有向马小晶交代着什么，见马小晶已经理解，便向外拨了一个电话："张组，赶紧带几个人到江城酒店，我找到周大龙了。"

真是人算不如天算，周大龙做梦也没有想到刚进江城第一天就被抓住了。

从秦副局长那儿，他早就得知他所犯的事儿的轻重，所以两次都使出浑身解数金蝉脱壳，他知道，只要药监和公安抓不到他，那个假红花案子就永远只能是个悬案，如果再等上几天，他把那批假红花运出江城，估计这个案子就得石沉大海了。

但没想到，这次就为了那批还没运出去的红花，他冒险回了江城，准备随同那批红花一起消失时，栽了！

他在 608 房间里被抓了个现行，他的随身手提笔记本里所有记录都有。所有有关红花的问题他全部一口承认，而对于与哪些单位交易又和哪些人来往则绝口不提。在这个行业浸淫了这么多年，与药监和公安打交道也不下 10 次，他是深知交代情节的轻重的。

说自己做假药违法那是板上钉钉的事，想赖也赖不了，还不如来个彻底交代争取宽大处理；如果把自己的靠山和衣食父母都给供出来，估计他这辈子就只能和自由说"再见"了。

张志军突然问："抓你的那天你和秦副局长、陈院长在商量些什么呢？"

"秦副局长？陈院长？这你们已经知道了？"周大龙心理防线开始有些松动。

张志军趁势展开了攻势："我们知道的远不止这些，只看是你自己采取主动还是我们采取主动，你是知道这两种方式的不同后果的。"

周大龙终于低下了头。

……

同一天下午，刚刚从江城饭店返回办公室的秦副局长心情一下子好转起来，他打开电脑，插进一盘光碟，戴上耳机，靠着大班椅闭目欣赏着他最喜欢听的国粹京剧，双手不时在桌面上打着节拍，自我陶醉着。

看看上班时间快到了，他依依不舍地摘下耳机，电话突然响了起来。

"是秦副局长吗？"电话里传来李梅局长的声音，"马上在局会议室开一个局办公会，2 点 40 分准时出席。"

一把手亲自通知开会可不多见，看来确实是极其重要的事。

他看了看墙上的挂钟，离开会时间已不足十分钟了。

等他若无其事地走进会议室，却发现局党组成员已经全部到场，李梅局长一脸严肃，他有些讪讪然，不好意思地就坐在了离门口最近的一个座位上。

李梅局长并未多看他一眼，清了清嗓子就宣布开会。会议内容也没有什么新意，无非是领导班子要精诚团结，带领广大干群努力工作，确保"双节"平安，同时就每年的绩效考核工作再做动员。

最后，李梅局长似有意无意地看了他一眼，继续发言："在前几天的市委扩大会上传来信息，今年落马的贪官比去年有上升趋势，这说明我市目前的反腐倡廉工作还不是很乐观。虽然说我局自建局以来，一直都是勤政廉政的排头兵，但这些都只能说明过去，我们现在没有，将来会不会有？希望大家能始终保持洁身自好，站好革命的岗。市委市政府要求每个单位先自查，那么就从我开始，希望大家都能自我反省一下，如果有，也希望能够主动交代问题，积极配合工作。我今天的话就讲到这里，散会！"

当秦副局长再次走出会议室时，迎接他的却是两名面色冰冷的检察官。

一天过后，说好的交货时间等不来周大龙，连秦副局长的电话也是关机状态，一医院陈院长急得像是热锅上的蚂蚁，坐立不安。

桌上的电话响了，他盯着响铃，在想这会是谁的电话呢？铃声依然执着地响着，他最后还是起身拿起了话筒。

电话那头响起了郑院长熟悉的声音："老陈啊，到我办公室来一下吧，'双节'的物资是不是该准备一下了？"

哦，原来是这样！这几天为红花的事他都快忘记了这些每年都必须要做的烦事了，难怪郑院长语气里有些不悦。"哦，对不起，这几天家里有点事，忙忘了，我马上上来！"

等他走进郑院长办公室，却发现除了郑院长外，好像还有几名药监局的执法人员在场。

这是怎么回事呢？不是说谈"双节"物资的事吗，怎么还有药监局的人在场？他向郑院长投去询问的目光，郑院长笑而未答，只是指了指会客室的侧席让他坐下说话。

张志军首先站了起来，单刀直入："陈院长，我们今天来是想知道贵院那批红花的去向，你能给我们说说吗？"

"什么红花？你们找错人了吧？"陈院长强作镇定，放在沙发上的手却不自觉地抖动起来。

"陈院长，你就再别装了，如果没有证据，你想我们会上门来质询吗？今天来向你本人求证，也争取给你一个戴罪立功的机会，可不要辜负了郑院长的心意，给医院抹黑。"

陈院长掏出一张纸巾揩了揩额头上的冷汗，求助式地望向郑院长，郑院长脸上却是一脸厌恶的表情。陈院长还想做最后一搏。

"你们肯定搞错了。我们医院的红花都是正宗的，不信你们到药房去看……"

"陈院长，你应该知道我们指的是什么。你们做医生的怎么能不把病人的生命安全放在首位呢？那些假红花可能会害死人的。周大龙已经全盘交代了，你不会要我让他来与你当面对质吧。"马小晶说得义正词严。

"什么，周大龙？"陈院长不得不低下头，不再负隅顽抗了，

"好，我带你们去！"

等他们走出办公室，郑院长对着陈院长的背影狠狠骂了句"败类"！

在对"顺子羞花美容机构"实施行政扣押时，老板俞志梅失踪了，连同那台即将扣押的设备。而现场已是一片狼藉，除了两名清洁工还在做着善后清洁处理外，整个机构俨然一座空宅，全然没有了先前的富丽堂皇，就连门口广告墙上的美女似乎也紧锁了眉头。

看来俞志梅是早有准备抽身的。

站在俞志梅偌大的办公室里，奢华的老板桌上除了一本台历、一部电话机外别无其他，保洁员刚刚做完室内清洁，倒显得纤尘不染。

张志军走向后面的书柜，书柜里还有些医学美容书籍未来得及搬走。张志军打开柜门，一点点翻看起来，试图从中找出些线索，可一下子就失望了，书页里并未夹带有任何小小的纸片，甚至连一根头发丝也未发现，看来那些书连俞志梅自己都没怎么翻阅过！

张志军很是有些兴趣索然，无聊地坐上了老板椅，一米七几的身高一下子陷身其中，双手放在扶手上竟有些不知所措起来，他的脑海里突然蹦出一个奇怪的想法，俞志梅那么娇小的身躯坐进这张老板椅上会是个什么样子呢，想到这里不觉哑然失笑。

张志军正享受着难得的舒适，刘勇出现在了门口："张组，外面有个快递员进来。"

快递员？！张志军右手撑着下巴想了想，很快就做出了一个决定。他起身附在刘勇耳边说了些什么，等刘勇走出办公室，他却一本正经地坐回原位，并从背后的书柜里拿出一本书津津有味地看了起来。

刘勇带着一名快递员走了进来："张经理，这儿有个快递！"

快递员有些吃惊，张志军放下书本："哦，我表妹现在不在单位，业务目前委托给我了。是国外的快递吧？她昨天还交代这两天要签收哩。"

快递员一下子打消了疑忌，点了点头，走上前将一个小包裹放在了桌子上，并拿出签单："是从国外过来的，这只是个附件，主要的物品还在公司，麻烦您先签收一下。"

张志军仔细看了看签单，好像是一台进口治疗设备，而包裹上的附件单上也写着"耗材"之类的字样。

他认真地签上了一个假名。

回局的车上，刘勇仍颇有疑惑："张组，你怎么知道快递公司里会有我们想要的东西，而且还知道是从国外来的？"

张志军淡淡地笑了一笑，却并无得意神色："猜的，不过赌对了而已。"刚才的兴奋劲儿一瞬间却被眼前即将发生的案子的复杂性给凝住了，他只是感觉这起案件的水似乎特别的深！

刘勇并没注意到坐在汽车副驾上的张志军脸上的凝重，仍一个劲儿地追问："不可能，你一定是发现了什么，也传授传授呗！"

另外两个人也一起鼓动起来。张志军看拗不过，就马上换上了一副极其认真的面孔："说猜也不全对，猜测也是要建立在有一定事实基础上的。当初第一眼看到那台设备时就很奇怪，马小晶，你照相时注意了没有，那台设备有什么特别之处？"

马小晶想了想："好像……好像，总觉得在哪儿见过，但又总想不起来。对了，那台设备上面没有一处中文标识。"

张志军赞许地点点头："刘勇，你说说看，没有中文标识的设备一般都会有些什么问题呢？"

"要么是假的，要么是从国外非正常渠道进来的……"刘勇突然像想起了什么，"你是说那台设备有可能是走私的？"

"当初就是这么个印象，可后来上面不让查了，更感觉那台设备的问题所在，只是整个案件未能深入下去，才出现现在的这个结果。"张志军叹了口气，继续道，"今天刚好有快递上门，我就怀疑有内情，再看到他手上的包裹大小，就更肯定了我的想法，于是才会演这一出戏。"

刘勇由衷地竖起了大拇指："还是张组厉害啊！我等不服不行啊！"

张志军拿出快递单又仔细地看了起来，一转身他向司机师傅说了声："现在调头，去天方快递。"

天方快递坐落在一新建小区门面房里，100平方米左右的空间用纸板隔开了一大一小两个房间，在两室之间架起了一张简陋书桌，桌上堆满着票据文单之类的纸张和文具，大房间的地上杂乱无章地堆放着许多开过箱和没开箱的货品，一名工人模样的小伙子正在纸箱间寻找着什么。桌子后面，埋在纸堆里的一名矮个子男人正在打着电话。

张志军穿过散放在地面上零乱的货箱，走到书桌前，打电话男子先向他示意了一下稍等，拿着话筒与对方说着告别的话：

"好的，好的，我现在有客人，再聊！回见。"

放下话筒，他歉意地对张志军笑了笑，却并没有让座的意思，不过，整个房间除了他屁股后面的一张表皮残缺不全的椅子外，也确实无座可让。

他还是不好意思地笑了笑："先生，有事吗？"

张志军拿出快递单递了上去，矮个子一把接过去，看了看，然后招呼那名还在货箱中忙活的工人："小李，带客人到后面提货。"随后把单子还给了张志军。

在后面的小房间里，另放着几件标着"贵重设备"的纸箱，一共四件。张志军仔细对了对货单，就是这些了。他在那名工人递过来的反馈单上签了字，四名执法人员一人拎着一个纸箱就回到了车上。

张志军小心翼翼撕开其中一个纸箱封口，从中拿出一支导管看了看，脸上终于露出了笑容。

在江城另外一家四星级酒店 —— 江滩大酒店，也是在10038 房间里，肖仁民坐在窗前抽了一支烟，问："对了，宝贝，东西都处理得怎么样了？"

俞志梅懒洋洋地伸了个懒腰："按你的要求，该退的退了，该清的也清了，那现场啊，现在可是连一张有用的纸片都没留下，即使他们掘地三尺也找不到任何痕迹的。"

"那就好。免得夜长梦多。"肖仁民十分满意，"这就是'你办事，我放心'，宝贝！"说完上前又是狠狠地亲了俞志梅一口。

"那下一步怎么办？"

"下一步！下周我就要带一个团出国考察了，顺便把你也带上，你也是优秀民营企业家啊！不是吗？到时，咱俩就真正可以双宿双飞了。"

"不回来了吗?"俞志梅对国内的生活还是有些恋恋不舍。

"不回来!还回来干什么。我已经在 G 国买了一栋别墅,绿卡也已经办得差不多了。你不是国内没什么亲人吗?还留恋些什么。"

"我……"俞志梅想到自己刚刚见到的叔叔一家,得到他们亲人一样的无微不至的照顾,又不得不再次分离,她心里还是多少有些难受。

"啊……不好!"俞志梅突然惊叫了一声。

肖仁民也被这突然的惊叫吓了一大跳:"怎么了?"

"我才想起来这两天有一批货要通过快递公司过来,要是……要是被他们劫了可怎么办!"

"啊!"肖仁民也感到了一丝紧张,"终有一疏啊!他们说了什么时间到吗?"

"当时电话里说就这两天,忙搬家时给忘了。"

"是哪个快递公司?"

"天方快递!"

"你赶紧给快递打个电话!"肖仁民做着安排。

俞志梅拿起手机拨了一个号,传来的是快递公司经理略带谄媚的声音:"俞老板,你的货刚刚被几个人取走了!"

两人一下子脸色惨白,惊坐在床头,与不久前的模样大相径庭。最后,还是沙场老手肖仁民率先惊醒过来,他满脸煞气地又点着一根烟,烟雾里他对着空气恶狠狠地吐出一句话:"一不做,二不休,可就别怪我心狠手辣了!"

俞志梅听在耳朵里竟莫名地心跳加速。

四组办公室,几个人围着刚刚从快递公司拿回的四个纸箱突然觉得不知怎么办才好。

张志军面前另坐着一名警官，但不是李磊，其手上还拿着张志军递过去的一张报关单在看着。等他看完内容，张志军递上一杯热水："朱队，您看，这又得麻烦您了。走私的事我也只能提供这么点线索了，希望您到时候还是要分点稀饭给我们兄弟哦！"

朱警官显然有些兴奋："好兄弟，真是没忘了我们呢！案子是你们提供的，我们出点力，到时功劳我们绝对一点不沾，你看如何？"

"那可不成。案子破了只要记得留下些线索给我们就已经感激不尽了！我们这就算正式移交了啊！"

朱警官站起身来，重重地与张志军握握手："真是非常感谢啊。我们盯上这个案子也有一段时间了，就是一直没有突破。这下好了，你的这份线索就为我们解开了这个结，我敢不卖命嘛！好了，我也不多打扰你们工作了，回头见！"说完，拿着报关单走出门去。

陈大有跑上来："怎么了，张组，案子交给他们了？"

"不是交给他们，是必须给他们做。不过，他们也向我们提供了一份很有价值的案源，这叫资源共享！"

其他的人迅速围了过来。

张志军的桌子上不知什么时候放着一张手绘地图，看粗笔标注着的好像是一个酒店房间模样，在门后墙角和房顶天花板处还打上了几个重点记号。张志军在一旁详细地给他们讲解着。

紧邻江滩大酒店旁边的一家约有十几层的江天大厦，大门正对十字路口，相比江滩大酒店则显得寒碜许多，不过，此处已经被列为拆除规划中，不久之后，原址上将重建起一座与江滩大酒店媲美的大型酒店，已经被行业内人士提前戏称为"江滩双姝"。

大厦门口开来一辆五成新的黑色桑塔纳，停在了大堂前，从后座走下一名年过半百、头发花白的老者，步履蹒跚地走进大厦，几乎在汽车开走的一刹那，从大厦两旁的松树后闪出两个人影，也迅速消失在大厦门口。

那名下车的老者正在电梯口站着等候电梯，马小晶和陈大有装作一对情侣走了上来，也看了看电梯。电梯到了，三人一起走了进去，白发老者按下了 12 楼，回头用目光示意，陈大有忙说了声："我们也去 12 楼，谢谢！"与时同时，一直玩弄着手机的马小晶将"12 楼"用短信发了出去。

白发老者似乎有些不相信，但并没有说什么。

到了 12 楼，陈大有很有风度地让老者先走出电梯，然后才和马小晶手挽着手走出了电梯，并朝着老者相反的方向走去。

马小晶不知从哪儿摸出了一把小镜子拿在手中，举过肩膀，借助镜子观察着白发老者的动静。只见白发老者敲开了 1212 室走了进去，但没有马上关门。正好，张志军和刘勇从另外一部电梯里也走了出来。

四人汇到一处，紧张地商量了一下，然后便向 1212 室走去，刘勇斜挎着文书包。

1212 室并不太大，站在门口便能一览无遗。原本应该是放床的地方并排摆着两张桌子，一名文员模样的女子从桌子后面站起身来，惊愕地看着几名不速之客，而那名刚刚进去的白发老者却不在房内。

张志军用眼睛迅速巡视了一遍，果然，在其中一面墙上还另留有一道小门，张志军向刘勇使了一下眼色，两人推开了那道门，而那名刚刚上来的白发老者正在闭目养神，房内还有一名中年男子在给他小声地做着汇报。

原来是两间打通了的房间合在一起，成了一间房中房。

正在汇报着的中年人站了起来，有些微愠的责问道："你……你们怎么进来的？有什么事吗？"

张志军向他出示了一下执法证："对不起，打扰了。我们是药监局执法人员，有人举报你们这儿无证经营。"

"无证经营？"中年男子似乎觉得有些不可理喻，张大了嘴。

张志军并未理他，而是转向了白发老者："请问您是张天奇先生吗？"

白发老者睁开双眼，点了点头："你……你们是？"

张志军又重复了一句："张先生，有人举报你们这儿经常有一次性导管等医疗器械出入，是不是真的？"

被称为张先生的白发老者看了看这四名有备而来的执法人员，又颓然低下头，嘴里喃喃道："该来的总是要来，你们今天终于来了！"说完话，心头倒如释重负一般。那名中年男子似乎还想争辩几句，被白发老者摇摇手制止了，"小李，不要冲动！总是有这么一天的。"

没想到精心准备的一场短兵相接却完成得这么顺利，四个人不禁怀疑起刚才的小心翼翼是否有必要。

白发老者倒是很爽快，似乎早就盼着这一天尽快到来一般，不待执法人员再次发问，指了指头顶上的天花板："你们要的东西都在那里，另外还有两处，今天就都交给你们了，只希望你们看在我已病入膏肓的份上，不要拉我上堂了。"

白发老者名叫张天奇，其实一点也不老，还不到五十岁，只不过两年前的一场重病让他一夜头发花白，看起来比实际年龄大出许多。

其实几年前他还是一个比较成功的商人，做起医疗设备来得心应手。可能是老天看不得他那种始终睥睨天下的气魄，让他竟然一下子迷上了赌博，不到一个月的时间，他从一个资产上亿的成功人士变得一贫如洗，妻离子散。正在他走投无路的情况下，救星出现了。一个朋友的朋友介绍，他认识了当时还在市政府秘书处工作的肖仁民，两人一见如故。在几次推心置腹后，肖仁民提出了一个大胆的计划：由他重组人马组建一个新公司，肖仁民以帮助产品打进医院入干股，事后三七分成，肖三他七。当初他多少有些狐疑，他们之间远远还未达到相交莫逆的程度，为什么肖仁民会无私地帮助他？等他试着做了几单买卖后，他才知道，之所以肖仁民这么无私，无非是市政府秘书长的头衔，大小医院都不得不给些面子，才如此畅通无阻！而公司所经营的大部分产品必须从肖仁民另外的一家公司购进，而在那些产品里，有一部分产品居然不能提供任何证照。

他自己的公司当初也因为忙于东山再起而忽略了办证，等他慢慢做起来时却似乎也一直没被人看破。但那些来路不明、无证无照的产品多少让他寝食不安。几次他都跟肖仁民说过不要再经营那些无证无照的产品，可肖仁民总是给他打着包票，不会出事的！在这种患得患失的压力下他还是坚持了下来，眼看秋收在望了，可愈是赚钱他愈是紧张，他知道假产品的危害都是关乎人命的，只能在心底默默祈祷不要出事。两年前，一场怪病袭来，在医院里躺了近一个月的他头发全白，一下子像老去了十几岁，而医生已经给他下了死亡通知书：两年内如果没有特效药问世，他们就无能为力了。

　　已经死过一回的他倒变得淡然许多，他自认为是老天的报应，所以对公司业务上的事开始不闻不问起来，这两年的业务也一落千丈，肖仁民几次过度的关心都被他以疾病为由搪塞了过去，而那些无证无照的产品则存放在自己的家中，只是为了公司员工的生计他才强打起精神做些正当业务，以赎前罪。

　　在他的办公室，张天奇一口气说完了这些话才算是真正彻底松了一口气。

　　执法人员在天花板上仅搜出两件导管耗材，但在他的另外两处仓库里则堆满了大大小小的设备，大到激光机，小到缝合线，几乎应有尽有。刘勇甚至惊奇得开起了玩笑，这要是举办个医疗器械博览会都绰绰有余。

　　"你说的肖仁民是不是现在的肖副市长？"张志军突然想起了这个名字。

　　张天奇十分困难地点了点头，不过他又说："自我病了这两年，特别是把他的那些没有证照的产品压下来之后，我们就没怎么来往了，前一段时间他还找过我想要回那批货，我以想不起来放在哪儿为由答复了他，反正他要的钱我一分没少地打进了他的账户，他也不在乎这批货了吧！"

　　看着这个不到五十岁的男人被病魔折磨成这样，张志军不忍心再问下去了。看看现场已打扫得差不多了，他起身走上前去握了握张天奇有些冰凉的手："谢谢您的配合！我答应您不再找您的麻烦了，但按法律要求假货必须没收，到时只要您委托一个人去局里签个字就行了。"

　　张天奇感激地点了点头，有些空洞的眼里闪出了一点泪花。

第十九章
铁衣霜露重，战马岁年深

回到办公室，趁几人都在忙着入库的当口，张志军马上向徐继贤作了汇报。当提到肖仁民时，徐继贤也是大吃一惊。

秦副局长那儿反馈来的消息里也提到过肖仁民，而且他们之间并不仅仅是同学关系，尽管秦副局长死不松口，绝口不提与肖仁民有过除工作之外的接触，哪怕是正常的同学交往也讳莫如深，但现在看来，这个肖仁民确实是相当不简单了！

为什么肖仁民在这两起看来毫不相干的事件中却一再被提及，他在其中究竟扮演了什么角色？徐继贤正在冥思苦想着，张志军的手机上却收到一条奇怪的短信：请小心你的家人！知情人。短信后面只留有一个陌生的号码。

是威胁还是恫吓！

张志军反拨过去，对方电话却已关机。

"怎么了？"看到张志军脸色突然变得十分紧张，徐继贤关心地问道。

"没什么，家里有点事。"张志军装作轻描淡写道。

徐继贤也不为难他："好吧，你说的肖仁民的事不要再在其他范围传播了，先回去处理你的事务吧。"

走出徐继贤办公室，张志军马上拨通了妻子王国英的电话，得知儿子一早上学很正常，学校也没有打电话过来，心里稍安。

王国英从电话里听出了张志军对儿子的紧张，突然有点心酸，在电话里撒娇道："怎么突然这么关心儿子了，咋就不多关心关心我！"

"你还吃咱儿子的醋啊！"张志军不想多解释什么，开玩笑道。

"就吃！怎么啦！"王国英似乎现在时间很充裕，醋意也转为微嗔。

张志军心里还装着一堆心事，不想在这个话题上纠缠太久，赶紧收口："好好，回家时我就带一大坛醋，今晚让你吃个够行不。到时可别让儿子看笑话。好了，我还有点事，不多聊了，拜拜。"

"你……"不待王国英反击，张志军就挂断了电话。

东方小学。

中午放学的铃声刚刚响过，一大群孩子像小鸟一样叽叽喳喳地冲出校门，张萌一个人背着书包，低着头似乎在想着什么心事，慢腾腾地走下教学楼台阶时，身边的孩子早跑得一个都不剩了。

门口，一辆已停了一个多小时的面包车缓缓启动，车内有三个年轻人，其中一个人手上还拿着一张相片，另一个年龄稍大的男子则紧张地盯着正从大门走出来的张萌。

出了校门，张萌从右边拐入人行道，面包车刚好滑到他身边，侧门打开，那个年龄稍大的男子走下车，装作问路的样子走向张萌，张萌很是吃惊地看着他。

那个男子四顾无人后，一把抱起没有任何反应的张萌塞进了面包车，面包车随即加大油门绝尘而去。

食堂内，张志军打好饭菜走向餐桌，还未放下碗筷，手机响了。张志军起初以为是王国英打来的，正要挂掉，却发现是一个陌生的号码。

"您好！请问是哪位？"

电话里只有嘈杂的嗡嗡声，好像打电话的人在路上。

"喂！请问您是谁？"张志军又追问了一声，电话那头终于响起了一个孩子的声音，是张萌！"爸爸，我现在在一辆面包车上，不知道去哪？"

"萌萌？！怎么啦？"张志军突然大叫了一声，惹得正吃着饭的同事们都向他投来不解的目光，更多的是关切的眼神。

"对不起！没什么。"张志军赶忙为自己刚才的失态道歉，拿起手机走向走廊。

对方的电话好像已经不在张萌手中了，一名故意变了声调的男性的声音传了过来："是张队长吧，现在你儿子在我们手上，如果你还想要回你儿子的话，就用上次从快递公司截走的货来交换，今天下午5点放到我们指定的地方，见到货后放人。不要报警，否则就撕票！等我们的电话吧！"

对方不等张志军回复就迅速挂断了电话。再打过去，对方的电话已显示不在服务区。

张志军饭都没顾上吃就一口气跑上了楼。

李磊办公室，张志军满头大汗地冲了进来："李警官，赶紧陪我到你们分局去一趟！"

东方小学所在辖区公安交通大队，两人一下车就直接冲进了计算机房。

李磊顾不上一一打招呼了，直接跑到计算机室总机房，面对着一面电视屏幕墙张望着。大队张警官接到李磊电话后也迅速赶了过来："怎么了，李队，要查什么东西吗？"

李磊一转身拉住张警官的手："你来得正好，快帮我查查今天中午那段时间东方小学门口的录像，等一下再和你细说。"

"这好办。小王，过来帮帮忙。"

戴着一副近视镜的年轻小伙子立马跑了过来，坐在了一台电脑前，只见他快速键入了一排数字，屏幕上出现了东方小学的校门，小伙子将时间调整为上午 12 时到下午 2 时，屏幕上出现了放学时分，一个站在人行道上的学生被强行拖进面包车的经过。

"就是他！"张志军一眼认出儿子，"能看清楚车牌吗？"

还是李磊看得仔细："是一辆无牌车！"他停顿了一下，拍了拍"眼镜小伙"，"那附近路段的监控能调出来吗？"

"当然能！"

小伙子又是一阵忙活，东方小学附近路段除了有两台监控失灵无图像之外，其他的路段情况全部显示在了屏幕上。几个人仔细地查看着各条路段的那辆无牌面包车的行踪，最后锁定在一个似乎已废弃的工地上。面包车最后就消失在这里！

"这是哪儿？"李磊问道。

"看监控位置应该是在沿江大道桥机附近！"戴眼镜的小伙子不敢肯定。

"那我们先出警吧！对了，报案手续回头再补可以吗？"李磊拿起放在电脑旁的包，一边拉着张志军出门，一边对张警官说道。

"行，你们先去，我们随后就到！"

张志军突然想起那条预警短信，会不会他知道内情？他拿出手机，发了一条短信！

汽车到达那处工地时已经过了两个小时，这两个小时里对方并没有打电话过来。

张志军心急如焚地催促着李磊："能不能再快些！"

李磊也只得宽慰道："这不已经到极限了，就我这辆破车，追俩小偷都够呛。他们不是还没打电话来吗？不急不急，孩子现在应该还是安全的。"

进入工地范围，他们俩并没有贸然行动，只是远远地观察了一下周边环境。同时，在进入工地的入口处发现有车轮印，看来确实有车来过这儿。车轮印到此后就折返了。

张志军显得有些兴奋，几分钟后，换了一身便服的张警官带着四名同样身着便服的警察也从另外一辆车里走了下来。

几个人汇合至一处，商量着处置办法。但好像半天都没商量出个好主意来。

离 5 点还差一个小时，张志军的手机果然响了起来，又是另外一个男子的口音："张队长，东西准备好了吗？把东西放在长江二桥引桥岸边的第一个桥墩下，别想耍花招！"

又是很快地挂断。

张警官果断地打了一个电话："姚队，我是张雷，请你马上带几个人去长江二桥桥墩下蹲守，记住，交易地点在第一个桥墩下。"

张志军与张警官耳语着什么，张警官在电话里又补充道："姚队，还得准备四个快递纸箱放过去。"

由于对这个废弃工地不太熟悉，他们最后决定分散合围。安排完毕，张雷嘱托了一句"保护孩子"，几个人便两人一组分开来，先向工地一层的一个围挡工棚包抄了过去。

工棚里一无所获，连一双有用的脚印都没留下，难道他们的判断错了，可监控录像显示到了这个地方信号才失踪。

整个烂尾楼上连一个脚手架都没有留下，显然已经废弃许久了，而地面上也只有这一个工棚。

李磊看了看江面，说："对了，临江的楼房最先都是要做防水墙的。而这些防水墙都有地下通道，说不定他们就利用那儿来藏身？"

长江二桥。

姚警官带着五名同事坐在一辆中型面包车里，四件快递的邮包已经派人放在了桥墩下。他们目前的位置是一个绝佳的观察点，看着第一个桥墩十分清楚而又不会引起注意，他现在担心的只是罪犯分子的逃跑线路。

他看了看腕上的手表，下午 4 点 58 分了，咋还没看到第一个桥墩下有动静呢？他再看看宽阔的江面，突发奇想，他们不会是驾着冲锋舟来夺包吧？要真是那样，还真拿他们没办法。于是他开始仔细观察起附近江面的来往船只，看看有没有可疑的人物，以早做预案。

正在他陷入沉思之际，同事王兵碰了碰他："姚队，有情况！"

他收回目光，望向桥墩，果然，从桥墩后探出一个脑袋来，看了看快递纸箱，又迅速地缩了回去。

几个人急着准备拉开车门下车，被姚警官制止了："别急，他一个人搬不了那么多东西，再等一等。"

果然，话音未落，桥墩后突然冒出四个身影，一人扛起一个纸箱撒腿就跑。姚警官第一个冲下车："同志们，行动！"

　　在防水墙隔成的一间水泥石屋内，到处丢弃着一些空易拉罐和方便面，却没有看见人影。张志军眼尖，一下子看到墙上写着一个歪歪斜斜的"张"字。墙边地上还丢有一条湿湿的毛巾和一条已断成几截的麻绳，看来张萌确实曾经被带到过这里。

　　张志军看着那个"张"字，眼泪几乎夺眶而出。李磊走过去，拿起湿毛巾摸了摸，几名警察也戴上手套捡起地上的几根断绳放进证物袋中。

　　张警官放在兜里的手机响了，是姚警官打来的。

　　"老张，抓了几个人，不过好像都是对方租来的民工，没有主角。你那边怎么样？"

　　张警官心情突然沉重起来，看了看张志军有些绝望的神情，尽量放低声音回复道："好的，谢谢了，孩子还没找到，但有了点线索，待会儿再详说。那几个人尽量拖着，不要走漏风声。"

　　"行，我这边尽量再拖些时间，你们也注意一下。好了，回头见！"

　　看看现场处理得差不多了，张雷向李磊使了个眼色，李磊走过去搀起一脸倦容的张志军，一行人走出了潮湿且长满绿苔的地下通道。

　　张志军一直看着手机上儿子的照片，被李磊架着上了车，这时妻子王国英的电话突然打了进来："志军，儿子回来了，说是中午被别人绑架过，你在哪儿？快回来吧，都吓死我了！"妻子的语气还惊魂未定，可听在张志军的耳朵里却胜似三伏天吃着冰激凌，说不出的舒坦，一下午的担惊受怕顿时烟消云散。

　　他大声叫了起来："我儿子回家了！谢谢大家的帮忙啊，

今天都到我那儿吃饭去，谁也不许离开。张队，也叫上姚队他们！"

大家都委婉地拒绝了，只有李磊因为要送张志军回家，张警官想弄明白这起绑架案的情况，所以两个人才陪同张志军一起回家。

儿子张萌显然是受到了很大惊吓，一个人蜷伏在客厅沙发一角看动画片，见到陌生人进门更往里缩了缩身子。王国英坐在餐桌旁默默地流着泪，晚饭也没顾得上张罗，看到张志军推门进来，本想扑在他怀里好好哭一场，可一看到他身后还跟着两个男人，其中李磊她是认识的，就不好意思起来，刚刚站起的身子又重新坐了下去，直到张志军喊着准备好饭菜才起身进了厨房。

张志军一把抱起儿子，亲了又亲，又上下左右看了看儿子，好像并没有哪儿受伤，这才招呼两人坐下，问起儿子："儿子，快告诉爸爸是怎么回事，你可把爸爸的魂儿都要吓丢了！"

"是一个漂亮的阿姨放我回来的！"张萌仍是有些后怕，不敢回忆白天的那一段经历，任凭张志军如何呵护，他嘴里只有那么一句话。虽然张警官也十分想知道其中的细节，但看到张萌仍满脸恐慌的神情，他也不忍心再打听下去，相反劝解着张志军："别逼孩子了，看你把孩子吓得，他今天还没吓够吗！"

李磊和张雷并未多待，起身同张志军夫妇打了声招呼，一前一后出了门。他们要把这近乎劫后余生的激动留给当事人，就让他们一家人好好去感受这种喜悦吧。

当晚，从儿子断断续续的叙述中张志军终于知道了一个大概：儿子是在中午放学时分被一辆面包车接走的，面包车上连同司机有三个男人。面包车上没有窗帘，张萌既没有被捆绑，也没被蒙上双眼，只是怕他喊叫给临时用一条湿毛巾把他的嘴巴塞起来了。面包车一直开到了那个工地上，两个人架着张萌便去了那条地下通道，到了那个石屋他们给他吃了一碗方便面后就将他的双手反绑在墙边的水管上，嘴里重新塞上毛巾后，三个人先后都出去了。张萌在无法移动的情况下，反手在墙上写下了一个"张"字，这是他在动画片里面学到的。由于地下光线不足，他不知道过了多长时间，就在他渐渐因缺水而支撑不下去的时候，突然看到一个漂亮的阿姨走了进来，问了一下他是不是叫张萌，张萌用尽力气点了点头。那位漂亮的阿姨迅速走上前来，从他嘴里掏出湿毛巾丢到了地上，并从身上拿出一把小刀，割断了绑着双手的绳索，然后带着身子已经有些虚脱的他走出了通道，并一路把他护送到回家的公共汽车上，这才消失。

听着这一段有些玄乎的叙述，张志军夫妇不禁好一阵唏嘘。是谁要绑架他们的孩子？那位儿子眼中的漂亮阿姨又是谁？她怎么知道儿子被绑架？张志军突然想起那条神秘的短信，那条报警短信是不是她发的？难道她与绑架他儿子的人是一伙儿？张志军越想却越糊涂，干脆不再想了。

经过好一阵抚慰，儿子好不容易进入了睡眠状态，而张志军夫妇却一夜未曾合眼。

那一夜，还有一个人一夜无眠，那就是张萌眼中的漂亮阿姨——俞志梅。

当初肖仁民恶狠狠地说出"一不做二不休"时，她感到了极大的震惊，潜意识告诉她，肖仁民可能会对张志军的家人下毒手。但她一个弱女子又如何改变这一切呢？从她当初与肖仁民接触开始，便一直处于下风，肖仁民做事情很强势也很霸道，她几次都试图劝他不要总是那么锋芒毕露，可收效甚微。所以这一次她都不敢开口劝导。

从叔叔的口中她知道张志军有恩于叔叔，她怎么能眼睁睁看着叔叔的恩人受伤害而不顾。她从叔叔嘴里问出了张志军的手机号码，以一名知情人的身份发了一条提醒短信。没想到肖仁民下手会这么快，发出短信的第二天，张志军的儿子就被绑架了，她是当时收到张志军发来的一条短信才知道的。

她其实并不知道肖仁民会把张萌绑到何处，只不过，她曾经跟踪过肖仁民的一个手下，知道了他另外还有几处藏身的地方。于是，她随身带上一把小刀以作防身用，谁知误打误撞竟然在第一个藏身处就找到了一个被绑着的小孩，而绑匪们不知道是大意还是其他原因都不在现场，这给她安全救出张萌提供了良机，直到张萌安全走上了回家的公共汽车后她才如胜利者一般回了家。想想这一天的惊险都像是做梦一样，她在感受到幸福的同时仍不免有一些后怕，就在这种忐忑不安的心境下她很难入睡，索性走上阳台。夜已经很深了，大街上已没有多少行人，霓虹灯处，夜静谧得如同少女，摄人心魄。

她不知道自己还有多少天能够享受到故乡如此美丽的夜色，阳台上的她竟突然间顾影自怜起来。

"张组，昨天儿子被绑架了？现在怎么样了？"一走进办公室，刘勇劈头就问。

张志军点点头："还好，一场虚惊！"儿子平安回来了就好，他并不想过多谈论。刘勇似乎并没看出来，还是一个劲儿地问着：

"张组，是不是被绑架了？"

张志军想了想，还是据实相告，要不然，刘勇的问题会没完没了的。"是的，是曾经失踪了！"

"不是失踪吧，说是被坏人绑架了。"陈大有也插了上来。

张志军很是吃惊地看着他俩："怎么，你们都知道了？"

打张志军进门起，刘勇的右手便一直放在背后，这时，他慢慢把右手抽出来，手中有一张纸："你看看，人家昨天就告诉我们了。"

原来是一张打印的恐吓信："张队长，你的儿子现在在我手上，我不要你一分钱，只要你用那批从快递公司提出的货来交换就行，具体在哪交换等我的电话吧。"

没有署名，也没有落款时间。

"昨天下午4点多钟收到的，好像是直接从门缝里塞进来的。"刘勇补充道，又很关切地问道，"绑匪没对小萌怎么样吧？"

"没有，是一名女子放他出来的，就是受了些惊吓，今天没去上学。"

马小晶突然插了一句："昨天我们就都知道你儿子已经回来了，是李警官告诉我们的，本来准备昨天就过去慰问的，可李警官说怕影响你们休息就没去成。"马小晶接着又后怕地拍了拍自己的胸口，"不过昨天听说时真的把我们吓坏了，原以为恐吓信是一场恶作剧，没想到真的发生了。"

"哦。这封信除了你们还有谁知道？"

"暂时就我们仨知道，不过不知道李警官还跟谁说起过。"

"哦。再不能外传了，否则会影响咱们的战斗力的！"

"那可不行，这么大的事在咱们局应该还是第一次吧，怎么能放过呢。现在他们的胆子越来越大了，一定要找出幕后主使人，将他绳之以法，否则一而再再而三的，咱们还做不做事了？"马小晶说得倒很是义正词严。

"马小晶说的对，我觉得应该发动广大人民群众，打一场群众战争，一定要把这件事搞清楚！把坏分子揪出来。"陈大有马上附和着，掷地有声。

"先不管这事了。这恐吓信不是已经给咱们指引了方向，还用得着动用人民群众吗？"刘勇一直在思考着恐吓信的事，这时候突然冒出了一句："张组，你说，这绑架的事与那几件货有关，是不是说也与'顺子羞花'有关？"

"对！你的话提醒了我。咱们就从这儿着手，这狐狸的尾巴不是已经露出来了吗？"张志军补充了一句，又叮嘱道，"你们大家先把'顺子'的案子再缕缕，看有没有什么新突破，我先上徐局那儿汇报去。"

徐继贤办公室。

徐继贤正大发着脾气，而一旁的张志军一言不发。

"你小子，这么大的事不告诉单位就算了，连我你也不吭一声？这还幸亏孩子找着了，要是没找着，看你小子怎么承担这个责任。绑架可是刑事案，孩子如果有个三长两短，虽然说是你自己的孩子，可你这么处理会把孩子推向危险的。你莫非气急攻心了？以前经常跟你们说，与某些丧心病狂的歹徒，我们只能斗智，不能盲目斗勇，不管是谁，或者是谁的家属，出了任何事，单位都是要承担责任的。目前追不追究已经不是我们所能说了算的，这个事从一开始就已经走向了犯罪，既然犯罪就要受到法律的制裁。你小子，先给我回去好好反省几天，没想好就不要来上班了。"

张志军着急道：“可……可这几个案子刚有头绪，这时候……这？”

徐继贤眼睛一瞪：“怎么啦，没你就结不了案？”

“那倒不是！只是觉得马上就要见分晓了就撤换主将乃兵家大忌，孩子的事现在不是都已经过去了吗？不会影响工作的。”张志军心有不甘。

“孩子是孩子的事，你是你的事，不能混为一谈！”徐继贤对张志军的坚持颇有不满，“你犯了一个极为严重的错误，必须反省。你先写一份深刻的检查，在分局里公开做一个检讨，能做到吗？如果不能，就先回家安慰孩子去。”

张志军似乎看到了一线曙光：“您是不是说只要做了公开检讨就不用回家反省了？”

徐继贤不置可否。

“那行，我马上写一份深刻的检讨报告，今天就交到您这儿，您看行吗？”

“行不行在你，不在我！”徐继贤似还未消气，但语气已缓和了许多。

“哦，对了，徐局，忘了向您反映一件事了。目前发生的两起案子似乎都牵涉到一个重要人物，不知道他在这里面起着什么作用。”

“你是说肖副市长？”徐继贤马上反应了过来。

张志军点点头，肯定地说：“是的。”

徐继贤停顿了一下：“不仅那两个案子与肖仁民有关联，我局也有一个重要人物与他有很深的关系，这个肖仁民确实不简单。但这个人一直还存有幻想，什么都可以交代，唯独与他的关系仍讳莫如深，目前还没有什么大的突破。现在没有直接证据，怀疑也是白费。不过，你提供的这个情况很及时，李局明天就要去参加市里的一个重要会议，你赶紧写份案情情况说明交上来！"

"是！"张志军兴奋地敬了个礼。

"你小子可别高兴得太早，检查还是要写，而且要写得彻底，不深刻别说我不给你机会。你可给我记好了，'滥用警力'不是你的权力，搞不好让别人抓住你的辫子你可啥都说不清了！"

"保证下不为例！如果再犯，您老就直接把我发配回家吧。"张志军认真地做着保证。

"如果还有下一次，那咱们就一起回家？！"徐继贤轻斥了一句，"去吧，没有下次！"待张志军转身，徐继贤又补充了一段话，言语里满是叮咛："此事到此为止，切记保密。至于追查始作俑者的事，已经不是你我职责范围。相信我们的公安同志一定会给你一个圆满的交代的。"

稽查四组，几个人分别在故纸堆中已经翻查很久了，但似乎依然茫无头绪。

马小晶无意中翻开了准备上交案审会的"张天奇无证经营医疗器械案"文书的调查笔录，一时好像被什么东西吸引住了，两眼就再也没离开文书。

直到什么也没有发现的大家伙都走过来，看着马小晶低头思索的凝重神色，不知该说什么好。还是陈大有打破了沉默，调侃了一句："大才女，难道又有什么新发现，我们可都在洗耳恭听哩！"

听出了他语言里略带的一点酸意，刘勇赶紧上前一步："是啊，小晶，你觉得这里有什么问题吗？"

马小晶这才回过神来，却不以为意，或者她根本就没有听见陈大有说了些什么，还沉浸在新发现的思考里。她用右手食指指了下调查笔录中的某一段话："你们看，张天奇曾说过肖仁民在市内有一家生产医疗器械的企业，他知道有一批产品是从那个企业贴牌过来的，但张天奇因为感恩，也销售过那家企业的假劣产品。那么，张天奇是应该去过这家企业的，或者说他应该知道地址。如果我们查到这家企业在生产假货，不就可以顺藤摸瓜，找到肖仁民违法的证据吗？"

刘勇眼前一亮："你是说，肖副市长有问题？"

马小晶突然很是激动起来："他没问题，为什么会有那些假产品从他那儿过？他没问题，陈院长为什么会提到他？他没问题，当初又会是谁让我们停止调查'顺子'的案子？我甚至怀疑，张组儿子的被绑架都和他有关系。你们说说，除了他，谁还有如此能耐？"

"你说得再对，目前还不是没有证据。"陈大有仍有顾虑，不断地泼着冷水，"即使有证据，对这样的高官，又岂是我们能够绳之以法的？"

几个人倒确实无话可说了。

恰好张志军走了进来，以为大家还在为自己的家事担忧，不由心里一阵感动，却故作轻松道："孩子现在在家已经好得差不多了，大家就别再担心了！没事了！没事了！大家做了半天功课，有什么新发现没有？"

马小晶拿着文书将自己的想法又重新叙说了一遍，同时将大家的顾虑也和盘托出："张组，你看，这？！"

张志军突然一下子蹦了起来，一拍大腿："真是踏破铁鞋无觅处，得来全不费工夫！好！好！好！"连说了三个"好"字，才发现自己又有些失态，稍作收敛，"这个发现真是太重要了。别说肖副市长有这么多疑点，就是没什么疑点，至少这几起案子他都不能脱干系，大家不要有什么顾虑，也别说位高权重，只要犯了法,总是有能够制裁的机构的。赶紧重新询问张天奇！"

医院里一张普通病床上，已病入膏肓的张天奇闭着双眼，身旁并无其他人。可能是偶尔发作的疼痛让他不时微皱起双眉，也只在此时才知道他并未入睡。

病房门口，刘勇和马小晶带着鲜花和水果一前一后走了进来。马小晶将鲜花轻轻放在床头，可能是放置水果的声音惊动了病人，张天奇似乎有些困难地睁开了双眼。

当他仔细辨别出来人后，张天奇很紧张地试图坐起身来，却被马小晶轻轻地按回床上："张总，别动。咦，陪护您的人呢？"

"让他先回去休息了，他也挺辛苦的。"张天奇有些吃力地说道，"你们……你们这是？"

"哦。来……看看您！"看到张天奇形近枯瘦的身躯在被子里蠕动，马小晶一时不忍直奔主题，突然转换了来意，同时，为张天奇细心地牵了牵抻开的被角。张天奇双眼一刹那被涌出的泪花遮住了视线，马小晶看在眼里，拿出纸巾又给他擦了擦泪水，动作轻柔，如同亲人。

张天奇激动的心情稍微平静了下来，看到两名执法人员似乎还无意离开，他突然想起了一件事，他们今天会不会是为这件事来的呢？"你们……你们是不是想知道，肖副市长的……另一家公司……的事？"张天奇断断续续地试探着问道。

马小晶眼前一亮，点了点头，同时俯下身来，再一次往上拉了拉被子。

"哦，那就好。我……早就想告诉你们了。来，你们先扶我坐……坐起来，我给你们……画张图。"

紧邻着三环的一座高档精装小户型楼盘，耸立着十几栋高层建筑，楼层都在 11 层以上。

两辆黑色车一前一后缓缓开进了小区，绕了一大圈，最后停在了 6 栋二单元楼下。张志军第一个跳下车，随后刘勇、陈大有和马小晶相继走下，后面的一辆车上也走下李磊警官和另一名警察。一行六人径直来到了二单元门前，张志军按响了 1103 室的门铃。

门锁弹开了，张志军拉开单元门，几个人迅速走进门内。

1103 室内，十几名大学生模样的男女正各自干着自己的工作。工作台上随意摆放着一些叫不出名字来的各种医疗器械和许多"不干胶"，部分人员正在小心翼翼地处理机器上的铭牌，并贴上新的标签。在另一角，另有两人正在进行装箱，除了没有任何标识和流程外，整个生产现场倒是一片秩序井然。

当几名执法人员特别是两名穿着制服的警官出现在打开的门口时，那十几名男女才同时露出惊慌的神色，并停下了手中的活站起身来。而开门的应该就是现场的一名负责人，看年龄还不到 30 岁，却透着成熟与沧桑。

室内有了一些骚动。李磊警官向开门人出示了警官证，同时向室内大喝了一声："都坐回原位！请配合我们执行公务。"

六人挤进房里，使得原本就有些拥挤的场所更显得紧张，刘勇还顺势反锁上房门。

看看工人们都坐回原位，执法人员便按照早已分工好的计划分头行动起来。

张志军喊上那名负责人走到一边，也拿出执法证给他看了看："你好。今天是公安和药监联合执法，有人举报你这儿无证生产医疗器械，能否出示一下你们的生产许可证和营业执照！"

该男子低下了头却并不作答。

"那，谁是你们老板？"

该男子仍无动于衷。

李磊走了过来："这里确实没有发现任何证照！这样，东西你们扣押，人我们带走，怎么样？"

那名男子终于露出了惊慌神色，"我说，我说，我全说。只请求你们别抓我！"

张志军和李磊互相交换了一下眼神，看到马小晶仍对着一台设备围观，"马小晶，先带这位先生做一下现场调查。"

马小晶恋恋不舍地离开了那台设备，和刘警官一同带着那名男子走进了一个房间。此时，刘勇快速地走了过来。故作神秘道："张组，你猜我发现了什么？"

"什么？"

刘勇将手中的一张房产证拿了出来："你看，房主是谁？"

房产证上的户主赫然写着"俞志梅"。

第二十章
但使龙城飞将在，不教胡马度阴山

肖仁民近来时时感到内心烦躁不安。

是不是因为马上就要出国了？应该不是，他首先否定了这种想法。出国对于他这样的高官早已提不起精神来，许多国家他都已经玩腻了，要不是早有未雨绸缪的打算，此次出访的国家他也是不愿意再去的，毕竟去那个国家就像在国内走亲戚一样。

那是不是因为上次绑架的案子半途而废所致？应该也不是。那个案子从头到尾他只是出谋划策，并没有直接参与。而且，那几名嫌疑人也已经安排妥当，公安局再厉害，一时半会儿也不会找到他们的，等到他们归案时，他自己早已在异国他乡喝着香槟搂着美人了。

人逢喜事应该精神爽，可他却怎么总觉得自己这几天右眼皮在不停地跳动呢？可能是因为这次出国就不再回来了吧，对祖国他还是多少有些留恋的，国外的新生活又会是个什么样子的呢？

他又突然想起偷偷给俞志梅买下的一幢房产，看来是用不上了。算了，反正那也是别人送的，丢在国内也不可惜，只是那帮工人该怎么处置呢，要不要给他们一个交代呢？

稽查四组。

回来后就一直低着头想着些什么的马小晶突然大喊大叫起来："我找着了，找着了！"

陈大有跑过来，用手掌在马小晶面前晃了晃，开玩笑道："你没失心疯吧！"

"你才疯了哩！"马小晶一把打开陈大有的手臂，"我终于知道为什么我对那台设备似曾相识了，原来它就是'顺子羞花'里失踪的那台。"

"是吗？"张志军也来了兴趣，"你能确定没有看错？"

"当然能。那台设备当初在'顺子羞花'机构里时我就发现它右下边掉了一块漆，刚才我仔细想了想，现场的那台也是掉了一块漆。要不信，咱们再去仓库里看看。"

四个人一道来到仓库，打开封箱一看，果然如马小晶所言，与照片上的几乎一模一样。

"我得赶紧向徐局汇报了。"张志军迅速冲上楼。

三个人再回到办公室，却发现失踪了几天的'顺子羞花'老板俞志梅已坐在了接待室，旁边负责接待的却是局办公室兼举报投诉中心主任魏玲。

魏玲很是和蔼地向几名执法人员打着招呼，并询问道："你们张组呢？"

陈大有抢先答道："在徐局办公室。"

"哦！我正要找他们两个哩！"魏玲站起身，向俞志梅轻声耳语了几句，俞志梅点着头，也站起身来。

魏玲似乎对她已交代完毕，这才放心地走到门口，对着刘勇说道："我现在把她交给你们了，该问的你们就问，不该问的就不要问。她现在可是我们的一位重要客人，可要招待好哦！我马上去找你们徐局长。"

徐继贤和张志军正商量着，魏玲推开门走了进来。

"老徐，今天我可给你们带来了好消息！是不是要请个客呢？"魏玲脚还未跨进门声音就已经到了办公桌边了。

徐继贤抬起头，一看魏玲洋溢着笑容的脸，马上站起身迎了上去："什么东风把你给吹来了，我这办公室也一下子喜气洋洋了。请个客算什么大事，有些什么好消息呢！我竖耳听着哩！"一边将魏玲让至沙发上坐下，一边客座相陪，几乎忘记了办公室里还有个张志军。

坐下后的魏玲向张志军招招手："小张，你也过来坐下，这好消息也是关于你们组里的。你们猜我今天接待了谁？"

两人不解地看着她。

"还能有谁，不是领导就是相对人呗，难道说你今天见着了中央首长！？"徐继贤打着趣。

魏玲有些不满地看了徐继贤一眼："你眼里就只有领导了！今天接待的人对我是一点也不重要，可对你们局却胜似救兵，你说她重要不重要？要不想听我就把人放走了行不？"

徐继贤赶紧补充了一句："不是我眼里只有领导，而是最近总是有领导在我眼前晃，我应付不过来啊！魏主任，别再折磨我们了，快说吧，今天接待了哪位神兵天将？"

魏玲颇有些无奈地笑着摇了摇头，眼看胃口也已经吊足了，方才慢言细语："今天俞志梅跑来找我了。"

"俞志梅？"两人都站了起来。

"是啊！"看两人的神色都不太相信，魏玲提高了语调："就是俞志梅，'顺子'机构的负责人，肖副市长的情人，也是张志军的恩人。"

"对了，对了，你前面两个定义都下得非常正确，可你说他是张志军的恩人又是怎么回事呢？"徐继贤真的有些摸不着头脑。

"张志军的儿子是怎么回来的？"魏玲提醒着。

张志军猛然想起来了，儿子不是一直说是一个漂亮阿姨放他回来的吗？原来就是她！

"她不仅仅是张志军的恩人，她现在还应该是你们整个稽查局的重要线人。包括刘勇被诬陷的事她也是受人指使的。她刚才已经向局里自首了，并供出了一条大鱼，你可得好好对待她哦，刚才我已经擅作主张向你们科里的那几位做了叮嘱，于公于私她都是对我们局有功的。你们不会怪我这个老太婆多事吧！"

"那怎么会！要说俞志梅有功于我们，你更是有功于药监系统啊！这顿饭请定了！"徐继贤一脸真诚地表达着感激之情。

"得了得了，别再在这儿贫嘴了！我老太婆的任务也算是完成了，不多打扰你们了，我先撤！"

送走了俞志梅，几个人心情舒畅起来，都惬意地靠着椅背打起盹儿来。几起案子都因俞志梅的到来而迎刃而解，不仅刘勇的强奸案沉冤昭雪，绑架案的源头也浮出了水面，更主要的是，俞志梅主动交代了与肖副市长的隐情，这都是魏主任曾交代过不该问的，使得一直以来压在所有稽查人员心头的阴霾一扫而空，想不高兴都难啊！

"张组，这俞志梅也怪可怜的，你说，我们该不该帮帮她？"女人不可为难女人，马小晶还在为俞志梅的遭遇唏嘘着。

是啊，经过这一阵折腾，"顺子羞花"还能继续开下去吗？

即使政策允许，俞志梅自己是否能够走出这段阴影都还是个未知数。魏主任说的对，俞志梅于公于私都是对药监系统有功的，不能让她就这么消沉下去，可怎么帮好呢？

张志军也在踌躇着。

"还有，那帮被骗出来打工的大学生们又该怎么办呢？"马小晶又提出了一个新问题。

"俞志梅可以让他叔叔帮她重新在医院找个工作啊！"刘勇提出了一个建议，"至于那些大学生，还真没什么好办法安置，只能让他们自谋出路了。"

张志军突然想起了于教授曾经委托过的事，他脑中迅速拿定了一个主意，招呼马小晶过来，在她耳边说了些什么，马小晶脸色也一下子雨过天晴了。

"好的，我马上就去问问。"马小晶兴冲冲地出去了。

张志军又对陈大有安排道："大有，麻烦你跑一趟那个工厂……"说得大有也是兴高采烈地出了门。

只有刘勇一头雾水。

张志军向他走了过来："刘勇，你也有很重要的事，不过，现在不用你出门，我想……你帮我看看法律上的要求，能不能操作？这就拜托你了，我先向领导去汇报汇报！"

东方大酒店 10038 房间，肖仁民已经来了快一个小时了，俞志梅却还没有现身。

他百无聊赖地看着电视，平时都是她先到等着他，今天却反常迟到了，而且还迟到了这么久。他几次都想拨打她的手机，但想着她电话里已经答应了赴约就不好意思催促了。他上了趟卫生间，出来时门铃响了。

他迫不及待地打开门，一边大喊着："宝贝，你终于来了！"

房门口站着的却不是他要等的人，而是江城市的裴宏市长和省市两级检察院检察长，后面还跟着两名正气凛然的检察官。

"你果然在这里！我现在来通知你，你已经被'双规'了！"裴宏市长严厉的目光让几乎一丝不挂的肖仁民羞红了脸。他已无力为自己辩解什么，默默地让进来几位不速之客，走到床边，穿好了衣服，伸出了双手。

锃亮的一副手铐很准确地戴在了他略显臃肿的手腕上。

在药监执法人员的规范运作下，在写有俞志梅名字的那间精装修房门口已醒目地树起了一块公司铭牌 ——"江城医疗器械制造有限公司"，公司的产品则是于教授的心血之作"眼科A/B超"。张志军、刘勇、马小晶、陈大有陪着省局器械处室的两名工作人员一道送证上门。当那名三十岁不到的男子接过镶着金边的生产许可证书时，激动地流下了幸福的泪水。近十名大学生更是呜咽着哭出声来。

整个房间里已经按照生产厂房要求进行了标识与分区，相比以前更显得明亮辉煌，张志军和刘勇也是饱含热泪，言语哽咽："你们……好好干，不要辜负了……省、市两级领导的期望，争取……早日为市里的经济建设立功！"

顺子羞花医疗机构所在房屋已被收归国有，市政府另在一繁华路段安置了该医疗机构的员工，只待俞志梅学成归来后重新开业。

另外传来一个好消息，绑架过张志军儿子的几名嫌疑人已被抓获，他们对绑架事实也供认不讳，等待他们的必将是法律的严惩。

张志军和刘勇一前一后回到办公室，前者是因孩子被绑架刚从市公安分局做完补证笔录回来，而刘勇则是受四组委托向局领导汇报"江城医疗器械有限公司"成立挂牌的相关善后事宜，两人脸上都洋溢着兴奋的神态，似乎掩饰不住内心的喜悦。是啊，"红花"的案子已告一段落，当初看起来十分棘手的几个难题也在各级政府部门的关爱下一个个迎刃而解，想不高兴都难啊！

"张组，要不放个长假，咱哥们旅游去？"看着两人神采飞扬，陈大有也乐呵呵地打着趣，却不想一时竟得到了众人的支持，"这个主意好！""大有说出了我们的心声！"

是啊，忙了这么长时间，也是该放松放松了，特别是在孩子这回出事有惊有险的煎熬里，让张志军在觉得愧对家人的自责中又重了几分。眼看春节愈来愈近，正好趁这个机会多和家人待在一起，或是一道出门走走岂不也是一件大快人心的事？

他正想附和大家的心意表个态，突然看到办公桌上堆放的文书，眉头又紧锁起来。他不好意思地看了看同事们："要不这样，我到局里为大家请个假，满足大家的心愿。"

刘勇还是听出了他话里有话："你是说，我们放假，而你还得工作？"

张志军指了指满桌的文书："我就算了，有家有口的。虽然说也是聚少离多，但陪家人总比你们时间充裕些。再说，年轻人嘛，不能总像我们这样为工作所累，你们想好个地方出去旅游，是一起去还是分开出去你们自便，只是记着下周一赶回来报到就行。时间标准依然按全局请假制度上规定的，不管是几日游，必须含周六和周日两天的行程。"

"那可不行，你不放假我们就都不放假。"马小晶提出了异议。

"你们就别跟我比了，要不然这假可就放不成了。"张志军仍耐心地解释着，"你们别管我，我毕竟比你们年长，退休后想去哪旅游就去哪旅游。再说了，局里联欢晚会我是总负责，没我盯着还真说不好会出啥情况。没事，你们好好放松放松心情，回来又能努力投入工作，事半功倍嘛！如果一个科室里的人都走光了也说不过去的，如果我也请假，那这个假批不批得下来我可不敢打包票的。"

"那既然这样，我们也都不出去了。大家都有年休假，个人出去随时可以安排的。这次本来是提议大家集体放松放松，成员一个也不能少的。但既然张组坚持，咱们也高姿态一把，将工作进行到底。至于何时休假，还是等联欢会活动结束后再行定夺，你们认为呢？"陈大有虽然掩饰不住失望，但想了想，还是率先放弃了旅游计划。

"这样也好。本来也是才想好的临时主意，而且仓促出游恐怕也难尽兴，不如等一段时间，按咱们既定的学习目标——先考察再参观。到时，张组可不许再搞'个人主义'哦。"刘勇心里一直计划着新房装修的事，旅游目前并未列入议事安排，见其他两人并无异议，也便顺水推舟。

"这可是你们自动放弃的？没我什么事吧。"虽然看到大家全然没有了刚才极度高涨的情绪，但也没有极度失落的表情，张志军这才重新做着安排，"哥们几个，那现在就把各自手头上的案子再缕缕，分个轻重缓急，能结案的尽快结案，别给新的一年留下难看的尾巴。"

春节前一天，张志军又来到徐继贤办公室："徐局，您打电话找过我？"

"来，来，你先坐。"徐继贤忙站起身，并递上早就准备好的一杯开水，"咱们今天也就聊聊家常，没什么其他的事。"

看到徐局一反常态的热情有加，张志军受宠若惊之余还是有些如坐针毡："徐局，您找我来肯定不是聊家常这么简单的事吧。"

"还是被你小子给看出来了。那好吧，我实话实说，不过，你可得有个思想准备哦。"见隐瞒不下去，徐继贤也就开门见山了，"是这样的，今天找你来确实是有两件事，一件关于我的和一件关于你的。我看，我还是先说关于你的事吧。"

不知什么原因，张志军心情有些忐忑："我的事？"

徐继贤爱怜地看了看手心里已经有些汗渍的部下："别紧张，我也不知道这件关系到你的事是好事还是坏事。其实这个事情局党委早就定下来了，只是一直没有时间向你征询意见。志军同志，你在稽查打假岗位上工作多年，全局系统都反映你不仅仅是一位尽职的人民公仆，更是一位有着剑胆琴心的硬汉子，这一点大家有目共睹，让你离开这个岗位确实心有不甘。但为了不耽误你的前程，局党委经过慎重考虑，决定这一次是真正派你去省委党校学习一年，学成归来后另有任用，不知你是如何考虑的？"有了上一次前车之鉴，这一次徐继贤说得更诚恳，也更真挚。

听到这里，张志军内心不由得五味杂陈。对于有着远大政治前途追求的干部来说，进省委学校学习应该说是莫上荣光的一件事，组织安排党校学习一方面是出于政治成熟的需要，同时也是考察提拔后备干部的重要手段，但自己只不过是一名科级干部，似乎已经是被破格入选党校学习了。面对这样的荣耀，张志军却怎么也高兴不起来了——不是因为幸福突然而至，而是因为这件事来得有些蹊跷，让人感觉这里面很有深意，而这些内容却是无法与人言说，更是不便追问的。

见张志军突然沉默不语，徐继贤十分理解地并没有轻易打断他的思绪，而是轻轻地坐回了办公桌旁。在刚才看似语重心长的那一段话中，他至少撒了一个谎：这件事其实并不是局党委早就定下的，而只是昨天才有的意向。新来的市局王副局长亲口向他传达，从他的话里他能揣摩出这件事的不容置疑，让他做的只能是接受与服从；而他自己，也是一个即将离任的局长，虽然也有很多疑忌，但也不便多说。

不知过了多长时间，张志军才拿定主意："徐局，您是说这件事已经无法更改了？"

徐继贤有些莫衷一是地点了点头。

"那大概在什么时间？"张志军看来已经想通了，并没有看出徐继贤脸上细微的表情变化。

"应该是在开年以后！"

"哦。那局长，这就是关于我的事了吧，那还有一件关于您的事呢？"

见张志军并没有表现出意料中的大悲或大喜，徐继贤心情也随之释然起来："关于我的事，就是我的退休申请报告已经批下来了，明年开年，我和你一起都要离开这个岗位了，我也该做做我自己喜欢做的事喽。"话语里能听出有些不舍，明显带着些自嘲的意味。

张志军听到这里，甚至比听到自己被安排进省委学校学习还震惊："上次您不是说还有一年的时间吗？怎么说退就退了？"

"提前退休，早点给年轻人机会，这也很正常嘛！正好，补补给家人欠下的亲情债，免得总说我只会工作不会生活了。"

也许是官场起伏见得太多，徐继贤倒显得十分洒脱，全然不像一名即将卸任的官员，流露出难舍的情绪。

见徐继贤局长都如此坦然，张志军不禁为自己刚才的斤斤计较有些不好意思起来，一时间，他又不知道该如何安慰眼前这个疾恶如仇的老上级、老领导了。

徐继贤倒是很从容地站起身，为张志军续上一杯水："什么也别说了。退休和上党校应该都是喜事，何苦弄得这么悲戚……对了，再告诉你一个好消息，肖仁民，这位前肖副市长已经彻底交代了他充当假药贩子'黑保护伞'的事实，为争取宽大，也承认了指使他人绑架你孩子的罪行。目前，检察院已正式提起公诉，等待他的必是法律的严惩。你就安心地去学习深造吧，回来还要勇挑重担哩！有你们这帮年轻人保卫着全市药品的安全，我可以放心地离开了。咱们执法打假的天职，就靠你们这代人来践行承诺，你能向我保证你们绝对能够做到，我就十分知足了。"

听到这里，张志军知道，徐局退休的事情已经是不可更改的了，这是徐局的殷殷嘱托，一个老一辈药监人对自己和伙伴们的嘱托。他用力地点了点头，目光坚定："老领导您放心，只要我们还在这个岗位，我们就一定不会辜负人民的重托，在这场没有硝烟的战场上绝不退缩，筑起最坚实的盾牌，还市场一个朗朗乾坤。"

市药监局春节联欢晚会也如期举行。市局局长李梅穿着一席红色冬装上台致新春祝福。

同志们：

爆竹声声春常早，桃符处处岁又新！

值此辞旧迎新之际，局机关和全体干部职工及家属欢聚一堂，隆重举行 2008 年春节联欢会，我代表市局党组和各位局领导，向全局和各分局全体同人、向你们的家属、向全体离退休的老领导、老同志表示亲切的慰问和节日的祝贺！祝大家阖家欢乐、幸福安康！

首先，让我们以热烈的掌声，欢迎来自各个工作岗位上的各位家属们！对默默支持我们工作的你们，表示崇高的敬意和深切的感谢！

在药监局工作的几年来，我们在省委、省政府和国家食品药品监督管理局的正确领导下，在市委、市政府的英明指导下，锐意改革，开拓进取，各项工作均取得了显著成绩。我们局始终坚持国家局"三抓一加强"的工作方针，本着一监督好二服务好三支持好事业发展的思路，改革与监管并重，执法与服务并举，抓好整顿规范药品、医疗器械市场秩序，开展规范化建设工程，加强干部职工素质教育，团结务实打基础，严格监管创一流，扎扎实实地促进药品监管工作的全面发展，为确保全市人民用药安全作出了积极努力。受到了各级领导和社会各界的广泛赞誉，屡次被授予"全省药品监督管理系统文明单位""市级文明单位""全市药品监督管理系统先进单位"；我局连续三年被市委、市政府授予"文明单位""执法先进单位"。共有十余名同志分别受到省、市局和市委、市政府的表彰奖励，这些成绩的取得凝聚着我们全体干部职工的辛勤汗水，更重要的是与在座的各位贤惠的妻子、模范丈夫们默默无闻的大力支持是分不开的。这些成绩的取得，是国家局和省委、省政府以及市委、市政府正确领导的结果，是全市药监系统干部职工和广大行政相对人理解支持的结果，更是我局全体干部职工及家属团结奋进拼搏的结果。在此，我代表局党组向在过去一年里辛勤工作、任劳任怨的同志们表示衷心的感谢！对获奖的先进处室和先进个人表示热烈的祝贺！

……

又是一年百花竞放，又是一载春华秋实；几度风雨变迁，沧海已变成桑田；几度风雨变迁，岁月已匆匆数年。我们的药品监督管理执法人员，顶风冒雨，披荆斩棘，以不屈的精神维护着《药品管理法》的正义和尊严；我们的药品监督管理执法人员，政治坚定，奉献为民，机智勇敢，一往无前；他们的青春活力和奋斗精神，给人以启迪和鼓舞，让人们感慨和称赞。我们把"人民满意"作为一种承诺，我们把"人民满意"作为一曲赞歌，承诺在我们肩头，赞歌在人民心窝。让我们昂首挺胸，高唱这支时代的赞歌。

我们相信，在以后的日子里，我们的药品监管工作，一定会芝麻开花节节高，我们的事业一定会百尺竿头，更上一层楼！下面就用我们甜美的歌声，用我们优美的舞姿，用我们富有激情的诗词，展示我们药品监管人员的精神风貌，展现我们全市药品监管工作的成就。

最后，再次祝大家新春愉快，工作顺利，阖家欢乐，万事如意！谢谢大家！

台下掌声再次雷鸣般响起，经久不息！

所有稽查人员和他们的家人似乎都沉浸在精彩节目的欣赏中，也充分享受着这一年中难得的相聚时光。

节目演至中途，从广播里突然传出来一个通知："请全体稽查人员注意，请全体稽查人员注意：举报中心刚刚接到一个举报，请大家立即退场，返回单位。"